Neapel, Mitte des 17. Jahrhunderts. Die seit Kindestagen stumme Lisario erwacht aus einem mysteriösen monatelangen Schlaf. Erweckt hat sie der zwielichtige Arzt Avicente Iguelmano, der sie zum Lohn zur Frau erhält. Er nutzt sie für seine Obsession: Er will die weibliche Lust erkunden, um so die unheimliche Macht des anderen Geschlechts zu bannen. Doch einmal erwacht, sehnt sich Lisario nach einem Leben nach eigenen Vorstellungen – und brennt inmitten der von Pest und Revolten gegen die spanische Vorherrschaft erhitzten Stadt mit dem talentierten Bühnenmaler Jacques Colmar durch ... Ein Roman wie ein barockes Wandgemälde: sinnlich opulent, doppelbödig, märchenhaft und doch modern.

ANTONELLA CILENTO wurde 1970 in Neapel geboren. Sie hat zahlreiche Romane und Erzählungen geschrieben, Hörspiele, Theaterstücke und Essays sowie ein Handbuch über Kreatives Schreiben. Sie arbeitet als Journalistin und Herausgeberin und leitet seit vielen Jahren ein Schreiblabor in Süditalien.

1

»Unterwegs zu Don Ilario, Dottore? Ah, es gibt doch wahre Glückspilze auf dieser Welt… Hör mal, die haben den Teufel im Haus… Im Ernst, Dottorino, kehr lieber nach Madrid zurück!«

Avicente Iguelmano war mühsam von seinem Esel geklettert, wobei er sich in seinen Beinkleidern und den Schnallriemen, die ihn während der Reise vor dem Herunterfallen bewahren sollten, verhedderte; sein keuchender Atem malte weiße Wölkchen in die eisige Luft. Die Garnison, der er von Neapel gefolgt war – erschöpfte, rohe Kerle, die sich dem Lotterleben in der Kapitale des Vizekönigreiches ergeben hatten, neapolitanische Frauen ehelichten und schändeten und sich mehr dem Wein denn der Disziplin verschrieben –, nutzte die Entfernung zu ihrem Hauptmann aus und machte sich grölend und pfeifend über den spanischen Filou lustig.

»Den Schnee hat uns der Teufel geschickt! Solltest mal sehen, wie heiß es hier im Sommer ist… Bis Weihnachten ist es hier heiß… Hat man schon so ein Wetter gesehen?«

Iguelmano, studierter Arzt und Katalane von dreiundzwanzig Jahren, hatte in seiner Heimat, dem erzkatholischen Spanien, sagen hören, in den südlichen Kolonien sei es des Winters wärmer als in Andalusien, dort herrsche mildes Klima und steter Sonnenschein. Doch an diesem Morgen war die von achttägigen Regengüssen gesättigte Luft im Golf von Pozzuoli mit einem Schlag eisig geworden.

»Als wäre man in Flandern …« Iguelmano stieß ein für den vorweg marschierenden Soldaten unüberhörbares Schnauben aus und wickelte sich fluchend in seinen leichten, wollenen Umhang, den er in Gedanken an den ewigen kolonialen Sommer umgelegt hatte. Schwachbrüstig und an Reizmagen leidend sah er aus wie ein nasser Lappen.

»Ah, ein Genuss! Der Arsch der Welt!«

Der Doktor widersprach nicht. Schaudernd dachte er an seine kurze, wiewohl turbulente Lehrzeit beim berühmtesten Chirurgen Den Haags zurück, dem er soeben entronnen war. Die Uneinigkeit zwischen Lehrer und Schüler war der mit Dünkel und Stolz gepaarten Ignoranz des jungen Avicente geschuldet gewesen. Für ihn allerdings stellte sich die Sache anders dar. Hinter seinem aufgesetzten Zynismus verbargen sich Unsicherheit und Feigheit, was ihm jegliche Unterweisung unerträglich machte.

Reenart Helmbreker, Meisterchirurg von Den Haag, hatte ihn dabei ertappt, wie er Rinderblut mit Wasser und Exkrementen mischte, um zu beweisen, dass einer seiner Patienten an Hämorrhoiden litt, denn Avicente ertrug es nicht, unrecht zu haben. Helmbreker hatte sich in Nachsicht geübt und vergeblich auf Buße gehofft, dem Irrglauben der Alten folgend, die Dinge renkten sich von selbst wieder ein. Doch Avicente dachte nicht daran, die ihm gewährte zweite Chance zu nutzen, und ließ sich erwischen, als er in den privaten Notizen des Meisters herumschnüffelte. Er war unverzüglich entlassen worden.

Und so war er nun in Neapel, wo niemand von seinen Fehltritten wusste. Gewiss ließe sich in der zweiten Hauptstadt des Königreiches leicht ein heimeliges Eckchen finden, in dem er eher schlecht denn recht seine Profession ausüben konnte. Der Empfang war allerdings nicht gerade zum Besten gewesen. Im Hafen hatte man ihm sämtliche Habseligkeiten gestohlen, ausgenommen ein Empfehlungsschreiben, das ein ehemaliger, zu ungleich viel höheren Weihen berufener Studiengenosse sich für eine am Madrider Hof in Ungnade gefallene und nun in Neapel ansässige greise Adlige zu verfassen befleißigt hatte, um eine alte Spielschuld zu begleichen.

Unterdessen schwatzte der Soldat vor sich hin. »Gewiss, gewiss. Seit Seine Exzellenz sich in den Kopf gesetzt hat, das Kastell zu bauen, geht alles schief…«

»Vor hundert Jahren… Der Vulkan ist schuld!«

»Welcher Vulkan?«, hatte Avicente alarmiert gefragt.

Er mochte ein Filou sein, der mit dem Pöbel nichts gemein hatte, aber feige war er dennoch: Seit er von Bord gegangen war, hatte er die zartblaue, vom Schneesturm geweißte Silhouette des Vesuvs bang im Auge behalten.

Vor Erdbeben war ihm himmelangst. Als Kind in Spanien hatte er mehr als genug davon erlebt, und er hatte nicht die Absicht, diese Erfahrung zu wiederholen. Von Lava und Vulkanen ganz zu schweigen.

»Der Berg. Wie, Dottore, du kennst die Geschichte nicht? Komm schon, der Berg, der in fünf Nächten entstanden ist!«

Der Soldat, der gesprochen hatte, bekreuzigte sich dreimal. Es war derselbe, der den Teufel erwähnt hatte. Eine lange, grünliche Narbe zog sich quer durch sein Gesicht, in dem Avicente beredte Indizien für Pocken, Leberleiden, Gallenüberschuss und durchlittene Krankheiten entdeckte: der schiefe Kiefer, die faulen Zähne – ein Bild von einem Mann. Der Soldat atmete ihm ins Gesicht, sodass Avicente seinen Rachen, einen schwarzen, stinkenden Schlund, eingehend in Augenschein nehmen konnte.

Der Kerl war nicht viel älter als er, höchstens achtundzwanzig, sah jedoch aus wie ein Greis. Das war das Leben, das Avicente nie hatte führen wollen und dem er unter allen Umständen entfliehen wollte, koste es, was es wolle.

»Wie kann ein Berg in fünf Nächten entstehen?«, fragte er.

»Mein Großvater war dabei«, entgegnete der Soldat. »Er war hier stationiert, unter Don Pedro de Toledo. Zuerst gab es einen fürchterlichen Knall. Noch nie habe er solch einen Krach gehört, erzählte er, als machte die Erde ihren Eingeweiden Luft. Und dann war ein ganzes Dorf weg, die Häuser flogen um wie Kartenhäuser, überall entwurzelte, brennende Bäume. Feuersturm und stinkende Luft … Die Erde hier hat schlechten Atem, Dottore …«

Avicente Iguelmano zuckte vor dem Odem, der dem Rachen des Soldaten entströmte, zurück, riss die Nase gleich einer schreckhaften Krähe in die Höhe und wartete auf weitere Erläuterungen.

»Da ist der Berg. Den kannst du nicht übersehen, Dottore.« Der Soldat deutete auf einen der vielen Hügel ringsum, dessen rote Färbung von Regen und Kälte grau verwaschen war. »Man nennt ihn den Neuen Berg. Ich würde ihn den Teufelsberg nennen … Wer hier lebt, ist verflucht. Don Ilario im Kastell weiß ein Lied davon zu singen …«

Avicente Iguelmano fuhr zusammen. Eine massige Hand, groß wie eine Löwenpranke, hatte sich auf seine Schulter gelegt.

»Dottore, Ihr werdet erwartet.«

2

»Weiß der Himmel, weshalb wir diese Stadt zur Kolonie gemacht haben … Als hätte es keine anderen Länder gegeben. Sie ist weder reich noch schön, und ihre Bewohner sind jähzornig, verrückt, gewalttätig und dreckig … Ein echtes Meisterstück, sie den Aragonesen wegzunehmen. Dabei hatten die es schon bereut, sie den Anjou weggenommen zu haben! Diese Stadt strotzt nur so vor Betrug und Verschwörung … Und anständiges Leinzeug ist einfach nicht aufzutreiben, selbst, wenn man es mit Gold bezahlte!«

So die Worte von Señora Eleonora Fernanda Antigua di Mezzala, der Adressatin des Empfehlungsschreibens, das zwei Tage vor dem Doktor in der aragonesischen Zitadelle von Baia eingetroffen war. Den Anweisungen seines Studienfreundes folgend hatte Avicente Iguelmano sie umgehend aufgesucht.

Señora di Mezzala sei berühmt für ihre extravaganten Ansichten, hatte der Freund ihm gesagt – was ein Grund war, sie vom Madrider Hof zu entfernen –, und Avicente, der einem Menschen, von dem sein Schicksal abhing, normalerweise nicht zu widersprechen wagte, meinte dennoch, sich in bestem Licht zu zeigen, wenn er dem Urteil seiner neuen Gönnerin entgegentrat.

»Dieses Land ist unglaublich reich, Señora. Und ich weiß, dass diese Stadt dem König sehr viel Geld einbringt …«

Donna Eleonora beäugte ihren neuen Schützling argwöhnisch. Sie hatte genug von Parasiten, einschließlich denen, die ihr von der Perücke hüpften.

»Ihr seid naiv…«, hüstelte sie. »Es vergeht kein Sommer, in dem ich es nicht bereue, mit meinem Mann hierhergekommen zu sein, und kein seltsamer, verrückter Winter wie dieser, in dem ich nicht mit Wehmut an den Schnee von Madrid denke… Ihr seid aus dem Süden und kennt nur das gute Seewetter, aber Madrid… Ah, Madrid…«

Offenbar stand der Wind für seine Gönnerin tatsächlich nicht sonderlich günstig: Der Salon, in dem Avicente empfangen wurde, befand sich in der sogenannten Blutsgasse, einer finsteren, von steinernen Mauern begrenzten Klamm, eine von Hunderten eines dichten Gewirrs, in dem der Doktor sogleich die Orientierung verloren hatte. Wie viele Twieten, Stiegen, Gassen und Sträßchen gab es eigentlich in dieser verdammten Stadt? Das Zimmer, in dem er untergebracht worden war, roch nach feuchtem Mauerwerk. Eine Dienerin, dick wie eine Haubitzenkugel und fröhlich wie ein Erhängter, hatte ihm ein verlottertes Strohlager gezeigt und sich erst dazu bequemt, den Nachttopf zu säubern, als Avicente sich über fremde Exkremente darin beschwert hatte.

»In diesem Fall, Señora«, bemerkte Avicente mit einer leichten Verbeugung, »stimmt Euch der Schnee gewiss wohl…«

»Nicht im Traum! Wenn diese Kälte anhält, muss ich noch von Eurem medizinischen Können Gebrauch machen…« Sie musterte ihn durchdringend, als wollte sie seine Seele durchleuchten, und fügte zischend hinzu: »Ihr seid doch ein fähiger Arzt, oder nicht?«

Avicente Iguelmano, der fürchtete, die Kunde von Reenart Helmbreker aus Den Haag könnte ihm vorausgeeilt sein, wurde blass und lächelte. »Ich tue mein Bestes, Señora«, hauchte er scheu.

Da sie eine Falle witterte und nicht wusste, für wen sie ausgelegt war, ließ die Señora ihre Worte genüsslich wie einen Bonbon zwischen den Lippen zergehen: »Euer Bestes, sagt Ihr?« Bedachtsam wischte sie sich ein paar Schalenreste der Mandeln vom Rock, die sie zuvor geknabbert hatte, und fügte hinzu: »Dann sollten wir das auf die Probe stellen. Es bedürfte einer seltenen Krankheit oder eines diffizilen Falles …«

Das Hündchen der Señora sprang von ihrem Schoß und wuselte nervös zwischen den Knochentellern herum, die in den Salonecken vor sich hinstanken. Ein riesiger Tropenvogel, der angekettet auf einem Messingtablett thronte, stieß einen Schrei aus. Das Hündchen antwortete mit einem Knurren.

»Ich hab's!«, rief die Señora, kratzte sich das haarige Kinn und verzog die Lippen zu einem eigentümlichen Lächeln. Die in dicken purpurnen Balken auf die Wangen gestrichene Schminke bildete einen schrillen Kontrast zu den von herbem schwarzen Flaum umwachsenen Lippen. »Ich werde Euch zu Don Ilario auf die Burg schicken. Habt Ihr schon von seiner Tochter gehört?«

Mit einer leichten Verbeugung schüttelte Iguelmano den Kopf.

»Wirklich nicht? Es ist die Mär dieser Stadt! Sie schläft, mein liebes Doktorchen, sie schläft die ganze Zeit!«

Avicente unterdrückte ein nervöses Lachen.

Mit einem Blick gebot ihm die Señora zu schweigen. »Sie schläft seit *sechs* Monaten.«

Avicente zog die Augenbrauen hoch. Seine Knie begannen zu zittern, auch wenn er nicht hätte sagen können, weshalb, doch sollte ihm dieser Moment, in dem eine ungreifbare Gefahr in Form eines Märchens seine Zukunft bedrohte, haargenau im Gedächtnis bleiben.

»Sie schläft seit *sechs* Monaten und wacht niemals auf. Als wäre sie tot. Zwanzig Ärzte haben sie bereits untersucht, und alle sagen, es habe keinen Zweck, länger zu warten, man solle sie begraben. Doch das Mädchen atmet, versteht Ihr? Und schluckt das bisschen an Tränken und Brühen, die Don Ilario und seine Frau ihr zubereiten lassen.«

»Sie schluckt im Schlaf?«, krächzte Avicente Iguelmano und schluckte seinerseits.

»So ist es! Aber sie wacht nicht auf!«

»Señora«, wagte der in Lügen bewanderte Arzt zu bemerken, »das Mädchen verstellt sich womöglich.«

Die Señora erhob sich aus dem geschnitzten Stuhl, ein Kissen fiel ihr aus dem Schoß, und flink wie ein Schatten huschte ein Diener herbei und hob es auf. »Unsinn«, murmelte sie und blickte aus dem großen Doppelbogenfenster, welches eindrücklich bezeugte, dass dieser Palazzo andere Zeiten, andere Herrscher und anderen Prunk gesehen hatte. »Wenn sie sich verstellen würde, wäre man schon dahintergekommen. Und wieso sollte sie das tun, Dottore?«

Avicente zupfte sich am Kinn und machte eine vage Handbewegung. »Will ihr Vater sie gegen ihren Willen vermählen?«

Die Señora fuhr herum. »Nein. Soweit ich weiß, gibt es keinen Bräutigam.«

»Dann«, setzte Iguelmano nach, »will sie sich womöglich heimlich vermählen, und ihr Vater ist dagegen? Schaut, Señora, die Frauen ersinnen zahllose Listen, um Zwängen zu entkommen …«

Avicente ahnte nicht, wie sehr er damit seine Zukunft und sein eigenes Schicksal beschrieb.

Die Señora durchbohrte ihn mit heimtückischem Blick. So mussten die Erinnyen im Angesicht Orests geschaut haben.

»In diesem Fall«, fügte die Spanierin bedächtig hinzu, »werdet Ihr die Wahrheit herausfinden. Geht hin und fühlt der Sache auf den Zahn. Wisst Ihr Don Ilarios Fall zu lösen, werdet Ihr für mich und meine Familie als Arzt arbeiten. Der nächste Schritt ist dann, zum Arzt des Vizekönigs ernannt zu werden.«

3

Besah man sich die Vergangenheit des jungen Avicente ein wenig genauer, so entdeckte man die in den Osterien und adeligen Salons von Lleida und Barcelona verbrachte typische Jugend eines Filous voll ungebremster, verschwenderischer, prahlerischer Unbekümmertheit: Wären der vorzeitige Tod seiner Mutter und der wirtschaftliche Ruin seiner Großeltern nicht gewesen, hätte ihn nichts und niemand dazu gebracht, den Arztberuf seines Vaters zu ergreifen. Avicente hatten eine reiche Heirat und ein in müßigem Unvermögen verbrachtes Mannesalter vorgeschwebt.

Während seiner Kindheit war kein Tag vergangen, an dem Avicente sich und seinen Lieben nicht geschworen hatte, niemals würde er die Medizin zu seinem Beruf machen, die er am Ende doch zu studieren gezwungen war. Er hasste ärztliche Instrumente, die ihm wie Folterwerkzeug erschienen, hegte eine panische Angst vor Eiter und Virulenz und kämpfte beim Anblick von Blut mit Brechreiz und Ohnmacht.

Selbst jetzt, da er erwachsen war, fuhr er des Nachts häufig schreiend aus dem Schlaf, denselben Traum vor Augen, der ihn bereits in Kindertagen verfolgt hatte, als seine Mutter mit der besorgten Frage an sein Bett geeilt war, welcher Albtraum ihn plage. Dabei kannte sie die Antwort bereits, denn Avicente antwortete jedes Mal: »Die Operation.« Auslöser für diesen Albtraum war ein Erlebnis in seinem neunten Lebensjahr gewesen, als er seinen Vater nach Padua begleitet und dort dem Ereignis beigewohnt hatte, das ihn nun Nacht für Nacht heimsuchte.

Don Aleandro Iguelmano war ein frommer, hochangesehener Arzt, der Krankenhäuser finanzierte und sich als Kunstpatron und Wohltäter hervortat. In ärztlichen Dingen hielt er sich gern auf dem Laufenden, und einmal im Jahr begab er sich nach Padua, um den Seziersaal der dortigen Universität zu besuchen.

»Ständig werden neue Theorien entwickelt und neue Entdeckungen gemacht, da muss man Bescheid wissen«, erklärte er seinem Sohn. »Hinterherzuhinken kann einen teuer zu stehen kommen! Man sieht so viele ungelöste Fälle und unfähige Scharlatane, die mit niemals ausgeführten Experimenten prahlen!«, pflegte er seinem Sohn, den es ins rechte Gleis zu bringen galt, stets zu wiederholen.

Avicente erinnerte sich noch genau und mit Schaudern an die Reise nach Padua: An das drückende Wetter in der italienischen Stadt, an seine Kinderschritte, die auf den marmornen Stufen hallten und dann, vom Holz verschluckt, in den Räumen des Seziersaales verklangen. Er erinnerte sich an seinen kolitischen Kinderbauch, der sich unter der bestickten Bluse blähte, an die Luft in den überfüllten Fluren, in denen es vor Knien und bunten Strümpfen, dem seiner geringen Größe wegen ihm einzig möglichen Anblick, nur so wimmelte. Und an die Schuhe, den Geruch nach Leder, den süßlichen Fußgestank, die Darmwinde, die den seiner Nase gefährlich nahen Hosenböden entwichen und von Komplikationen kündeten, die ihm dereinst vertraut werden sollten: Diarrhö, Verstopfung, jegliche weitere Form von Verdauungsstörung, faulige Körpersäfte, trüber Harn. Groß zu werden erschien ihm mit einem Mal als gefährliche und wenig ratsame Wandlung, obgleich sich die Erwachsenen in ihrem übelriechenden Zustand wohlfühlten und sich trotz des fortschreitenden physischen Verfalls angeregt unterhielten. Er sah zu, wie sein Vater mit seinen Kollegen plauderte, und verstand kein Wort: Sie wirkten so selbstsicher, während sie würdevoll in ihr Doppelkinn murmelten, als würde der Tod sie nie berühren. Bestimmt kannten sie sein Geheimnis, da war sich Avicente sicher. Das Geheimnis der Unsterblichkeit. Vielleicht waren sie davon überzeugt, ihre ärztliche Profession würde sie schützen.

Während er, von dieser irrigen Vorstellung ergriffen, im holzvertäfelten Flur des Seziersaales von Padua zwischen zum Gespräch versammelten Beinen und Hinterteilen stand, wünschte Avicente sich tatsächlich, in die Fußstapfen Don Aleandros zu treten und Arzt zu werden, um dem Tod zu entgehen.

Dann hatte eine Glocke geklingelt und die kleine Schar Wartender war in den trichterförmigen Seziersaal geströmt.

In Spanien hatte Avicente ein Buch gesehen, in dem die Hölle mit ihren Kreisen dargestellt war. Ein italienischer Dichter hatte sie beschrieben, denn er hatte sie besucht, und dem Jungen hatten die Feuer, die Geschwüre und Eiszapfen, die zwischen Gebeinen und Armstümpfen schreienden Köpfe der Verdammten sehr gefallen. Er hatte verächtlich gelächelt: Wenn das die Hölle war, war sie nicht sonderlich furchterregend.

Er hatte kaum Zeit, sich zu überlegen, dass der Saal mit seinen konzentrischen Balustraden den Illustrationen des Buches ähnelte, als er, seine Hand in der des Vaters, einen weibischen Schrei ausstieß, der ihm sein Leben lang vorgehalten werden sollte. Don Aleandro Iguelmano hatte angewidert zu seinem Sohn hinabgeblickt, und Avicente war leicht zur Seite gewichen, als fürchtete er, eine der mächtigen väterlichen Augenbrauen könnte auf ihn niederstürzen. Er hatte sich an die Wurzelholzpfosten der Galerie geklammert und das Gesicht so fest dagegengedrückt, dass sich die Augen zu chinesischen Schlitzen dehnten. Aus dieser Position hatte er zum ersten Mal gesehen, was sich im Inneren eines Menschen verbarg.

Auf dem Seziertisch lag etwas, das alle Leichnam nannten, ausgeweidet wie ein Schwein oder Kalb im Metzgerladen. Pinzetten hielten Nerven und Sehnen, Halter stützten Muskelfasern, in einem fein austarierten Balanceakt, der den toten Körper einem Kammerorchester gleichen ließ.

Mit dem Blick suchte Avicente nach dem Harfenspieler, der die Sehnen zupfen, oder dem Cellisten, der die Muskelfasern streichen würde, doch stattdessen sah er nur riesige, schwarz gekleidete Bäuche und rote, von großen Spitzenkrösen umrahmte Gesichter, die in begierigem Schweigen um das aufgebrochene Etwas wuselten. Die Schnabelmaske, die der Vater auf dem Gesicht trug, um Ansteckung zu vermeiden, kannte er bereits: Auch hier, im anatomischen Seziersaal, wurde die Maske getragen, doch manch einer nahm sie ab, um das Experiment, das auf dem Tisch vonstattenging, besser verfolgen zu können.

Avicente überkam der Gedanke, dass Ärzte wohl keine Menschen wären, und vermerkte dies im Geiste in seinem persönlichen Lebensbuch.

Gebannte Gesichter beugten sich über den mit schleimigem roten Geschläuch, blaugrünen Organen und Unmengen von Blut gefüllten Bauch des Leichnams. Jemand erbrach sich lautlos in seinen Hut, andere suchten das Weite. Immer wieder wurde der Vortrag des Arztes, der die Vorlesung hielt – Avicente konnte ihn kaum sehen, jedoch seine tönende Stimme hören –, von den Übelkeitsanfällen der Zuhörer unterbrochen.

»Hinaus mit den Mimosen!«, hatte der Redner ausgerufen. »Macht Platz für die, die keinen empfindlichen Magen haben!«

Avicente war verwundert, dass er selbst noch nicht in Ohnmacht gefallen war und den Blick nicht losreißen konnte. Es war unmöglich, nicht hinzusehen. Und dennoch schien es ihm, als hätte er gegen ein Urgesetz verstoßen, ja, als hätte er eine Sünde begangen. Denn derartig in den menschlichen Körper hineinzuschauen war zweifellos eine Sünde: Konnte Gott es wollen, dass man dem Tod unter den Rock lugte? Tränen der Trauer und der Reue rannen ihm über die Wangen.

»Hochverehrte Herren …«, sagte indes der Redner.

Und da viele ihn mit Fragen bestürmten, hob er damit immer wieder und in wechselnder Betonung an. Unterdessen schritt die Operation fort, Organe wurden entnommen, das Venen- und Arteriensystem anhand von Zeichnungen erläutert. Man diskutierte über Hasenscharten, Schielaugen, Hakennasen: Avicente war, als hätte er tausend Augen, und alle ohne Lider.

Schließlich war der Tisch gedreht worden, und der Leichnam befand sich nur wenige Handbreit von der hölzernen Brüstung entfernt, zwischen deren Streben der Sohn des Dottor Iguelmano klemmte. Der Geruch nach Fleisch, nach Eisen und Alkohol, die Bitterkeit des blutgesättigten Wassers in den Kübeln, der gleiche Geruch wie sonntags in der Küche, wenn die Zicklein und Kaninchen gehäutet wurden, der saure Beizgestank, all das hatte Avicente gerochen, ehe er ohnmächtig wurde und mit reglosen, schlaffen Gliedern das Gesicht gegen die hölzernen Pfosten presste, von denen seine patschigen Kinderhändchen abgerutscht waren. Wie schon bei seinem weibischen Aufschrei hatte der Vater anschließend dafür gesorgt, dass er diesen unmanierlichen Aussetzer ebenfalls nie vergessen würde.

Zurück in Sevilla hatte er seine Frau im Beisein der Dienerschaft wissen lassen, Avicente sei nur fürs Priesterseminar geeignet, unter den Mönchen würde er das Leben eines Weibes führen, nähen, Ordnung halten und kochen können. Mehr sei von dem Jungen nicht zu erwarten. Drei Jahre später war die schwache, hörige Mutter, die Avicentes Hand in seinen Albträumen hielt, an einem unerklärlichen Halsleiden gestorben. Das ominöse Leiden hatte ein paar Jahre zuvor in Neapel gut zwanzig erlauchte Untertanen dahingerafft, unter ihnen auch einen recht illustren Dichter namens Basile. Einzig durch das barmherzige Einschreiten des heiligen Blasius konnte die Epidemie aufgehalten werden.

Beim Tod seiner Mutter hatte Avicente tiefe Schuld, beim Ableben des ein Jahr darauf an Schmerz, Einsamkeit und gebrochenem Herzen gestorbenen Vaters hingegen keinerlei Bedauern empfunden. Dennoch hatte er sich seiner Verantwortung gestellt und – entschlossen, dem Leben aller Bangnisse zum Trotz ein Schnippchen zu schlagen – den einzigen Beruf ergriffen, welchen seine Familientradition ihm erlaubte: die verhasste, gefürchtete Medizin.

Ihm war gesagt worden, es gäbe Ärzte, die nie als Chirurgen tätig wurden, die Heiltränke und Arzneien verabreichten und Worte als Kur verschrieben. Eifrig studierte er die Pflanzen und ihre Eigenschaften und lernte die Anatomie nur aus Büchern. Er erwies sich als redegewandt, der Name seines Vaters eilte ihm voraus, und der gute Leumund, den sich der alte Herr verdient hatte, täuschte über Avicentes himmelschreiende Schwächen hinweg, weshalb es ihm nicht schwerfiel, Wohlwollen zu gewinnen, welches bekanntlich immer und zu allen Zeiten leichter zu erobern ist als Achtung.

4

Don Ilario Morales, Garnisonskommandant des Kastells von Baia, und seine Frau Dominga hatten alles versucht, um ihre einzige Tochter Lisario zu wecken, doch vergebens. Lisario war die Abkürzung für den Namen Belisaria, welcher der verheirateten Frau vorbehalten war, die eines Tages an ihren Platz treten sollte, doch da alle ahnten, dass sie für immer unfertig bleiben würde, weder Fisch noch Fleisch, gefangen in diesem animalischen Zustand, der sie einer leuchtend grünen Eidechse gleichen ließ, und in einer Phase des Heranwachsens, in der alle Kreaturen noch Meeres- oder Waldgeister sind, nannte man sie auch weiterhin so.

Lisario schlief in einem Zimmer der neuen Burg, die der Vizekönig vor sechs Jahren aus dem Tuffstein des in fünf Nächten entstandenen Berges hatte errichten lassen und wohin der dort mit seinem Regiment stationierte Don Ilario auch seine Familie geholt hatte. Er hoffte, dass sein Aufenthalt nur von kurzer Dauer sein und er bald nach Toldeo zurückkehren würde. Wie auch seine Frau stammte er aus einem alten kastilischen Geschlecht, das die Mauren vertrieben hatte und sich zahlreicher Metzeleien von Ungläubigen rühmte. Don Ilario konnte Neapel und seine Bewohner nicht ausstehen, diese griechischen und während der vorangegangenen Herrschaften französierten Gesichter! Denn wenn es ein Volk gab, das Don Ilario noch weniger ausstehen konnte als die Neapolitaner, so waren es die Franzosen, wiewohl er die Engländer sogar noch ärger und unbändiger hasste.

Don Ilario gehörte zu jenem Menschenschlag, der zwar keine eigenen Überzeugungen besaß, jedoch eisern für solche eintrat, zumal, wenn sie mit Waffen verfochten wurden: »... Hier leben nur schwache, unregierbare Menschen, Dottore, roher Pöbel und kriecherischer Adel, und ich kann es kaum abwarten, nach Madrid zurückberufen zu werden. Man kann in diesem Land nicht mehr leben!«, sagte er als Allererstes und tat es Señora di Mezzala ungewollt nach.

Avicente nickte ergeben.

Obgleich das Zimmer, in dem man ihn empfangen hatte, mit Vorhängen und Sesseln überladen war, entströmten den nackten Tuffsteinwänden Feuchtigkeit und Kälte.

In dem großen, schmucklosen Kamin loderte ein mächtiges Feuer, und das ringsum verschleierte Bett, in dem Lisario schlief, war von Kohlebecken umstellt.

Lisarios Mutter, Donna Dominga Morales, war zwergwüchsig. Eine fortschreitende Blindheit hatte ihre Augen blaugrün verfärbt, und sie stützte sich auf eine neapolitanische Dienstmagd mit verlausten Zöpfen, die nie den Mund aufmachte und dafür Grimassen zog.

Don Ilario hingegen war feist und fahrig, zu Jähzorn neigend und von schwacher Konstitution. Seine Frau wagte nie, ihn zu unterbrechen, doch man spürte, dass jedes Wort aus dem Munde der Zwergin in dieser Familie Gewicht hatte und dass sich der Hausherr, um keinen Fehler zu machen, zuerst mit ihr beriet.

Seit Lisario in den Schlaf gefallen war, hatte sich dieses Gefüge verändert, und als die Zwergin ihren Mann zum zigsten Mal dieselbe Leier abspulen hörte, hatte sie hörbar geschnaubt und mit knapper Stimme angefangen, dem Doktor sämtliche Maßnahmen darzulegen, die man zum Wohl des Mädchens ergriffen hatte.

»... also haben wir es zuerst mit Glocken und dann mit Trommeln und schließlich sogar mit Trompeten versucht. Mit jähen Geräuschen, die einem den Schreck durch die Glieder jagen, und mit fortdauernder Musik. Wir haben geschrien, ihr vorsingen lassen und sie sogar geschüttelt. Der Herr vergib uns, wir haben sie auch geschlagen, gestochen und verletzt. Wir haben sie in der Kutsche herumgefahren, sie unterhalb der Burg im Meer gebadet, ihr wurden Aufgüsse und Tränke eingeflößt, wir haben ihr Aderlässe und Schröpfungen angedeihen lassen ...«

»Und alles ohne jedes Ergebnis?«

»Nichts, nicht die kleinste Veränderung. Sie schläft. Andauernd und friedlich.«

»Und Umschläge ...?«

»Alle nur erdenklichen! Wir sind verzweifelt, Dottore: Was können wir noch tun? Wir haben sogar den Priester gerufen und selbst eine Hexe, die in dieser Gegend praktiziert ...«

»Ich bitte Euch, ich hoffe, Ihr werdet mit gewissen Leuten nicht weiterhin verkehren!«

»Nein, nein, Dottore, aber versteht doch ... Unser einziges Kind ... Und sie ist erst sechzehn ...«

»Habt Ihr sie genötigt, habt Ihr von ihr etwas verlangt, was sie nicht wollte?«

»Dottore«, fiel ihm Dominga ins Wort, »Töchter und Ehefrauen tun, was ihre Väter und Männer ihnen sagen, da gibt es nichts zu diskutieren. Es ist das erste Mal, dass ...«

»Nein«, unterbrach Don Ilario sie mit veränderter Stimme, »es ist schon vorgekommen, allerdings nie für so viele Monate.«

Avicente Iguelmano hob entschuldigend die Hand. »Verzeiht mir, ich würde sie gern allein untersuchen. Könntet Ihr bitte den Raum verlassen?«

Don Ilario und seine Frau zögerten. Berühmte Ärzte hatten die Burg besucht, der Arzt des Vizekönigs höchstpersönlich, und niemand hatte Derartiges verlangt.

»Ich bitte Euch. Es ist mir unerlässlich«, drängte Avicente.

Die beiden Eltern strichen sich die schwarzen Kleider glatt und verließen unwillig das Zimmer, als könnte ein nicht wiedergutzumachender Schaden entstehen, wenn sie ihre Tochter auch nur einen Moment aus den Augen ließen. Die neapolitanische Dienstmagd warf dem Arzt einen finsteren Blick zu und ging ebenfalls hinaus.

»Er ist Katalane«, murmelte die Zwergin knapp, als sie vor der Tür waren.

»Hoffen wir, dass er die Lösung weiß«, seufzte Don Ilario.

Doch die Zwergin schüttelte verdrossen den Kopf. »Er ist Katalane«, wiederholte sie misstrauisch und entschieden.

5

Im Tuffsteinzimmer war der Manöverlärm der einquartierten Truppen nur gedämpft zu hören.

Es war, als dauerte eine alte Belagerung noch immer fort oder als vernähme man tagtäglich das matte Echo eines nie befriedeten Krieges. Avicente, der häufig mit den Truppen durch Spanien oder Flandern gereist und im Windschatten einer Garnison aus Den Haag geflohen war, war daran gewöhnt, doch in diesem abgelegenen Zimmer mit dem in schummriges Kerzenlicht getauchten Himmelbett und einem Mädchen, das unsichtbar darin schlief, war ihm zum ersten Mal, als wäre all diesem sich Bewaffnen und Verteidigen und Rüsten etwas Unnatürliches zu eigen.

Soldaten sind wohl keine Menschen, war die These, zu der er kam, um Haltung zu gewinnen. Einen solch klaren Schluss hatte er nicht mehr gezogen, seit er im anatomischen Seziersaal in Padua das gleiche Urteil über Ärzte gefällt hatte.

Lisarios Bett war mit Spitzen bedeckt: Bei näherem Hinsehen glich es eher einem Sarg, geschmückt mit Amuletten, Spangen, aus Silber gefertigten Buckligen und gehörnten Händen, Knoblauchknollen, Blumenkettchen und Elfenbeinschädeln. Avicente bekreuzigte sich dreimal und schluckte trocken. Mit behutsamen Schritten näherte er sich dem Bett und zog den Schleier beiseite. Lisarios Atem ging in kleinen Wellen, wie plätscherndes Wasser in einem Klosterbrunnen. Und während das Brünnlein gurgelte, sandten der Mund, der

Busen und die Beine einen sauerstichigen Mandelduft aus, was, so stellte Avicente fest, vom Nachttopf unter dem Bett und der Tatsache rührte, dass Lisario trotz der bemühten Dienerschaft einnässte.

Lisario war wunderschön, wiewohl Avicente nicht sogleich darauf kam, weil ihm das Wort nicht einfiel. Ihm fiel gar nichts mehr ein, als hätte er nie zu sprechen gelernt. Es war, als wären ihm Mund, Augen und Nase mit Watte verstopft.

Sie trug Hellblau, ihre Haut war schneeweiß und das lange schwarze Haar lag wie ein Strahlenkranz auf dem Kissen. Die Dienstmagd musste Stunden damit zubringen, es zu kämmen. Die Andeutung eines Knies erhob sich unter den Decken. Ihre Hände waren lang, die Nägel abgekaut, die Nase schmal vor Magerkeit. Der Hals steckte in Spitze.

Avicente griff sich einen Hocker und setzte sich neben das Bett.

Er knetete seine Hände. Rieb sich die Wange. Ohne es zu merken, trommelte er mit dem Fuß auf den Boden.

Dann sprang er auf und verließ das Zimmer.

Das Ehepaar Morales stand an einer der Brüstungen des Kastells. Sturmesdüster erstreckte sich der Golf von Pozzuoli vor Avicentes Augen. Die beiden schwarzen Gestalten hörten seine hastenden Schritte und wandten sich um: Plötzlich wurde die Schönheit der göttlichen Schöpfung in ihrem grausamen Kontrast zu den beiden verwachsenen Alten offenbar.

»Ich muss Eure Tochter viele Stunden täglich beobachten, und zwar für viele Tage«, keuchte der Doktor.

Don Ilario riss die Augen auf. »Wie viele?«, fragte er bang.

»Viele«, murmelte Avicente. »Viele.«

6

Wochen vergingen. Die täglichen Verrichtungen, die so schnell zur Gewohnheit werden, reihten sich wie die Perlen eines seit Jahrhunderten gebeteten Rosenkranzes aneinander: Avicente kam, stolperte über die Schwelle der Zitadelle, begrüßte Don Ilario und Donna Dominga, ging an der Dienstmagd vorbei und beantwortete die einzig mögliche Frage: »Ich weiß nicht, was Eure Tochter hat, doch eine genaue Beobachtung wird ihre Früchte tragen.«

Dann betrat er das Zimmer des schlafenden Dornröschens, die Magd brachte ein Tablett mit Obst und ein Glas Wein, das Avicente jedes Mal ablehnte. Die Tür schloss sich und der Tag verrann.

Ein einziges Mal waren die Morales eingetreten und hatten verärgert festgestellt, dass ihre freundlichen Gaben zurückgewiesen wurden, weshalb Avicente beschloss, so zu tun, als würde er trinken, und nachmittags auf dem Weg hinaus ein paar Äpfel einsteckte, um seine Dankbarkeit zu zeigen. Dennoch vergingen die Tage, die Beobachtungsstunden wurden lang und nichts schien sich zu ändern.

Durch seine beharrlichen Beobachtungen hatte Avicente drei versteckte Muttermale am Hals Lisarios entdeckt, dort, wo der täglich gewechselte Spitzenkragen, unter den zu lugen er noch nicht gewagt hatte, endete. Ferner bemakelte ein wolkenförmiger Leberfleck in der Kniekehle die ansonsten strahlend weiße Haut. Er wusste inzwischen, dass Lisarios Augen unter den geschlossenen Lidern grün waren, von einem Grün, das im Kerzenlicht an sommerliches Unterholz erinnerte, und dass sie funkelten, obwohl sie nach oben verdreht waren und nur die bläulich weiße Hornhaut zeigten. Er hatte die Finger ausgemacht, an denen sie vornehmlich knabberte, am Daumen und dem Zeigefinger. Er wusste, dass einer der Zehennägel des rechten Fußes aus einer seltsamen Laune der Natur heraus nicht hatte wachsen wollen. Doch weshalb Lisario schlief, hatte er noch nicht herausgefunden.

In der zweiten Woche hatte er darum gebeten, den Mahlzeiten beiwohnen zu dürfen. Die Magd und Donna Dominga waren mit zwei Tellern Suppe ins Zimmer gekommen und hatten das leblose Mädchen gefüttert, das aufs Kopfkissen kleckerte, aber schluckte. Um zu verhindern, dass es sich verschluckte, hatten sie es gegen einen Kissenberg gelehnt, die Magd hielt seine Stirn, und Donna Dominga fütterte es, doch da sie fast blind war, ging viel daneben. Avicente, den dieses sinnlose Ritual ganz kribbelig machte, hatte der Mutter angeboten, die Fütterung zu übernehmen. Die Zwergin hatte sich entsetzlich aufgeregt und war weinend davongelaufen, und Avicente hatte um Verzeihung bitten müssen und fortan darauf verzichtet, der Fütterungszeremonie beizuwohnen.

In der dritten Woche hatte er nach dem Glas Wein gesucht, das ihm regelmäßig hingestellt wurde, hatte es in einem Zug geleert und nach einem zweiten verlangt. Die Magd hatte ihn mit verdattertem Argwohn angeblickt und ihm eine ganze Karaffe hingestellt. Der Rotwein funkelte im bauchigen Kristall und spiegelte sich im silbernen Griff. Der Schimmer von Blut und Waffen war Avicente zu Kopf gestiegen. Er hatte sich nicht zurückhalten können.

»Wieso schläfst du?«, fragte er Lisario. »Warum sprichst du nicht mit mir?«

Dann riss er mit einem Ruck die Decken zurück und ließ sie zu Boden fallen. Trotz der Kohlebecken sträubten sich die feinen Härchen auf Lisarios bis zu den spitzen Knien entblößten Beinen in der Januarkälte, der plötzliche Ruck des Bettzeugs hatte ihre Arme hochgerissen, das Haar stand wirr und elektrisiert zu allen Seiten. Doch abgesehen davon änderte sich nichts: Der Atem gurgelte wie immer leise vor sich hin.

Avicente trank ein weiteres Glas. Dann kehrte er zu der Lagerstatt zurück und befühlte Lisarios Beine. Ein sanfter Druck, dann ein festerer. Es war, als berührte man eine warm pulsierende Marmorstatue. Doch die äußere Kälte war stärker und der Körper kühlte rasch aus. Sie wacht nicht auf, weil ihr kalt ist, dachte Avicente, was allerdings ein völlig konfuser, abwegiger Gedanke war. Er wandte sich wieder dem Wein zu. Die Decken reichen nicht, dachte er.

Er kehrte zum Bett zurück, streifte Lisarios Gesicht, ließ die Hände über ihre Brüste mit den harten kleinen Brustwarzen wandern, glitt bis zum Bauch hinab, der von all der flüssigen Nahrung aufgedunsen war und wie ein Laubfrosch quakte, wenn man darauf drückte. Brunnen, Kloster, Zähne, Laubfrosch: Ohne Sinn und Verstand geronnen die Worte in seinem Kopf und verflüssigten sich wieder. Mit zwei Fingern schob er Lisarios Lippen auseinander und betrachtete die reglose Zunge, die vorne weißen und hinten gelben Zähne, den Speichel, der ihm die Fingerkuppen benetzte. Er ließ von ihr ab und trank noch mehr. Als hätte man einen toten Fisch vor der Nase, dachte er wütend. Torkelnd kehrte er zu der Schlafenden zurück.

Was werden sie bloß von mir denken, wenn ich hier besoffen hinauswanke?, dachte er bei sich. Mit Mühe erreichte er das Bett, klammerte sich an einen Holzpfeiler und riss dabei einen Vorhang herunter. Die Tür ist nicht abgeschlossen, bemerkte er. Doch sie war unerreichbar weit weg. Und wieso sollte er sie abschließen? Vorsichtig hob er Lisarios hellblaues Hemd und entblößte sie bis zu den Rippen. Das von einer hauchdünnen, schenkellangen Unterhose bedeckte Dreieck des Schambeins hob und senkte sich im leisen Takt des Atems. Sacht streichelte er mit Zeige- und Mittelfinger darüber. Durch das Hochreißen von Decken und Kleidern war die Hose aufgebläht und das Schamhaar hatte sich vor Kälte aufgestellt. Oder vor Schaudern, dachte Avicente erschreckt.

Seine Finger entdeckten einen Schlitz im Stoff und plötzlich streichelte seine Hand das gelockte Köpfchen eines Kleinkindes. Das Herz schlug ihm bis zum Hals. Er griff beherzter zu. Oder war es das Fell einer Katze? Würde die Bestie zubeißen, wenn er sich rührte? O, gewiss: Don Ilario würde ihn am Holz dieses Bettes aufknüpfen und die Zwergin würde ihm die Augen ausreißen. Schon konnte er spüren, wie sie auf seinen Schulten hockte und ihm ins Ohr zischte: »Jetzt gehören sie mir, dann kann ich endlich wieder sehen! Mit den Augen eines Mannes! Mit den Augen eines katalanischen Arztes!«

Sie würden ihn entmannen und fortjagen, die haarige Katze würde zuschnappen und zwei abgetrennte, bluttriefende Finger würden auf dem Bett zurückbleiben. Avicente wurde bang. Dennoch wanderten seine Finger hinab, glitten über einen Kamm weichen Fleisches und begannen sich rhythmisch zu bewegen. Die Katze biss nicht zu. Doch ebenso wenig erwachte sie.

Lisario erschauerte leise. Hatte er sich das eingebildet?

Er konnte nicht aufhören, nicht nachdenken, er konnte nur weitermachen, seine Finger bewegten sich wie von selbst. Avicentes Gesicht war gerötet, seine Augen tränten, seine Hand glühte, der restliche Körper war kalt und verschwitzt, jähe Schauder durchwogten ihn von den Füßen bis ins Hirn.

Mit den Fingern zeichnete er die Windungen des Fleisches nach, die er jenseits des Eingriffschlitzes entdeckte, und folgte unsichtbaren Pfaden. Ich bin in einem Wald, in einer Höhle, ich habe mich verlaufen, sagte er sich schweißüberströmt. Seine Finger gelangten an einen feuchten, verborgenen Ort, von dem sie sich erst nach einer scheinbaren Ewigkeit lösen konnten. Lisario erzitterte abermals. Avicente hätte schwören können, dass sich ihr Mund leicht geöffnet hatte.

Jemand klopfte an die Tür. Wie aus einem abgrundtiefen Brunnen wurde Avicente ins Zimmer zurückkatapultiert: Ja, jemand klopfte an die Tür. Und der Heftigkeit nach zu urteilen, klopfte er schon seit einer ganzen Weile. Ich habe sie abgeschlossen, dachte er panisch. Ich habe sie ohne es zu merken abgeschlossen. Und während er sich noch über das Wann und Wie wunderte, hatte er Lisario wieder bekleidet, die Laken über sie gebreitet und den Schlüssel im Schloss gedreht.

Argwöhnisch erschien das rotweiße Gesicht der Dienstmagd vor seiner Nase. Jetzt war er eine Erklärung schuldig. Gewiss sah er wie ein Wahnsinniger aus, verschwitzt, mit wirrem Haar, erhitztem Gesicht und weinsaurem Atem.

Bestimmt waren Don Ilario und die Zwergin schon hierher unterwegs. Avicente stellte sich einen blauen Januarhimmel vor, der vor dem großen Tuffsteinfenster stand und sich über die Terrasse des Kastells wölbte, und Soldaten, die bereits das Schafott für ihn errichteten. Also starrte er die Magd an, ohne sie zu sehen, und schrie einen Satz, der ihm zugleich Rettung und Verhängnis werden sollte: »Sie hat die Lippen bewegt! Sie hat die Lippen bewegt!!!«

7

Das Ehepaar Morales wollte alles wissen, und natürlich ließ Avicente nichts heraus. Er behauptete, während seiner Beobachtungen hätte er damit begonnen, ihre Handgelenke auf eine bestimmte Art zu drücken, und dies hätte zu besagter Reaktion geführt. Die Zwergin schien ihm nicht recht zu glauben, Don Ilario hingegen schon. Was blieb ihnen anderes übrig, als diesem Grünschnabel weitere Zeit zu gewähren. Sollte er Erfolg haben, wäre das ein echtes Wunder.

Avicente verfügte, dass das Zimmer jeden Morgen abgeschlossen werden und niemand ihn stören sollte.

»Und der Wein?«, fragte die Magd pikiert.

»Ein Glas reicht mir, danke«, stammelte er beklommen.

Tags darauf ging Avicente planvoll und nüchtern vor. Er wusste wohl, dass er keine ärztliche Behandlung anwandte. Er tat, was er wollte. Doch er konnte nicht aufhören. Er zog die Laken zurück, schob Lisarios Unterhose hinunter und betrachtete das kastanienbraune Dreieck ihrer Scham. Wieder streichelte er mit zwei Fingern die fleischige Wölbung, die rosig darunter hervorleuchtete. Lisario erschauderte. Erschreckt zog er die schwitzende Hand zurück. Mit Wein war es einfacher gewesen. Nein, nein: Seine Pflicht war es, zu beobachten, das hatten ihm sein Vater, die Lehrbücher und Helmbreker bis zum Erbrechen eingebläut. Wieder berührte er ihre Scham, drang in sie ein, wagte eine Bewegung, dann eine andere. Das leise Beben begann von neuem. Avicente stieß gegen den hölzernen Bettpfosten: Er war erregt, und seine unterdrückte Erektion entrang ihm ein Stöhnen. Vor Schmerz rannen ihm zwei Tränen übers Gesicht.

Lisario hingegen schien zu lachen.

Ja, Lisario lächelte mit hochgezogenen Mundwinkeln. Avicente streichelte weiter. Wieder wurde sie von einem leichten Zittern ergriffen, und ein Seufzen drang aus ihrem Mund. Avicente fuhr fort, diesmal heftiger: Lisario war feucht geworden, die Welt stand Kopf, der Arzt zitterte, und dem Mund der Kranken entwich ein Stöhnen.

Avicente hörte nicht auf. Das Stöhnen wurde länger. Mit einem Ruck riss er die Hand zurück. »Seid Ihr wach? Wollt Ihr mich auf den Arm nehmen?«, rief er.

Doch mit dem Abbruch der Berührung war Lisario wieder in vollkommene Stille versunken und ihr Körper lag reglos, kalt und schlafend da, als wäre nichts geschehen.

Wütend und voller Scham packte Avicente sie bei den Schultern und schüttelte sie. »Hört Ihr mich? Hört Ihr mich?!!«

Er erhielt keine Antwort. Vollkommenes Schweigen erfüllte das Zimmer.

8

Obgleich er unzählige Bücher über den weiblichen Uterus, über Fortpflanzung und Säuglinge gelesen und alte und neue Darstellungen studiert hatte, war er den Eindruck nicht losgeworden, die Verfasser hätten ebenso wenig davon begriffen wie er selbst. Allerdings hatte er eine Heidenangst davor, dies zuzugeben, genau wie sämtliche Ärzte vor ihm und alle, die nach ihm kommen sollten. Doch wenn er schon uneingestandenermaßen vom Uterus nichts verstand, so verstand er von dieser Scham und dieser Regungen und Gestöhn auslösenden Vulva erst recht nichts. Natürlich hatte er Bordelle besucht. In den Freudenhäusern an der spanischen Küste, in Den Haag und – wiewohl er erst seit kurzem dort war – auch in Neapel kannte er sich aus. Doch im Bordell hatte er nicht die Zeit damit verplempert, den Prostituierten an die Scham zu fassen. Lächerlich. Er wusste genau, was er wollte, und sie wussten es ebenfalls. Für den Mann gab es zahlreiche Arten, Lust zu empfinden, und er hatte sie alle ausprobiert. Wen kümmerte es, ob die Frau Lust empfand? Das spielte keine Rolle.

Hingestreckt auf der Liege, die ihm die Soldaten auf die Burgterrasse gestellt hatten, damit er sich während seiner Visiten ausruhen konnte, grübelte Avicente über seine Ignoranz nach, empörte sich über das alberne Geheimnis der Frauen, das er nicht enträtseln konnte und das die schlichte Ordnung des selbstverständlich für den Mann erschaffenen Universums durcheinanderbrachte, und schlief häufig darüber ein. Kein Zweifel, diese Lisario war ein Fehltritt der Natur. Doch des Nachts daheim in Neapel konnte er nicht umhin, von ihr zu träumen, und wachte mit besudelten Beinkleidern auf.

Dann, eines Nachts, nachdem er besonders müde und erregt nach Hause gekommen war, träumte er einen seltsamen Traum. Er lag mit Schlafmütze und Nachthemd im Bett, doch im Freien, in einem dunklen, tiefen Hof. An den Hoffenstern erschienen nacheinander fünf Männer in Ordenskleidung.

»Wer seid Ihr?«, rief Avicente auf Spanisch. »Die Heilige Inquisition?«

»Ach, Kajetan, dauernd werden wir mit diesen Unglücksbringern verwechselt!«, sagte einer der fünf zu dem Mann, der aus dem Mittelfenster blickte und dessen Kopf von einer Art Heiligenschein umrahmt wurde.

»Nein, mein Sohn, wir sind die Theatiner. Ich bin der heilige Kajetan und er der selige Johannes …«

»Und wir?«, entrüsteten sich die anderen. »Uns stellt er nie vor!«

»Ruhig, Brüder, ruhig. Und das sind …« Er nannte ihre Namen, doch Avicente hörte sie nicht.

»Wie? Was habt Ihr gesagt?«

»Das sind …«, und wieder waren die Namen nicht zu hören. Die anderen protestierten.

»Na schön, ist auch unwichtig, was zählt, ist, dass wir hier sind, um dich aufzuhalten, mein Sohn. Vor hundert Jahren sind wir nach Neapel gekommen, um den Klerus zu reformieren … und auch die Gläubigen, den Adel und die Ärzte, wie du einer bist … Lass von dem Mädchen ab. Lass von ihr ab, und du wirst dich retten …«

Doch Avicente war die Angst vergangen, er war aufgesprungen und schüttelte wütend die Faust. »Fort mit Euch, elende Plagegeister! Was versteht Ihr schon von der Wissenschaft! Fort mit Euch!« Er hatte so laut gebrüllt, dass die fünf Ordensbrüder von den Fenstern verschwunden waren und er mit gereckter Faust und schweißnasser Stirn in seinem eigenen Bett aufwachte.

Er schwor sich, nie mehr von Priestern, Ordensbrüdern, Mönchen und Heiligen zu träumen, und gab sich wieder dem Traum von Lisarios schönen Formen hin.

9

Einen Monat nach seinem Einstand betrat Avicente das Kastell mit dem festen Vorsatz, zu beweisen, dass sich die Wissenschaft nicht von den Weibern an der Nase herumführen ließ.

Er betrat Lisarios Zimmer, wies den Wein zurück, schloss die Tür ab und krempelte sich die Ärmel hoch. Er würde tun, was er tun musste, ohne sich aus dem Konzept bringen zu lassen. Er entkleidete die Kranke, schob ihr die kalte Hand zwischen die Schenkel und wiederholte routiniert die in den vergangenen Tagen vollführten Bewegungen. Teilnahmslos und ohne sich benebeln oder verwirren zu lassen. Als Arzt und Beobachter. Unermüdlich fuhr er fort, doch Lisario rührte sich nicht. Nur ihr Fuß regte sich flüchtig: Der linke große Zeh zuckte, sonst nichts. Nach zehn Minuten zog Avicente seine kalte, trockene Hand zurück und warf sich entmutigt in einen Stuhl.

Er hatte versagt. Das Beste würde sein, die Burg zu verlassen, Don Ilario wegen seiner Unfähigkeit um Verzeihung zu bitten und nach Neapel zurückzukehren, oder besser nach Barcelona oder Lleida, um dort auf den Straßen zu betteln, denn niemals würde ihn die Señora nach solch einer Niederlage dem Vizekönig vorstellen.

Während er sich die Stirn knetete und die Augen rieb, stahl sich Lisarios Geruch, der an seinen Fingern hing, in seine Nase. Avicente berauschte sich ohne Wein. Seine Niedergeschlagenheit verwandelte sich in Wut, er kehrte zum Bett zurück. »Ihr wollt mich in den Wahnsinn treiben!«, beschimpfte er seine Patientin.

Dann streichelte er ihre Arme, zog sie vollkommen aus – das Zimmer war schließlich abgeschlossen – und entledigte sich ebenfalls seiner Kleider … was tat er da?

Er konnte sich nicht zurückhalten: Er legte sich neben sie und wiederholte hingebungsvoll die Bewegungen, die er auswendig zu kennen geglaubt hatte, von denen er in Wirklichkeit jedoch keine Ahnung hatte und die er niemals so erlernen würde, dass er sie anderen würde erklären können. Lisario wurde warm und feucht, die Welt stellte sich auf den Kopf, die Schleier des Bettes stürzten auf die beiden Liebenden nieder, Lisarios Rücken bog sich, und ihre Lippen öffneten sich wie zu einem Schrei. Ich bin verloren, durchschoss es Avicente, und er presste ihr die Hand auf den Mund. Lisario leckte mit der Zunge darüber, ohne die Augen zu öffnen. Zuckend kam sie zum Ende, und hinter ihrem Rücken ergoss sich der Samen in Avicentes Hand.

10

Die Behandlung setzte sich über Wochen fort.

Lisario wachte nicht auf, empfand jedoch Lust, und ihr Arzt mit ihr. Der Karneval kam und ging, die Fastenzeit begann. Die Eltern Morales wollten wissen, wie es weitergehen sollte, doch Avicente Iguelmano beteuerte abermals, er brauche mehr Zeit. Die Visiten bei der Schlafenden waren zu einer Obsession geworden. Doch als der Frühling begann und Lisario Morales noch immer nicht aufwachte, wurde Avicente von Don Ilario und seiner Frau freundlich entlassen.

Niedergeschmettert verabschiedete er sich, wies jegliche Bezahlung zurück und kehrte unter Tränen in seine Behausung in einer der Gassen Neapels zurück. Nur in einem war er mit sich selbst unerbittlich geblieben: Er hatte seine Patientin nicht entjungfert, und das war nicht wenig. Für sein Vergehen gab es keine Beweise.

Die Señora empfing ihn abermals in ihrem von anderen Herrschern anderer Länder errichteten Haus im Vico Lampadio, dort, wo zu römischen Zeiten Fackelläufe abgehalten worden waren, und bedachte ihn mit höflicher Gleichgültigkeit. Er versuchte das Hündchen zu streicheln, das auf ihn zukam, um ihm ans Bein zu pinkeln. Der exotische Vogel, der krächzend auf seiner Stange hockte, beachtete ihn nicht. Seine Karriere in den Kolonien war zu Ende. Am Tag nach seiner letzten Visite auf der Burg war Avicentes Gepäck bereits verschnürt und stand bereit, um mit dem Arzt auf einem Schiff in See zu stechen.

Dann kam, flink wie ein Fuchs, die Neuigkeit aus Baia.

Lisario Morales war erwacht.

Und sie hatte Hunger.

11

»Dieser Berg da wird bald wieder ausbrechen, Ihr werdet schon sehen …«

Der Alte mit dem Hasen über der Schulter kratzte sich bei jeder Bewegung ausgiebig die Flohstiche. Avicente war ein wenig abgerückt, obgleich ihm die Sinnlosigkeit dieser Maßnahme bewusst war. Selbst die Señora, die über eine große metallene Badewanne verfügte, strotzte nur so vor Flöhen. Mit dem Läusekamm, den ihr ein spanischer Grande geschenkt hatte, pflegte sie sich gern Luft zuzufächeln, weshalb die Parasiten kreuz und quer durch den großen gotischen Salon flogen. Sogar von einem berühmten Maler hatte sie sich mit dem Utensil malen lassen, angetan mit der gewaltigsten Perücke, die Avicente je gesehen hatte. Doch angesichts der Häufigkeit und Heftigkeit, mit der der Alte sich kratzte, schien er weniger verlaust, denn von einer Art Krätze oder Pockenkrankheit befallen.

Avicente, wiewohl er den Wagen mit dem Alten teilte, verkroch sich noch tiefer in seinen Mantel. Die Morales hatten ihn unverzüglich zu sich gerufen: So schnell dieser Eselskarren ihn bringen konnte, eilte er der jungen Wiederauferstandenen zu.

»Ich habe gehört, der Vesuv soll auch bald ausbrechen …«, murmelte er nervös, und die Frau, die neben dem Alten auf dem Bock saß, antwortete auf Neapolitanisch.

»Der lässt's dauernd krachen, Eccellenza. Der ist schlimmer als mein Bauch, wenn ich mich mit Bohnen vollschlag… Dabei sollte das Volk es krachen lassen, nicht der Berg…« Sie lachte schallend.

Avicente lächelte schmal.

Um ihren Worten Nachdruck zu verleihen, hatte die Frau eine Pobacke gelüpft und ohne die Zügel aus der Hand zu geben einen lauten Furz gelassen.

Hinter einer Kurve tauchte das Kastell von Baia auf, das Meer zur Linken funkelte im Sonnenlicht.

»Ah, ein idealer Tag für Schnecken!«, konstatierte der Alte.

Tatsächlich war – obwohl erst März und das Wetter noch wechselhaft – der Frühling ausgebrochen, die Luft war lau, und die Verheißungen des kommenden Sommers ließen Meer und Landschaft erstrahlen. Die Boote glitten mit geblähten weißen Segeln über das ölglatte Wasser. Die Rufe, die vom Hafen herüberschallten, ließen auf einen fischreichen Morgen schließen, obgleich die Stunde vor Marktbeginn bereits verstrichen war und in den Körben nur noch Drachenköpfe und Aale lagen.

Avicente war nervös. Er verspürte das unbändige Verlangen, sich ebenfalls zu kratzen wie der Alte mit dem Hasen, doch die guten Manieren verbaten es ihm.

Er seufzte. Er fühlte sich genauso wie damals als Kind während der Operation. Sein Magen hüpfte im Takt der Schlaglöcher und Steine. Würde Lisario ihn bezichtigen? War sie wach gewesen, und hatte sie alles mitbekommen? Oder konnte sie sich gar im Schlaf an alles erinnern? Würde man ihn als Vergewaltiger lynchen?

Avicente verabschiedete sich von seinen Weggefährten. Die Frau antwortete mit einem fröhlichen Furz. Welch würdiger Rahmen, dachte Avicente, schlitterte mit den Ledersohlen über den mit Dreck und Fliegen übersäten Schotter, der die Pferde am Rutschen hindern sollte, und machte sich mit vom Wind gezaustem Federhut auf den Weg ins Verderben. Ein kalter Schauer lief ihm das Rückgrat hinab. Offiziell, so hatte die Señora gesagt, wolle man ihm danken.

Vielleicht hatte Lisario geschwiegen? Doch ganz gleich, ob Lisario ihn sehen wollte, um ihm seine abscheuliche Tat vorzuwerfen, oder ob die Eltern davon wussten und die Einladung eine Falle war, um ihn auf der Burgterrasse zu ermorden: Seine Karriere war zu Ende, sein Leben dem Niedergang geweiht. Also war es besser, die Sache schnell hinter sich zu bringen und sofort zu sterben. Würde man ihn erschießen oder mit dem Degen durchbohren? Don Ilario stammte aus Toledo: also der Degen, keine Frage.

Während der Karren behäbig seinen Weg in Richtung Pozzuoli fortsetzte, wanderte Avicente die Burgrampe hinauf.

Die Familie erwartete ihn im üblichen Zimmer, mit dem einzigen Unterschied, dass Lisario ebenfalls wach war, kleiner als erwartet, festlich angezogen, ein wenig blass und noch immer mit dem Spitzenkragen um den Hals. Zitternd begegnete Avicente ihrem Blick, den sie jedoch gleichgültig und ungerührt erwiderte. Etwas Misstrauisches, Abwesendes lag in ihrem Ausdruck, als sei sie in Gedanken woanders, doch war sie wunderschön – das Wort durchfuhr ihn jäh, und zugleich empfand er eine Leere in der Brust –, noch schöner, als er sie in Erinnerung hatte.

Ausnahmsweise kam Donna Dominga ihrem Mann zuvor. Sie erhob sich und kam auf Avicente zu, den man unterdessen Platz hatte nehmen lassen. Stehend war sie so groß wie der Doktor sitzend, so waren sie auf Augenhöhe. In Erwartung, geohrfeigt oder angespuckt zu werden, krampften sich seine Finger zusammen.

Doch die Zwergin breitete die Arme aus und warf sich ihm

an den Hals. Sie weinte, sie weinte und dankte ihm. Gänzlich unverstellt. »Ihr habt mir meine Tochter zurückgegeben, Gott segne Euch, Ihr seid ein Heiliger, ein Heiliger!«, stammelte sie.

Die Dienerinnen einschließlich der Magd, die ihm den Wein gebracht hatte, lachten und klatschten, wischten sich über die Wangen, umarmten einander und applaudierten wie im Theater. Selbst die anwesenden Soldaten – die Avicente ganz und gar nicht behagten, hielt er sie doch für sein Exekutionskommando – blickten einander gerührt an.

Don Ilario schaffte Iguelmano, der glühend rot geworden war, seine Frau vom Hals. »Wir verdanken Euch alles, Signore. Dank Euch ist unsere Tochter genesen. Es ist ein wahres Wunder, um das Ihr Euch verdient gemacht habt.«

Mehr als eine halbe Stunde regnete es Komplimente, eine Geldschatulle wurde Avicente zu Füßen gestellt, es floss reichlich Wein, und niemand dachte auch nur im Traum daran, den Arzt zu beschuldigen.

»Ist es zu fassen? Ein Katalane … Und ich hatte geglaubt, er sei zu nichts in der Lage …«, murmelte die Zwergin und seufzte.

Im allgemeinen Durcheinander suchte Avicente Lisarios Blick, doch das Mädchen spielte mit einem Vögelchen in einem Käfig, als ginge sie das Treiben ringsum nichts an.

»Und du? Willst du dem Doktor nicht danken?« Don Ilario schob seine Tochter auf Avicente zu. Ein wenig scheu und verlegen trat sie einen Schritt auf ihn zu.

Ich werde es ihren Augen ansehen, ob sie sich erinnert, dachte Avicente. Beklommen senkte er den Blick.

Das Mädchen knickste, neigte den Kopf und richtete sich wieder auf. Sie folgte einer Anordnung, sonst nichts. Sie erinnerte sich an nichts. Sie hatte keine Ahnung, was vorgefallen war. Ein wahres Wunder.

Avicente spürte, wie seine Augen sich mit Tränen füllten, und er musste zweimal schlucken, ehe er wie ein Mann antworten konnte. »Es war mir ein Vergnügen, Signora. Ein echtes Vergnügen.«

Das war nicht gelogen. Für einen winzigen Moment blitzte es in Lisarios grünen Augen auf wie bei einem lauernden Raubtier. Gebannt blickte Avicente sie an, doch gleich darauf war nichts mehr davon zu sehen. Er hatte sich wohl geirrt. Oder nicht? »Ich würde gern Eure Stimme hören, jetzt, da es Euch wieder gut geht …«, sagte er.

Don Ilario legte ihm die Hand auf die Schulter. »Was sagt Ihr da, Dottore? Wisst Ihr denn nicht, dass meine Tochter stumm ist?«

12

Ungläubig und von Ruhm umglänzt kehrte Doktor Iguelmano nach Neapel zurück. Selbst, wenn Lisario etwas hätte verraten können – etwas, an das sie sich fraglos nicht erinnerte –, sie wäre nicht in der Lage dazu! Deshalb der verhüllte Hals und der Spitzenkragen: Ein Eingriff im Kindesalter, hatte Don Ilario erklärt, ein Kropf, der gewuchert war. Seitdem war Lisario stumm.

Das perfekte Verbrechen. Avicente hüpfte auf einem Bein und rührte das Tamburin. Jetzt würden ihm alle Türen offenstehen, einschließlich die des vizeköniglichen Palastes, Glück und Freude warteten auf ihn. Geld, Patienten, eine Karriere! Die Señora würde ihm endlich helfen, und er würde in einen dieser prunkvollen Palazzi ziehen, die es in der Hauptstadt des Reiches im Übermaß gab, umgeben von waldigen Gärten voller Jaguare und Pfauen, mit eigenen Quellen, Wasserfällen und Brunnen, an deren Rändern sich Verse von unsterblicher Schönheit oder törichte Liebesbriefe lesen ließen. Alles, vom Bad in marmornen Wannen bis zum Vergnügen eines neuen Paars Schuhe, von der Anmut von Herzoginnen und Gräfinnen bis zu den Brüsten einer Dienstmagd, von Kutschen bis zu brandneuem chirurgischen Besteck, von Reisen bis zu üppigen Speisen, schien zum Greifen nah und bot Aussicht auf unendliche Wonnen. So war das Elysion: Der in goldenen Lettern gemeißelte Name Iguelmano neben denen von Aeneas, Karl V., Achilles und dem heiligen Januarius.

Seit Stunden lag er so auf seiner Studentenpritsche und malte sich Verdienste und Ehren aus, als ihm der Brief überbracht wurde.

Das mit Siegellack verschlossene Sendschreiben hatte ungefähr folgenden Inhalt:

Hochverehrter Dottor Iguelmano,
in Anbetracht Eures übergroßen Dienstes und des unermesslichen Glücks, die Ihr meiner Familie erwiesen habt, bitte ich Euch, ein Angebot anzunehmen, das Euch ebensolche Freude bereiten dürfte wie die, die Ihr in unser bescheidenes Heim gebracht hat. Signore, ich gebe Euch meine Tochter zur Frau.
In stets treuer Ergebenheit, Euer
Don Ilario Morales

Avicente fiel aus dem Bett, als hätte eine riesige Hand ihn gepackt und in einen Abgrund geschleudert: Er war sich so sicher gewesen, davongekommen zu sein, dass er, der arme Fuchs, die Falle nicht bemerkt hatte.

Briefe an die Allerseligste Muttergottes der siebenstrahligen Krone Hochreine und Ewige Jungfrau Maria

O verehrteste, liebste, allerteuerste Jungfrau Maria, mir ist, als wäre ich in einer Novelle des Signor de Zerbantes gelandet, genauer gesagt in jener, die »Die Macht des Blutes« heißt! Bin ich vielleicht Leocadia? Du, die Du sie gelesen hast – lest Ihr auf den himmlischen Wolken Novellen? –, weißt, was ich meine: Leocadia, die auf Reisen ihren Eltern entrissen und entführt wird, erwacht entehrt in den Armen des Liederjans Rodolfo, der sie schwängert und sitzenlässt. Jahre später, als das Kind bereits herangewachsen ist, wird sie ausgerechnet Rodolfo zur Frau gegeben, der wegen Unehre aus Neapel geflohen ist. Doch weder Rodolfo noch Leocadia wissen, dass sie füreinander bestimmt sind. Bei seinem Anblick fällt sie in Ohnmacht und erwacht in den Armen des Halunken, der jetzt nicht mehr Halunke, sondern ihr Gatte ist! Und schlief ich nicht, als Signor Iguelmano im Kastell auftauchte? Und hat er mich nicht entehrt? Und bin ich ihm jetzt nicht zur Frau versprochen? Hier endet der Vergleich mit Signor de Zerbantes. Denn ich glaube, dass mein Zukünftiger nicht sicher ist, was ich von den vergangenen Monaten erinnere …

Vielleicht hätte ich Vater und Mutter erklären sollen, was geschehen ist, spürte ich doch genau, was vor sich ging, während ich im Bette lag. Doch um dies zu tun, hätte ich schreiben müssen, und niemand hier weiß, dass ich dazu in der Lage bin! Wie Leocadia hätte ich sagen sollen: »Nimm dich in Acht, Verräter und seelenloser Mensch, wer immer du bist!« …

»Chirurg!«, hätte ich hinzufügen sollen, »schändlicher Scharlatan! Ebenso gut hättest du die Gewänder, die du mir vom Leib gerissen hast, einem Baum oder einer leblosen Säule abnehmen können, und dein Sieg und dein Triumph werden in Schmach und Verachtung enden.«

Wer hätte je gedacht, dass ich die Braut eines Mannes werden würde, durch den mein Vater sich seiner Pflicht zu entledigen glaubt!

Wie können Väter so denken!

Hör nur, Holdeste, was der Vater Leocadias sprach: »Bedenk auch, meine Tochter, dass eine Unze öffentlicher Schande weher tut als ein Zentner geheimer Schmach. Und da du, mit Gottes Hilfe, vor der Welt in Ehren leben kannst, so mache dir darüber keinen Kummer, insgeheim, in deinen Augen, entehrt zu sein …«

Wie auch immer, ich bin so voller Hochgefühl, so erregt!

Und Immarella, Annella und Maruzzella ebenso. Es herrscht ein großes Hin und Her von Kleidern, Schuhen, Parfums und Schminke: »Nimm Kürbiswasser … hier ist ein bisschen Lippenrot … schlüpf in die bestickten Korkpantinen … schau mal, die schönen Ohrringe … probier diese Halskrause … sieh dir den neuen Fächer an!« Strümpfe, Broschen, Krägen, Fächer und Ohrhänger, Hemden aus bretonischem Leinen, Borten, gläserne Ziersteine, Locken, Reifröcke, Krösen, Scharlach, Atlas, Seide … O Holdeste, ich komme mir vor wie ein Standbild, das jedermann einkleiden will!

Aber die Heirat … Was ist diese Heirat? Der Chirurg missfällt mir nicht, wenngleich die Mutter immer sagt: »Er ist ein Filou!«, und sich dann freilich berichtigt: »Ein Filou, der Wunder vollbringt!« Ich vermag mir gar nicht vorzustellen, was für ein Gesicht sie machen würde, wenn sie wüsste, von welchen Wundern die Rede ist … Holdeste Jungfrau, wenn Du erlaubst und ganz im Vertrauen: Was hat Joseph von Dir verlangt? Du, die Du Frau und Mutter gewesen bist, sage mir: Auch Du hast doch, wie alle anderen Frauen, Wonne verspürt … Oder nicht? Verzeih mir, Holdeste, ich weiß, ich weiß: Dies sind schändliche Fragen! Gewiss war Dein heiliger Gatte geduldig, arbeitsam, still. Dennoch denke ich mir – den Herren de Zerbantes und Shakespeare zum Trotz, die Frauen erfinden, welche gar keine Frauen sind –, dass es nicht unbedingt vergnüglich ist, sein ganzes Leben mit einem so geduldigen, strebsamen und stillen Mann zu verbringen …

Verzeih, Holdeste, aber war der blonde, glanzvolle Engel des Herrn mit seinen großen Flügeln nicht sehr viel hübscher als Dein alter, müder, Dir unablässig nachhetzender Mann? In der Heiligen Nacht rennst Du von einer Herberge zur nächsten, in Ägypten von Palme zu Düne … Da kann man ja nur einen Bart und Augenringe kriegen.

Und hast Du, o Heilige Muttergottes, unserem Herrn Brüder geschenkt? Schwestern? Ist es Deinem heiligen Gatten gelungen, die Schwelle zu übertreten, die unser Herr mit seinem Heiligen Geist überschritt?

Wenn ich mir meine Schwelle ansehe, ist mir, als bräuchte es schon etwas ganz anderes als den Heiligen Geist, doch Du verzeihst diesem Huhn, das lesen gelernt hat, nicht wahr? Wenn ich könnte, würde ich Dir lobsingen, und ich bin sicher, das glückte mit der Zunge besser als mit der Feder, denn ganz offensichtlich ist die Schrift die Kunst des Teufels, der mir verwehrte Gesang indes steigt zum Himmel und küsst die Sterne … Dieses Gekritzel hingegen verrichtet man mit beiden Beinen auf der Erde, bisweilen sogar bäuchlings, heimlich und bei Kerzenschein, und dann kommt es zu gewissen sonderbaren Gedanken … Welch Geduld Dich diese Dienerin kostet, o Heilige Muttergottes!

Und wie viel Unvollkommenheit in mir und diesem Doktor ist, der mich durch das Spiel mit meiner unvollkommenen Schwelle gesund gemacht hat: Ich habe mich herrlich vergnügt, o Herrin, ich weiß, ich weiß, es ist nicht recht ... Anfangs war es, als wühlte er in einem Bottich und wüsste nicht, was er tun sollte, doch dann, ganz allmählich – denn ich habe bereits begriffen, dass die Männer Kinder sind und nie recht lernen – gelang ihm das Spiel besser ...

Welche Schmach, nicht wahr? Soll ich sie empfinden?

O Holdeste, ich kann nicht mit dem Beichtvater sprechen, was mich in meinen Fragen sehr beschränkt: Alles, was ich fragen könnte, ist in den Büchern, und wenn nicht, frage ich Dich.

Wirst Du Geduld mit mir haben?

Signor de Zerbantes sagt: »Wovor du dich hüten musst, wenn du allein bist, ist ein einzelner Mann und nicht eine ganze Schar.« Stimmt das, Holdeste?

Vorigen Tags hörte ich von einem Literaten, der Vater besuchte, häufig würde er beim Geschichtenerzählen seiner Figuren überdrüssig, ja, er verabscheue sie regelrecht, weshalb er sie monatelang sich selbst überlasse und sich erst dann wieder ihrer annehme. Wenn sie schließlich fertig seien, stünden sie auf eigenen Beinen und er, der sie in ihrer Unvollkommenheit so sehr verabscheute, sehe sie nun vollkommen und überlasse sie ihrem Schicksal.

Da kam mir der Gedanke, Holdeste, dass auch Unser Herrgott, dessen süßeste Vermittlerin Du bist, es so macht wie besagter Literat, und dass er uns unter endlosen Scherereien erschaffen hat, weil wir nicht gelingen wollten, und dann, als wir anfingen zu sprechen, zu handeln und einander zu bekriegen, wurde er unserer überdrüssig, denn nun konnten wir auch ohne ihn unserer Wege gehen. Ist es so? Rufen wir Dich an, damit Du uns bei ihm Gehör verschaffst? Wenn man dem Literaten Glauben schenkt, scheint es, als gäbe es keinerlei Hoffnung, dass ein Vater sich nach der Geburt seiner Kinder noch für sie interessiert ... Ach, könnte ich doch nur Signor de Zerbantes fragen! Doch ich fürchte, er ist tot, ebenso wie Meister Shakespeare. Oder wenigstens meine Mutter, doch inzwischen reicht sie mir gerade einmal bis zum Gürtel, blind und lahm, wie sie ist, was könnte ich sie schon fragen? Hat sie jemals Lust empfunden? Von meinem Vater ganz zu schweigen! Männer und Frauen sind schon recht lächerlich, nicht wahr? Ich glaube, anders als der Literat sollte unser Herrgott hin und wieder einen Blick auf seine Kreaturen werfen, so, wie man die Hufe der Pferde überprüft, damit sie sich nicht die Beine brechen ...

Die Hausmägde tuscheln derweil, ich kann sie hören.

Und alle erwarten, dass ich sofort ein Kind bekomme!

Wie dem auch sei, Holdeste, es ist Zeit für das Abendessen, und heute gibt es Kaninchen!

Die Hochzeit ist schon so bald, so bald ...

Ich grüße Dich von ganzem Herzen!

Deine Dienerin Lisario

UNTERDESSEN

1

»Diese Ehre wäre Euch nie zuteilgeworden, Dottore, hättet Ihr nicht Don Ilarios Tochter erweckt«, hatte Donna Eleonora di Mezzala bemerkt, während Avicente – dessen Gesicht ebenso purpurrot war wie die Stola des eigens aus Rom angereisten Kardinals, der in Gegenwart des Vizekönigs und des spanischen und neapolitanischen Adels die Trauung vollzogen hatte – sich den ob all der Verbeugungen und Verneigungen schmerzenden Rücken rieb.

»Wir sind hier wegen des Wunders, das Ihr vollbracht habt. Von nun an könnt Ihr damit rechnen, wegen der winzigsten Verkühlung und jedem Bauchzwacken zu den Avalos, den Pignatellis, den Carafas und zum Vizekönig selbst gerufen zu werden…«, hatte Donna Eleonora geschlossen und ihn mit einem Lächeln bedacht, das so gelb war wie die getünchte Tuffsteinfassade von San Lorenzo.

Während der gesamten Zeremonie hatte der eher verschreckte denn stolze Avicente neben dem Mysterium gekniet, das ihn berühmt gemacht hatte, neben der in Spitzen und Stickereien gehüllten, stummen und milchweißen Frau, die Knie unbehaglich in den Samt gedrückt, als wären getrocknete Kichererbsen darunter. Er meinte zu ersticken. Selbst die Hostie hatte er kaum hinunterbekommen, und dann hatte es ein großes Durcheinander von Einladungen und Komplimenten, Umarmungen und Trinksprüchen gegeben. Erst Stunden später war er mit der Unbekannten, der er die Finger zwischen die Schenkel gesteckt hatte, allein geblieben.

Zurück auf der Burg hatte Lisario Morales den Schleier abgenommen, die Frau fortgeschickt, die ihr beim Entkleiden helfen sollte, der weinenden Dominga bedeutet zu gehen – so zerknirscht sah sie noch zwergenhafter aus als sonst –, sich ihrem Mann zugewandt und ihm eine Ohrfeige verpasst.

Überrascht und verdattert hatte Avicente aufgeschrien und sich die Hand an die Wange gepresst. »Signora ... Ich versichere Euch, ich wollte Euch nicht beleid ...«

Lisario lachte, ohne einen Laut von sich zu geben. Ein schauderhafter Anblick. Jemand klopfte.

»Wer da?«, kreischte Avicente. Es war Don Ilario.

»Verzeiht die Störung, Dottore, doch wollte ich fragen: Hat Eure Frau Euch geohrfeigt?«

Verständnislos blickte Avicente von Vater zu Tochter und nickte.

»Gut. Verzeiht, doch sie kann es Euch nicht sagen, und ich hätte Euch auf diesen Brauch hinweisen sollen. Er soll Euch daran erinnern, dass Ihr eine Verpflichtung eingegangen seid ...« Lächelnd ging er wieder hinaus.

Avicente verzog einen Mundwinkel. »Verstehe ...«, murmelte er und verstand noch nicht einmal sich selbst.

Staunend und neugierig blickte sich Lisario um. Das Zimmer war vollgestopft mit Nippes und Talismanen, ähnlich denen, die während ihres sechsmonatigen Schlafes ihr Lager geziert hatten. Doch diese hier sollten die Empfängnis fördern, möglichst die eines Jungen.

»Jetzt sind wir verheiratet«, flüsterte Avicente tonlos, dem die Hostie, der Hochzeitsschmaus und der Wein, mit dem man ihn bis zum Hals abgefüllt hatte, schwer im Magen lagen. »Ihr wisst vielleicht, dass wir ...«

Doch die Braut hatte sich bereits mit einem anmutigen Sprung auf das Bett gesetzt und klopfte mit beiden Händen auf die Decken.

»Was tut Ihr?«

Lisario deutete auf den Paravent.

»Ah …«, begriff der Doktor und verschwand dahinter, um sich zu entkleiden. Kurz darauf hörte er dumpfes Krachen.

Er spähte hinter dem Paravent hervor und sah Lisario auf der Wollmatratze herumhopsen. Geräuschvoll rutschten seine Beinkleider zu Boden: Sie waren so reich mit Metall und Schellen verziert, dass es klang wie die Erstürmung eines Vogelhauses.

»Ich … ziehe mich aus, meine Herrin …«, sagte er mit bemüht fester Stimme und zog sich wieder hinter den Paravent zurück.

Ein weiterer dumpfer Knall ertönte: Avicente reckte den Kopf. In rhythmischen Abständen verschwand Lisario aus dem vom Baldachin des Bettes begrenzten Blickfeld, so hoch sprang seine Braut, mal mit geschlossenen Füßen, mal auf einem Bein, dass die weißen Seidenstrümpfe ihr von den Knien rutschten.

»Sehr gut macht Ihr das, Signora, Ihr werdet noch das Bett zum Einsturz bringen …«, stammelte er ungläubig. Schlafend gefiel sie mir besser, dachte er.

Doch Lisario hatte solch einen Spaß, dass die Stimme ihres Mannes nicht bis zu ihr durchdrang. Derweil hatten auch die Daunenkissen angefangen zu fliegen und ihre Federn im ganzen Zimmer zu verteilen.

Nur im Hemd ging Avicente auf sie zu, umrundete den Baldachin und versuchte ihr mit Gesten und Worten Einhalt zu gebieten. »Meine Herrin, seid Ihr vielleicht taub? Hat Euer Vater mir etwas verheimlicht …?«

Ausgelassen schüttelte Lisario den Kopf, sie trug noch ihr Hochzeitskleid, an dem sich durch die Hüpferei zahlreiche Bänder gelöst hatten. Ihre Strümpfe hatten Laufmaschen bekommen, und als sie sich aufs Bett setzte, baumelte ihr der eine vom rechten großen Zeh.

»Signora, wir sollten…«, versuchte Avicente es noch einmal. Doch wie konnte er einem kleinen Mädchen etwas auferlegen, allzumal einem womöglich leicht zurückgebliebenen – dieser Gedanke schoss ihm durch den Kopf: Und wenn der Schwachsinn der Grund für ihren langen Schlaf gewesen war? Hatte er eine Irre geheiratet? –, wie konnte er ihr eheliche Pflichten auferlegen? Lisario strich sich eine Haarsträhne aus dem Gesicht und strahlte ihn an, und plötzlich wirkte sie weder klein noch verrückt. Sie stellte sich auf die Knie, drückte Avicente die Lippen auf den Mund, was er mit einem keusch zitternden Kuss zu erwidern versuchte, und schob ihm die Zunge in den Mund, sodass er sich vor Überraschung beinahe verschluckte wie zuvor an der Hostie. Dann löste sie sich von ihm und lächelte abermals.

»Signora… Signora…«, stammelte Avicente heiser, derweil Lisarios Atem ihm heiß ins Gesicht schlug. Sie nickte und gebot ihm weiterzusprechen, doch Iguelmano brachte abermals nur ein flehendes »Signora…« heraus.

Lisario nahm sein Gesicht in beide Hände und zog ihn aufs Bett, wo Iguelmano nicht ohne mattes Grauen feststellte, dass das *kleine Mädchen* nicht nur zu küssen, sondern auch zu kopulieren verstand. Er genoss das Vergnügen weidlich und wagte nicht, seine Frau zu tadeln, aus Angst, sie könne die Hälfte ihrer Fertigkeiten ihm ankreiden.

2

Wann ist ein Mann verliebt? Was ist der abschließende Befund, der ihn im Gegensatz zu denen, die nur von der Liebe reden oder sich, noch häufiger, gar über sie lustig machen, für infiziert erklärt? Ein Ehemann ist nicht zwangsläufig verliebt, das weiß man, seit die Welt sich dreht, doch konnte Iguelmano sich dem absonderlichen Liebreiz seiner Frau entziehen? Im Grunde war Lisario nur ein Kind – das heikle und höchst neuzeitliche Phänomen der Jugend ist den Chroniken fremd –, und Avicente hätte ihr Onkel, ihr großer Bruder und gewiss ihr Vormund sein können. Wie also konnten Zärtlichkeit, Beschützerinstinkt und das entfernt väterliche Gefühl, das Männer, die mit jüngeren Frauen schlafen, überkommt – und das brennende Leidenschaft in den Frauen weckt, die ihnen auf der ewigen Suche nach dem Lehrer, dem *Pater*, dem in ihrem sanktionierten, behüteten Leben fehlenden Gott verfallen –, nicht auf sein gebeuteltes Wesen wirken und die Bedürfnisse eines von ungleich beschlageneren Ärzten verkannten Schülers und vom Vater bloßgestellten Sohnes wecken? Endlich war es an ihm, zu unterweisen, endlich war er verantwortlicher, legitimer *Dominus*, der sich zum Pygmalion aufschwingen konnte.

Anfangs begeisterte ihn diese neue, unverhoffte Rolle. Es war so leicht, sein lächelndes Weib zu leiten, es zu korrigieren und dessen kleine, tägliche Entscheidungen zu lenken.

Fordern und Erhalten, ob im Bett oder in der Küche, waren zu Synonymen geworden.

Überdies war Lisarios frische Jugendlichkeit, die, abgesehen von dem auch nächtens und selbst während des ehelichen Aktes verhüllten Kehlschnitt, durch nichts beeinträchtigt wurde, einnehmend genug, um selbst dem empfindungslosesten Nutznießer ein Gefühl zu entlocken, das von Iguelmano, sei es aufgrund angelesenen Wissens oder vom Hörensagen, entfernt als Liebe bezeichnet werden konnte.

Und so waren ein Wimpernschlag Lisarios, die Linie ihres Armes im Halbdunkel des Zimmers, die Art, wie sie auf die Suppe blies, ehe sie davon aß, selbst der Geruch des Melonenwassers, mit dem die neapolitanischen Mägde sie unverdrossen einrieben, zur Grammatik einer glücklichen Ehe geworden. Wäre Lisario selbst von ihrem Mann gefragt worden, hätte sie ohne Weiteres gesagt, dass sie glücklich sei: Doch Iguelmanos eigentliches Glück bestand darin, an Stelle seines Weibes zu sprechen und somit nie auf Zweifel oder Misstöne eingehen zu müssen, denn gibt es keine Worte, spricht der Körper, und als Arzt war Iguelmano zu sehr aufs Symptom fixiert, als über einen Auslöser nachzudenken. Deshalb wurden Lisarios bisweilen jähe Sprödigkeit, ihre Schüchternheit oder eine kindliche Geste falsch gedeutet und bereiteten dem Doktor ungute Gedanken: Denn die Liebe ist nur Liebe, wenn sie keine Tücken hat, doch in dieser Ehe gab es eine Tücke, und man kann nicht allzu lange auf dem Teppich bleiben, wenn sich darunter eine Falltür verbirgt.

Avicente Iguelmano fand sich damit ab, in Lüge zu leben.

Da er nicht den Mut hatte, seine Frau zu fragen, ob sie sich noch an etwas aus den Monaten des Komas erinnerte – wie hätte sie ihm auch antworten sollen? –, brachte er die erste Ehezeit damit zu, Lisarios Mimik zu beobachten, jeden Wimpernschlag, jede kleinste Regung, zwar verliebt und erfüllt von sinnlicher Leidenschaft, aber argwöhnisch und ohne zu dem winzigsten Schluss zu kommen. Obendrein war da die Frage der allzu großen Erfahrenheit, in deren Genuss er kam.

Avicente hatte käufliche Frauen gehabt, doch nicht im Traum hätte er daran gedacht, derartige Praktiken von seiner Frau zu fordern. Er musste sich auf die Zunge beißen: Die Natur schien Lisario mit Gaben bedacht zu haben, die, wie er bis dahin stets geglaubt hatte, ein sündiges Studium voraussetzten. Was hätte er tun sollen? Don Ilario sagen: Eure Tochter ist vor mir von anderen geschändet worden? Und lief er nicht Gefahr, dass Lisario sich einmischen und auf irgendeine Weise haarklein erklären könnte, wie er sie während ihres Schlafes monatelang – wenn auch nicht vollständig – genommen hatte?

Ehefrauen und Huren gehörten ebenso wenig derselben Spezies an wie Luchse und Stieglitze, folglich musste Lisario ein Ausbund an Weiblichkeit sein, eine Laune der Schöpfung. Oder musste man einen der im Kastell stationierten Soldaten verdächtigen?

Die militärische Kontrolle, die Don Ilario und Donna Dominga selbst jetzt, da sie eine verheiratete Frau war, über ihre Tochter ausübten, schloss etwas Derartiges aus.

»Habt Ihr sie studieren lassen?«, fragte er eines Tages Don Ilario.

»Wen, unsere Tochter? Frauen studieren nicht, mein lieber Schwiegersohn, wo kämen wir da hin! Obendrein ist sie noch stumm! Lesen und schreiben ist etwas für Notare, nicht einmal meine Frau kann schreiben!«

Avicentes Kehle schnürte sich zusammen, und das nicht allein wegen der gestärkten Halskrause englischen Stils, wie sie gerade in Mode war, sondern vor Panik, jener nicht klassifizierten Krankheit, die Avicente in all ihrer bedrückenden Qual durchlitt. Des Nachts war seine Frau eine Circe, tagsüber rannte sie den Hühnern nach, zog die Katzen am Schwanz, besudelte sich mit jedem Dreck und zeigte den stationierten Militärs obszöne Gesten, ja, handfeste, mit Armen und Händen vorgetragene Beleidigungen. Einzig die Disziplin hielt die Soldaten davon ab, entsprechend zu antworten, schließlich war sie die Tochter des Generals.

Sie schämte sich nicht, sich in Avicentes Gegenwart zu entleeren, und wenn ihr gerade danach war, erklomm sie die Fahnenmasten auf dem Waffenplatz. Erwischten ihre Mutter oder ihr Vater sie dabei, kam sie sogleich herunter, still, folgsam und wohlerzogen, ein Ausbund an Tugend, gut und artig, bescheiden, in der Lage, Brot zu backen und Wäsche aufzuhängen, Dinge, die man nun einmal von einer Frau verlangte, mochte sie auch mit einem angesehenen Arzt verheiratet sein. War sie mit ihrer Arbeit fertig, verbrachte sie die Tage damit, ihren Kater Gatito zu liebkosen, der von allen nur Tito genannt wurde, ähnlich wie Lisario, die trotz ihrer Heirat nicht zu Belisaria geworden war.

Manchmal stickte sie, eine ihrer raren weiblichen Pflichten, und ansonsten blieb sie das geheimnisvolle stumme Geschöpf, wie Tito, der so friedfertig erschien, doch Vögel im Flug packte, sie verschlang und sich dann auf den Rücken rollte und selig wie ein Neugeborenes vor sich hin schnurrte.

Eines Abends, als die heimlichen Freiheiten seiner Frau Avicente besonders wütend machten und nachdem er einige obszöne Passagen von Horaz gelesen hatte, betrat er das Schlafzimmer, drehte sie auf den Bauch und versuchte in ihren Anus einzudringen. Zuerst begriff Lisario nicht, doch als sie die Absicht des Gatten erkannte, boxte, schlug und trat sie tonlos schreiend um sich. Ein Tritt, und Avicente Iguelmanos Auge wurde dick und blau.

Endlich gelang es ihm, seine Frau zu bezwingen, und unter

Tränen und mit geballten Fäusten ließ sie es geschehen wie ein totes Ding. Danach verkroch sie sich hasserfüllt in die hinterste Ecke des Bettes. Avicente schlief ein, und Lisario belauerte ihn die ganze Nacht.

In den folgenden Wochen machte sie es ihm unmöglich, mit ihr zu schlafen. Mal saß sie abseits bei den Mägden, mal fühlte sie sich nicht wohl, mal kehrte sie zum Schlafen zu den Eltern zurück, in ein angrenzendes Kämmerchen, mit der Ausrede, sie habe Albträume. Eines Morgens beobachtete er heimlich, wie sie ins Zimmer zurückkehrte und sich selbst berührte. Wie abwesend und selbstgenügsam sie aussah. Das Zimmer, die Kämme, die Wolldecken, die Matratzen, die Wände ringsum waren verschwunden: Sie war ein Ding. Eines, das nichts mit der Welt ringsum zu tun hatte. Gebannt schaute er ihr zu und konnte den Blick nicht losreißen, wie es Sitte und Anstand geboten hätten. Wie angewurzelt beobachtete er ihr Treiben und dessen Ergebnis: eine Sturmflut, ein Naturschauspiel, eine Lawine, deren jäher, tödlicher Schönheit sich die Mitgerissenen nicht entziehen können. Das Blut stieg ihm zu Kopf. Mit der Schulter stieß er gegen den Türflügel, Lisario sah ihn und sprang erschreckt auf. Avicente wollte über sie herfallen, zerbrach jedoch auf dem Weg zum Bett einen Krug. Lisario nutzte die Gelegenheit, um sich dem wortlosen Tumult unbeschadet zu entziehen, und zeigte ihm Grimassen und höhnische Gesten. Rot im Gesicht und gedemütigt überdachte Avicente das kleine Gefühl in seinem Herzen, das er Liebe genannt hatte.

Für den Arzt begann eine lange, qualvolle Zeit der Enthaltsamkeit.

Tja, Frauen sind wohl keine Menschen, schloss Avicente, ordnete sie der Kategorie der Ärzte und Soldaten zu und verringerte die Menschheit um ein beachtliches Stück. Er hasste seine Frau, weil sie sich ohne ihn Lust verschaffen konnte und ihn mit ihrer Fertigkeit auch noch verhöhnte. Und überhaupt: An wen dachte diese versierte Gemahlin, während sie in seiner Abwesenheit an sich herumspielte? An einen Soldaten? An einen Prinzen? An irgendeinen Dahergelaufenen? Er hasste sie alle, alle miteinander.

Von Eifersucht, Wut und Stolz zerfressen trug der ausgemergelte Doktor Bosheit und Missgunst vor sich her, und wenn er zu stetig wachsenden Preisen in die adeligen Häuser gerufen wurde – zu den Miramars, den d'Avalos oder den Carafas –, um Zipperlein, Abszesse und böses Fieber zu untersuchen, folgte er einer heimlichen, mit beruflicher Tugend bemäntelten Obsession und beschloss, sich einem bislang kaum erforschten und völlig unbeachteten Gebiet der Medizin zu widmen: der Frau. Und ihrem der Fortpflanzung dienenden Geschlechtsorgan, denn zu einem anderen Zweck war die Frau nicht da.

In den Häusern, die er besuchte, gab es häufig wertvolle Bücher und jahrhundertealte Manuskripte, die ihre Besitzer nur zu gern einem tüchtigen, jungen Gelehrten liehen, und schon bald mussten die Krüge und Teller auf dem von Lisario und den Mägden gedeckten Mittagstisch dicken Bänden mit ungehörigen Titeln und Abbildungen weichen, in denen riesige, aufgeschnittene Uteri Legionen von bereits mannsgroßen Kindern bargen und intime Körperteile mit lächerlicher Ungenauigkeit dargestellt waren, weshalb Avicente die Hausmägde oft hinter seinem Rücken lachen hörte. Einmal schnappte er sogar eine Bemerkung auf, die Immarella seiner Frau gegenüber machte und die ihn zutiefst beunruhigte: »Guck mal …«, grinste die Neapolitanerin. »Sind diese Ärzte eigentlich blind? Wenn die wüssten, was wir unterm Rock haben …«

Beinahe hätte Iguelmano sie angeschrien: Was weißt du schon, blöde Gans! Doch dann zerbrach er sich mehrere Nächte lang den Kopf über die kleinen Spiegel, die seine Frau in einem Korb aufbewahrte, Handspiegel, mit denen häufig sowohl Lisario als auch die Mägde herumspielten und die ihm unruhige, abscheuliche Träume bereiteten.

Unermüdlich setzte er seine theoretischen Studien fort, fast ein ganzes Jahr lang gab er erkleckliche Summen für Anschaffungen aus entlegenen Bibliotheken aus, bis man ihm eines Tages einen bekannten neapolitanischen Herrn namens Tonno d'Agnolo vorstellte, der ein gefragter Mann war, da er gute Beziehungen zu verrufenen Adressen unterhielt und darüber hinaus für den neuen Vizekönig, den Herzog von Arcos – welcher sich gleich nach seiner Ernennung in aller Munde gebracht hatte, weil er den Neapolitanern eine Million Dukaten für ferne Kriegsbelagerungen abnötigte –, zum Zeitvertreib kleine Vergnügungen mit angeblichen Jungfrauen, lasterhaften Spielen und altertümlichen Gelagen organisierte.

Tonno d'Agnolo, genauer gesagt, Tommaso De Angelis, ein Neapolitaner mit Hundegesicht, schmachtendem Blick, Hängebacken und kräftigem Kiefer, dem man eher Gebell denn Worte zutraute, wohnte in einem modernen Haus am Largo Mercatello. Seinem verschlagenen Blick war anzusehen, dass er nicht von Stande war: Er war Sohn des Giovan Battista De Angelis, eines geizigen, kleinen Winkeladvokaten, der in seinen letzten Lebensjahren so fett geworden war, dass er sich nur in einer Kutsche fortbewegen konnte, und bei einem Sturz aus ebendieser von seinem eigenen Gewicht erdrückt worden war.

Tonno hatte viele der zweifelhaften väterlichen Eigenschaften geerbt und sie um eigene, noch sündhaftere ergänzt: Jedenfalls war er umtriebig genug gewesen, um sich nunmehr nicht nur eines höchst luxuriösen, treffender gesagt prunkstrotzenden Hauses, sondern auch eines unrechtmäßig erworbenen politischen Titels rühmen zu können. Dank der Dienste, die er dem Vizekönig erwiesen hatte, stand seine Ernennung zum *Eletto del Popolo* kurz bevor, wobei er gegen einen geckenhaften Einfaltspinsel namens Herzog Basile von Aivano, den finsteren, rabiaten und für dieses Amt zum Äußersten bereiten Gerbmittelhändler Andrea Naclerio und den achtzigjährigen Giulio Genoino antrat, welcher das Amt bereits zu Zeiten des Vizekönigs Osuna innegehabt hatte, zehn Jahre im marokkanischen Gefängnis hatte absitzen müssen und nun Pamphlet um Pamphlet zur Verteidigung der Volksrechte in Umlauf brachte.

Doch Tonno, der den neuen Vizekönig dank des Weibsvolks, mit dem er ihn versorgte, buchstäblich an den Eiern hatte, brüstete sich damit, den Herzog von Arcos zur Abschaffung des jüngst wieder eingeführten und vom Volk verhassten Fruchtzinses überreden zu können – man zahlte saftige Abgaben auf getrocknete Feigen, Äpfel, Birnen und Vogelbeeren, Johannisbrotfrüchte, Melonen, Wal- und Haselnüsse, Kastanien, Eicheln, Pinienkerne, Quitten, Oliven und Zitronen; davon verschont waren Auberginen, Wassermelonen, Myrtenbeeren, Kapern, Linsen, Zwiebeln und Gurken –, es gab also beste Chancen, dass er das Amt erhielt.

Die bedeutenden holländischen Bankiers Roomer und Vandeneyden, die damals in Neapel Handel trieben, bedachten ihn mit der gebotenen Aufmerksamkeit, verkauften ihm bisweilen unbedeutendere Werke aus ihren Kunstsammlungen und verachteten ihn insgeheim wie einen streunenden Köter, den man mit einem Knochen lockt, um ihm einen Tritt zu verpassen.

Der durch und durch korrupte Stadtadel war bei Tonnos Veranstaltungen ebenfalls zugegen. Tonno rühmte sich sogar der Freundschaft mit dessen gefährlichstem Vertreter, Don Peppo Carafa, einem hochwohlgeborenen Fürsten und Besitzer eines riesigen Gartens sowie von zwanzig Kutschen, von denen eine gänzlich vergoldet war. In Wirklichkeit verachtete dieser reiche Schönling Tonno, obgleich er keinen Deut besser war und sich damit vergnügte, jedem die Kehle durchzuschneiden, der seinen Weg kreuzte – eine zu jenen Zeiten durchaus übliche Bagatelle, die sich die Bettler und Hungerleider jedoch nicht mehr lange gefallen lassen sollten.

Man kann sich vorstellen, in welcher Gemütsverfassung Avicente Iguelmano Tonnos Haus besuchte, vom Anstand gezwungen und mit boshaften Schmeicheleien empfangen: »Bester Dottore! Wie schön, Euch hier zu sehen!« Der *Eletto del Popolo* hatte ihn sogar bei den Schultern gefasst, um seinen Worten rechten Nachdruck zu verleihen. »Euer Ruf eilt Euch voraus … Denkt nur, ein Freund aus Den Haag hat mir von Euch erzählt … er meinte, in jungen Jahren habet Ihr Euch weniger mit Ruhm bekleckert als hier in Neapel. Böse Gerüchte, nicht wahr? Tja, dies ist eine Stadt voller Neider und Schwätzer. Kümmert Euch nicht darum. Gerüchte fußen auf sumpfigem Grund, auf Schlamm und Morast … und Euer Verleumder ist so weit weg … lebt in einem suppigen Land am Meer. Gewiss ein rechter Hohlkopf! Hier hingegen seid Ihr ein Magier, der selbst Virgil in den Schatten stellt: Ihr erweckt schlafende Jungfern! Setzt Euch, setzt Euch doch …«

Mit fester Hand hatte er Avicente in einen Sessel gedrückt, um ihm unzweifelhaft klarzumachen, dass er Tonnos drohenden Worten, aus denen sich erahnen ließ, dass es ihn teuer zu stehen käme, sollte er sich nicht willfährig zeigen, nichts entgegensetzen konnte. Und so hatte er zitternd ein zustimmendes Lächeln aufgesetzt.

Und da Betrüger und Verbrecher, ob groß oder klein, stets

zu gegenseitigem Vorteil übereinzukommen wissen, gestattete sich Iguelmano einen wöchentlichen Besuch im Palazzo d'Angelo, um in der umfangreichen Bibliothek zu stöbern, die dem Hausherrn dank des Niedergangs zahlreicher adeliger Häuser auf unlautere Weise zugefallen war und aus der er selbstverständlich noch nie ein einziges Buch in der Hand gehabt hatte.

Das Buch eines anonymen Verfassers, in dem von einsamen Lüsten die Rede war, fiel ihm eines Morgens buchstäblich in die Hand, als ein Stapel Manuskripte zusammenbrach. Tonno hatte ihm das Ausleihen des Bändchens mit einer Handbewegung gewährt, wollte jedoch wissen, für welches Thema sich der Doktor denn so sehr begeisterte.

»Ach, mein lieber Dottore! Jeder vergnügt sich auf seine Weise, nicht wahr? Allerdings ziehe ich es vor, mich zu zweit, zu dritt oder auch zu vielen in den Laken zu wälzen, statt es diesen liederlichen Büchern gleichzutun und mir einsam einen von der Palme zu schütteln…« Wenn Tonno nicht drohte, was er in fließendem Spanisch tat, redete er ein schlechtes, eigentümlich moduliertes Neapolitanisch, gestikulierte herum, wodurch er seine wahre Herkunft verriet, und brach unermüdlich in bellendes, Speichel spritzendes Gelächter aus. »Nun… Dottò? Darf ich Euch meine persönliche Entdeckung verraten? Bei den Weibern sitzt das Geschlecht nicht zwischen den Schenkeln, sondern hier«, er schlug sich auf die Brust. »Es sind die Titten!«

Avicente dankte für die Leihgabe, wagte jedoch weder, das Thema zu vertiefen, noch vor dem *Eletto del Popolo* in das Büchlein hineinzublättern.

Erst, als er in der Kutsche saß, schlug er es auf und begann gierig zu lesen.

3

Das Leben ist kurz, die Kunst vielfältig, die Gelegenheit flüchtig, der Versuch gewagt und das Urteil schwer. Ach, Hippokrates, Hippokrates!, sagte Avicente sich immer wieder und wanderte im Kastell auf und ab, in der Hand das gedruckte Wort seines griechischen Lehrmeisters, der ihn erleuchten sollte, doch vergeblich: Schon als Student war es ihm nicht geglückt, wie sollte es ihm jetzt in der Verkleidung des berühmten Arztes glücken?

»Sind Angst und Niedergeschlagenheit von Dauer, handelt es sich um Schwermut…«, las er laut, während er an der kastilischen Wache vorüberkam, die sonnenverbrannt und mit Augen, schwarz wie Küchenschaben, an ihrem Posten stand.

Wurde er schwermütig?

»Wer an inneren Geschwüren leidet, sollte nicht behandelt werden: Behandelte sterben rasch, nicht Behandelte leben länger.«

Ach, wie recht Hippokrates doch hatte! Die Sache mit Lisarios Geschlecht war ein Geschwür, das Avicente durch das Lesen obszöner Bücher zu behandeln suchte, doch das, statt zu heilen, immer schlimmer wurde. Ehe er sie gegen die Natur genommen hatte, hatte sie sich, soweit er wusste, nie der einsamen Lust hingegeben: Er war sogar – wie jeder Mann – fest überzeugt davon. Zudem hätte das in seinen Augen nicht ihrem Stand der verheirateten Frau entsprochen, glaubt doch jeder Ehemann, den Bedürfnissen seiner Gattin zu genügen.

Doch konnte Avicente tatsächlich schwören, jeden Wunsch seiner Frau zu kennen? Schließlich war er tagsüber nie auf der Burg. Was wusste er schon, wie Lisario sich die Zeit in seiner Abwesenheit vertrieb?

Diesen Gedanken empfand er als äußerst irritierend: Einige Wochen lang versuchte er, ihr so viele hausfrauliche Pflichten aufzubürden, dass die Ärmste sich abends kaum auf den Beinen halten konnte und ihm, obgleich sie sich nie sichtlich beklagte, schiefe Blicke zuwarf und sich offenbar fragte, welchen Grund es für seine Erbitterung geben mochte. Sobald er ihr den Rücken zuwandte, bedachte sie ihn mit obszönen Gesten und Beleidigungen.

In seinen Träumen gab sich seine Frau, kaum dass er das Haus verließ, im Ehebett halbnackt ihren einsamen Lüsten hin, und in seinen schlimmsten Albträumen waren die Mägde ihre Gespielinnen. Kaum wachte er auf, stürzte er sich verschwitzt und verzweifelt auf seine Frau, damit sie ihm nicht entfliehen konnte, und gelangweilt, mit halb geschlossenen Lidern, kalt und starr ließ Lisario ihn gewähren, woraufhin er noch verbissener und blindwütig wie ein Widder in sie stieß.

Doch manchmal verging seine Erektion einfach. Er war sich sicher, dass Lisario ihn im Dunkeln verlachte.

Aus dem von Tonno geborgten Bändchen hatte er einige ihm unmöglich erscheinende Dinge erfahren. Haltlose Lügen, denen sich zu widmen einem Arzt schon aus Scham und christlichem Anstand verboten war. Das Büchlein war denn auch von einem Heiden verfasst, der persönliche und liederliche Praktiken beschrieb und überdies behauptete, die Frau empfinde Lust in einem Maße, das der Mann niemals zu empfinden in der Lage wäre, und dass sie zu dieser Lust ohne jede Beihilfe des Mannes gelangen und sie unendliche Male wiederholen könne, derweil der Mann nur einen Höhepunkt pro Beischlaf erreichte und mit physischen sowie altersbedingten Beschränkungen zu kämpfen habe, welche die Frau nicht kenne. Unendliche Male. Es war das Wort »unendlich«, das Avicente in Angst versetzte. Angesichts unendlicher Lust konnte man nur wahnsinnig werden. Folglich bestand die Gefahr, dass seine Frau verrückt wurde. Man musste sie in ehelichem Schach halten und sichergehen, dass sie nicht über die Stränge schlug. Allein die Vorstellung dieser zahllosen Male verursachte ihm Rückenschmerzen. Der finale Wahnsinn war auch von einem Kopisten vermerkt worden, der dem Bändchen einen späteren Kommentar hinzugefügt hatte, in winziger Schrift und mit roter Tinte.

Je öfter sein Blick auf diese Zeilen fiel, desto beharrlicher verdeckte er sie mit dem Finger, um sie nicht sehen zu müssen. Dieses Detail warf ein neues Licht auf den vermeintlichen, unheilbaren Schlaf Lisarios, von dem sie allem Anschein nach durch nichts anderes als die Lust geheilt worden war. Hatte sie den einsamen Genuss so häufig herbeigeführt, dass sie das Bewusstsein verloren und beinahe gestorben war? Wie eine Schlange wand sich der Gedanke durch Avicentes Kopf. Es galt, der Sache auf den Grund zu gehen.

Seine ärztliche Mission bestand nunmehr darin herauszufinden, welchen Grad des Wahnsinns eine Frau bei ihrer einsamen Jagd nach der Lust erreichen konnte. Avicente hatte ganz vergessen, dass er als junger Mann Vergnügen an Frauen gefunden hatte, die sich jeder Art von Lust hingaben: Dieser Lebensabschnitt war vorbei, jetzt ging es um seine Gattin und um verheiratete Frauen! Eine echte Gefahr für die Institution der Ehe.

Allerdings brauchte er einen Beweis für seine Vermutungen.

Avicente begann, Lisario zu beschatten.

Wenn sie den Raum verließ, um aufs Klo zu gehen, wenn sie ein Bad nahm, wenn sie sich im Schlafzimmer umzog, beobachtete er durchs Schlüsselloch die Funktionen ihres Körpers – den sie ihm jetzt nicht mehr mit der fröhlichen Freimütigkeit darbot wie in den ersten Tagen ihrer Ehe –, die Handgriffe bei ihrer täglichen Toilette, die einsamen Momente, in denen sie sich die Zeit damit vertrieb, zu sticken oder dem Gesang der Mägde zu lauschen. Und da er rein gar nichts daraus schließen konnte, beschlich ihn der Verdacht, dass Lisario das, was er befürchtete, nicht nur fernlag, sondern dass sie nicht die geringste Ahnung davon hatte.

Wieder machte sich schleichend das Gefühl einer dürftigen Liebe bemerkbar, das er in der Anfangszeit seiner Ehe empfunden hatte. Er begann sich seiner Gedanken zu schämen, des Verdachts, mit dem er seine Frau, das arme, unschuldige Ding, befleckt hatte. Heftige Schuldgefühle quälten ihn, und er musste sie einem zutiefst beschämten jungen Priester beichten – ein Pozzuolaner auf der Durchreise, der sich so ausgiebig von Bohnen und Rüben ernährte, dass er selbst wie ein blasser, dünner Rettich aussah und sich während der Beichte so oft bekreuzigte, dass ihm der rechte Arm steif zu werden drohte.

Skrupel und – nie zuvor gesprochene – Gebete gewannen überraschend die Oberhand über die wissenschaftliche Neugier. Und siehe da, er ließ seiner Frau eine bessere Behandlung angedeihen: Herzlichkeit, kleine Geschenke, ein neues Kleid, Taschentücher aus Musselin, Dinge also, für die sie sich auf ihre Art recht erkenntlich zeigte. Er hörte nicht nur auf, über sie herzufallen, er unterließ es sogar, sie zu bitten. Er bot ihr an, sie sonntags in die Kirche zu begleiten, die sie aus familiärer Pflicht besuchte und dafür bis nach Neapel reiste, um der Messe im Frauenkloster von San Patrizia beizuwohnen und zuweilen sogar dort zu nächtigen.

Anfangs erfüllte dieses neue und extreme Verhalten Lisario mit Erleichterung, dann, das entging Avicente nicht, mit Misstrauen, denn der Ehemann hatte angefangen, ihr lange Vorträge über die Heiligkeit der Frau zu halten, die er mit der Muttergottes verglich. Avicente bemerkte, dass Lisario ihn scheel und achselzuckend ansah und manchmal vielsagend lächelte, vor allem wenn die Sprache auf die Jungfrau Maria kam.

Doch im Laufe der in gänzlicher Keuschheit verbrachten Zeit begannen sich in Lisario Bedürfnisse zu regen, und ihr Gatte überraschte sie mitten in der Nacht beim Ausüben der einsamen Lust. Avicente sprang aus dem Bett und jagte seiner Frau einen panischen Schrecken ein. Doch wagte er nicht, sie nach ihrem Treiben zu fragen. Lisario hatte keinen Grund sich zu schämen, denn sie glaubte, nicht ertappt worden zu sein, und so ließ sich der verwirrte Avicente wieder zur Rückkehr ins Bett und zur Vollziehung der ehelichen Pflichten überreden. Eine Stunde später lag Lisario selig schlafend da. Avicente hingegen tat für den Rest der Nacht sowie in den folgenden Nächten kein Auge zu.

4

Man musste sehen, um zu verstehen.

Mit unverstelltem Blick, den Verstand auf die Wissenschaft gerichtet.

Zu diesem Schluss war Avicente gekommen, nachdem er einen Absatz des üblichen, von Tonno erhaltenen Büchleins gelesen hatte, in dem es um die Macht der Frauen ging. Tonno hatte unterdessen von sich reden gemacht, weil er dem Vizekönig einen als Frau verkleideten Esel vorgeführt hatte.

Von einer ungeheuren Macht schrieb der namenlose Heide, einer Macht, die Paläste zum Einsturz bringen und Bäume entwurzeln könne. So sei es um die Frau bestellt, wenn sie Lust empfinde. Und sogleich hatte der spätere Kopist mit kleiner roter Handschrift hinzugefügt, wie fürchterlich und gefährlich diese Macht sei und dass man sie unter Verschluss halten müsse, andernfalls würde sie die Männer entflammen und Kriege und Unheil heraufbeschwören. Als Beispiel nannte er einige Frauen – die üblichen –, deren Schönheit Verderben gebracht hatte, von Helena bis Kleopatra und weiter bis zu irgendwelchen ominösen Burgdamen aus Norditalien mit teuflischen Gaben, die Avicente jedoch genauso unbekannt waren wie die Küchenmägde des Vizekönigs.

Er belauerte seine Frau, während sie mit zwei Mägden die Laken wusch. Lisario war schön, und er fühlte sich sehr zu ihr hingezogen, doch gewiss waren die runde Nase, das blasse Oval ihres Gesichtes, ihr kleiner Wuchs und ihre Veranlagung zu späterer Körperfülle nicht dafür geschaffen, sie als ägyptische Herrscherin oder als unglückseligen Auslöser für einen Krieg zwischen Achaiern und Trojanern zu sehen. Aber die Liebe – oder die Obsession? – macht blind, und da ihm seine Frau wie eine Messalina erschien, glaubte Avicente, diesen mächtigen Apparat in Aktion sehen zu müssen. Eines Nachmittags nahm er sie zur Seite und forderte sie auf, das zu tun, was ihn umtrieb.

Lisario machte große Augen, zeigte aber keinen Widerstand. Avicente schob ihr einen Stuhl hin und ließ sie vor einem großen Bleispiegel Platz nehmen, den er abgenommen und gegen die Wand gelehnt hatte. Er hob ihren Rock, unter dem sie, wie er wusste, niemals Unterhosen trug, und befahl: »Zeig es mir.«

Lisario starrte ihn entgeistert an.

»Zeig mir den Apparat in Aktion. Ich will sehen, was passiert, wenn du ohne mich Lust empfindest.«

Mit offenem Mund schüttelte Lisario den Kopf. Dann zuckte sie mit den Achseln, hob nach einem kurzen Zögern die Hand und legte sie zwischen die Schenkel. Doch war es, als hätte sie einen leblosen Gegenstand genommen, und Avicente trat vor Enttäuschung der Schweiß auf die Stirn. Lisario war reglos, sie glich einer Porzellanpuppe, wie damals, als sie geschlafen hatte.

»Ich will sehen …«, hob Avicente noch einmal an, »was geschieht, wenn ich nicht da bin, um …«

Lisario ließ ihre Hand, wo sie war, und warf ihm einen Blick zu, diesmal listig und verschwörerisch. Im Spiegel waren ihre schlanken Schenkel und der Flaum zwischen ihren Fingern zu sehen. Will man eine Sache gut machen, so hält man still, hatte man sie als Kind gelehrt, und sie hatte stillgehalten, auch um nicht zu ändern, was Avicente mit ärztlicher Genauigkeit »Bedingungen« nannte, derweil ihm der Schweiß über Hals und Rücken rann.

Lisario wandte sich ab, betrachtete ihr Spiegelbild und fing an, die Finger zu bewegen. Fleischige Wulste traten zwischen den von ihren Kuppen bewegten Falten hervor – Avicente starrte das Spiegelbild an –, Gebirgsgrotten entstanden und vergingen, rosige Abgründe taten sich auf, Lawinen lösten sich. Es war obszön, dachte Avicente, seine Hände zitterten, er umklammerte den Stift, das Papier, auf dem er sich Notizen machen wollte, zitterte, derweil zwischen seinen Beinen ein von vier Lagen fester holländischer Gaze umschlossener Wurm blind nach einem Ausgang suchte.

Lisario ging systematisch vor. An was dachte sie? Avicente war unfähig zu fragen, so sehr war er auf die Farbe der erregten Schleimhäute fixiert, die anschwollen und sich rot färbten, während milchig gelbe Flüssigkeit hervortrat. Er versuchte, zu einem sachlichen Befund zu kommen. Plötzlich warf Lisario den Kopf zurück und fing an, lautlos zu keuchen. Doch anders als die vielen Male zuvor, die er sie dabei gesehen hatte, veränderte sich ihr Körper: Es gab nicht mehr nur eine Lisario, sondern zwei, vier, zehn, ja Hunderte. Ein ganzes Bataillon, bereit zu töten oder zu zeugen, ein Ozean, der mit großen Wellen aufs vermeintlich sichere Ufer schlug und die Menschen verschlang, ein Erdbeben, aus dem sich Zinnen und Scheiterhaufen erhoben und das Ebenen und Städte mit sich riss.

Avicente musste sich zusammenreißen, um vor diesem Wunder nicht in Ohnmacht zu fallen und einen steten Blick zu bewahren. Er zwang sich, Dinge wahrzunehmen und im Gedächtnis zu behalten, die er in diesem Augenblick schriftlich festzuhalten nicht imstande war, die er später jedoch fraglos niederschreiben würde.

Dreimal versuchte er, einen Blick von Lisarios Geschlecht zu erhaschen. Am liebsten hätte er geschrien: »Nimm die Hand fort! Zeig es mir!«, doch was gab es dort zu sehen? Er tat es nicht, aus Furcht, die Musik seiner Frau könnte enden. Lautlos japsend wie ein Fisch unter Wasser krümmte sich Lisario zusammen und endete, wie sie begonnen hatte. Leicht verschwitzt, doch ruhig und strahlend saß sie da. Ausdruckslos blickte sie ihren Mann an.

Zweimal hob und senkte Avicente den Kopf, ungelenk wie eine Marionette. Lisario indes zog elegant den Rock hinunter, strich ihn glatt und richtete sich das Haar. Eine Laus huschte über ihren Hals, schnell wie eine Katze griff sie danach und zerquetschte sie. Dann ging sie in die Küche, um sich um das Essen zu kümmern.

Avicente kam der Gedanke, dass Frauen sowohl großer als auch gar keiner Gefühle fähig waren, wenn seine Frau sich jetzt ohne jegliche Scham und Regung an den Herd stellen konnte. Er sah das selige Lächeln nicht, mit dem sie sich daranmachte, das Huhn zu rupfen, und auch nicht den glühenden Blick, den sie ihm aus der Küche zuwarf, wo sie mit gespreizten Beinen saß, das tote Tier in den Händen.

Avicente bückte sich nach dem Stift, der ihm aus den Fingern geglitten war, und unversehens ergoss sich sein Samen in die Antwerpener Leinenunterhosen.

5

Dann, eines Nachts, hatte Lisario einen Albtraum.

Aus den Tiefen seines Traums, in dem seine Frau ihm mit gespreizten Beinen zulächelte, derweil sich unter ihren Röcken eine riesige, endlos tiefe Grotte auftat, hörte Avicente sie röcheln.

Er kämpfte sich aus dem Schlaf und schüttelte sie, um sie ebenfalls zu wecken, doch Lisario zuckte nur heftig, als wollte sie ein Insekt verscheuchen. Avicente meinte, in den verdrehten Augen und in den krampfhaft zappelnden Armen Anzeichen von Epilepsie zu erkennen, doch gleich darauf war Lisario wach. Sie stand auf und öffnete das Fenster: Die Tauben, die sich gurrend auf dem Fensterbrett niedergelassen hatten, stoben auf. Das Geräusch ihrer flatternden Flügel erfüllte das Tuffsteinzimmer, während blaues, mond- und sonnenloses Licht sich kalt über das Bett ergoss.

»Komm zurück«, befahl ihr Avicente.

Lisario hörte nicht auf ihn. Sie stand da und blickte auf das Meer, das unter der Burg ans Ufer schlug. Im Zimmer wurde es eiskalt. Avicente wäre gern aufgestanden, doch sein Nachthemd schnürte ihn ein wie feuchter Gips.

»Mach das Fenster zu!«, blaffte er seine traumverlorene Frau an.

Lisario wandte sich um. Im bläulichen Licht war ihre Haut durchscheinend geworden, und die eingefallenen, umschatteten Augen blickten ihn leer und unbewegt an.

»Du bist irre, es ist kalt ...«, beklagte er sich matt und verkroch sich unter die wollene Kammgarndecke.

Lisario verzog den Mund und zog ohne sich umzudrehen das Fenster zu. Eine Stimme klang vom Hof herauf. Als die Fensterflügel im Luftzug wieder aufflogen und das Licht abermals ins Zimmer drang und Avicentes gerötetes Gesicht beschien, war seine Frau bereits mit großen Schritten hinausgerannt. Sie kehrte nicht zurück, und auch er fand keinen Schlaf mehr.

Nun, da die Beobachtung begonnen hatte und Iguelmano fürchtete, es mit einer Wahnsinnigen zu tun zu haben, konnte er das Ganze unmöglich abbrechen. Er sorgte zunächst dafür, sie ihre Praktik der Lust regelmäßig, einmal täglich für ihn ausüben zu lassen, derweil er sich Notizen machte und Skizzen anfertigte. Dann verlangte er, sie möge sie zu verschiedenen Tageszeiten wiederholen, und sammelte das Sekret seiner Frau mit einem Spekulum, um es zu untersuchen. Er fragte sich, ob die Nahrung, das Klima und die Körpersäfte einen Einfluss auf das Ergebnis haben könnten, und nachdem er sich noch einmal seinen Hippokrates vorgenommen hatte – »... weibliche Wesen, die eher zum Wasser neigen, entwickeln sich durch kalte, feuchte, weiche Speisen und Getränke ...« –, hielt er Lisario einige Tage lang auf flüssiger Diät, was allerdings nur heftige Darmentleerungen und gestenreiche Beschwerden zur Folge hatte. Also setzte er sie auf Fleischdiät und dann auf eine Diät von Süßigkeiten, wobei sie ihm im ersten Fall aggressiv – sie klagte über Hämorrhoiden – und im zweiten Fall träge, gefügig und abwesend erschien. Dann kamen ihre Blutungen, und Avicente fragte sich, ob er das Experiment unter diesen Bedingungen wiederholen sollte.

Lisario, die unter Leibschmerzen litt, lehnte kategorisch ab.

Doch am dritten Tag gab sie duldsam nach. Auch während

der menstrualen Blutungen setzte Avicente seine Beobachtungen fort und machte sich Notizen. Lisarios Launen wurden immer stärker: Ihr stets heiteres, impulsives Wesen war jetzt mürrisch, bissig und bedrückt. Avicente vermerkte, dass es sich gewiss um die Wechselwirkung der Körpersäfte handelte.

Er versuchte herauszufinden, welchen Unterschied es machte, ob er die Praktiken an seiner Frau vollzog, oder ob sie selbst an sich Hand anlegte. Doch inzwischen war Lisario bei jeder abermaligen Aufforderung den Tränen nahe, sie rollte sich wie ein verletztes Kind zusammen und blieb stur, sodass sogar Don Ilario und Donna Dominga sich einmengten, wiewohl man über den wahren Grund für den Schmerz der Tochter nicht sprach und Avicente zahllose Lügen erzählte, derweil Lisario mit zusammengepressten Lippen dasaß und die Geheimnisse ihres Mannes voll ohnmächtigem Zorn bewahrte.

Jetzt, da die Lüge sie auf doppelte Weise verband und alle glaubten, die Traurigkeit der Braut rühre daher, dass eine Schwangerschaft auf sich warten ließ, gingen Lisario und Avicente sich, abgesehen von den wissenschaftlichen Beobachtungen, aus dem Weg. Avicente beschränkte sich darauf, Lisario dabei zu beobachten, wie sie sich Lust verschaffte, was sie jedoch nach fünf Monaten, die dieses betrübliche Spiel nun ging, verweigerte. Jetzt saßen sie in entgegengesetzten Ecken des großen Zimmers, in dem auch das Mittagessen serviert wurde, Avicente blätterte in wertvollen venezianischen Folianten, die die Frauen und ihre Metamorphosen zeigten, und Lisario nähte oder puhlte Bohnen.

Oft strich Avicente über die Buchseiten, als wären sie die Schamlippen seiner Frau. Er betrachtete sie wie das Geschlecht seiner Gattin und spähte heimlich zu Lisario hinüber, die ihm das Hemd flickte. Sogleich riss er seinen Blick schamvoll wieder von ihr los. Er beschnupperte das Buch, als fände er darin das intensive, feuchte Aroma seiner Frau, doch das Papier bot ihm nur den Geruch von Blei und nasser Wäsche. Eine vertrocknete Blüte, die er einst aus dem Korb gezogen hatte, den Lisario jeden Tag mit rings um das Kastell wachsenden Blumen füllte, lag zwischen den Seiten und verwirrte ihn noch mehr, und heimlich schob er sich das Buch auf die Lenden, furchtsam und zugleich begierig, mit sämtlichen paduanischen Anatomen und venezianischen Druckern zu kopulieren.

Selbst aus Bern erhielt er erotische Schriftstücke, eingeschlagen in Pergamentpapier, ledergebunden und mit Stroh umwickelt, damit die Feuchtigkeit den Zeichnungen während der Reise nicht zusetzen konnte. Wie heimliche Geliebte breitete er sie auf seinem je nach Jahreszeit mit Feigen- oder Kastanienblättern bedeckten Arbeitstisch aus. Er untersuchte die Feigen wegen ihrer milchigen, dem männlichen Samen ähnlichen Flüssigkeit und ihres weiblichen roten Fleisches; er erforschte die Granatäpfel, die unzählige durchscheinende, harte und süße Kinder hervorbrachten. Die von Schweizern, Holländern und Franzosen gefertigten Stiche erregten ihn, egal, ob sie mythologisch oder heilig, allegorisch oder naturalistisch waren, doch auf keinem fand er eine Spur des so verzweifelt gesuchten Geheimnisses. Der Schlüssel wollte sich nicht drehen, das Schloss nicht aufspringen, und so blieb das Ganze ein unantastbares Mysterium.

Nachts träumte er von wüsten Begattungen zwischen Judith und Holofernes, vom ketzerischen Treiben zwischen Salomon und der Königin von Saba, von verderbter Liebe zwischen Josef und Potiphars Frau und unzähligen sodomitischen Spielen, während biblische Städte unter göttlichen Blitzen in

Schutt und Asche fielen. Hirtenmädchen paarten sich mit Satyren, Priesterinnen trieben es mit Sklaven, Hermaphroditen raunten ihm unaussprechliche Geheimnisse zu. Doch immer und immer wieder endete er bei Lisario und seinen direkten Beobachtungen.

Eines Tages, während Avicente den Spiegel zurechtstellte, zu seinem Notizbuch griff und den Wissenschaftler geben wollte, suchte Lisario das Weite und ließ sich zu nichts mehr bewegen.

Verzweifelt, da er sich auf der Schwelle zu einer sensationellen Entdeckung wähnte, die seine Frau ihm nun verwehrte, durchlitt Avicente tagelange Qualen. Er konnte nicht mehr schlafen und sperrte seine Frau in den Keller, unter dem Gezeter der Mägde und den Drohungen Don Ilarios, der nicht begriff, weshalb diese Eheleute so viel und heftig stritten, obgleich doch seine Tochter den unbestreitbaren Vorteil hatte, stumm zu sein. Schließlich gab er sich dem Wein hin.

Unterdessen saß Lisario reglos wie ein Standbild im Schlafzimmer, eisig und unerreichbar. Abend für Abend füllten sich die Tagebücher des Avicente Iguelmano, dem religiöse Leidenschaft bislang fremd gewesen war, statt mit medizinischen Beobachtungen mit mystischem Wahn:

Suchend ist der, der sich dem Gesuchten ergibt. Suchend ist der, der findet, ohne zu wissen, wonach er sucht. Suchend ist der, der das Gesuchte liebt, wird der verliebte Suchende jedoch blind, wird er zum Mystiker der gesuchten Sache, die hingegen mit Erbarmungslosigkeit behandelt werden muss: Sie muss vom Suchenden verzehrt, durchforscht, zerstört werden, er muss ihr, wenn nötig, den letzten Lebenshauch entringen. Erst dann, wenn sie zerstört, zerteilt, seziert und all ihres Vermögens beraubt ist, gibt die geliebte Sache ihren geheimen, göttlichen Mechanismus dem Suchenden preis, der endlich Antworten auf all seine Fragen erhält. Die wahre Aufgabe des Suchenden besteht in der Tötung der geliebten Sache, damit die abstrakte Leidenschaft des Suchens zu wissenschaftlicher Genauigkeit führt. Nur dann kann der Suchende der Täuschung des Gefühls widerstehen und bleibt gefeit gegen die Worte, die Gunst und all die süßen Dinge, die die geliebte Sache in sich vereint [...]

Gibt es einen Grund für die Existenz des Weibes? Wenn Gott es geschaffen hat, muss es ihn geben, wenn Gott es geschaffen hat, mag das Klarheit schaffen. Da Gott uns durch die Frau liebt, zerteilen wir sie, um seine Botschaft zu finden, und wehe, sie liebt uns nicht selbst dann noch, wenn wir sie untersuchen und sezieren, hieße das doch, dass Gott uns nicht liebt. Schuld daran wäre allein die Unvollkommenheit der Frau, die uns versprochen hat, Mutter, Gattin, Dienerin und Geliebte zu sein, und deren Pflicht es ist, dem Manne eine Stütze zu sein. Hält sie ihr Versprechen nicht, verfehlt sie ihre göttliche Aufgabe, und hat man den Defekt gefunden, muss man ihn wieder in Ordnung bringen, und sei es durch Stock, Peitsche oder Gefangenschaft, denn sie ist uns gegeben und gehört uns, und jede Sühne ist recht, wenn sie der Haupttugend, dem Gehorsam, dient. [...]

Allem Anschein nach führt nicht jeder männliche Eingriff zu Lust, oftmals hat man sogar den Eindruck, die Frau empfindet nicht das Geringste und verstellt sich, um dem Mann gefällig zu sein, den sie wie ein Kind behandelt. Doch wenn sie ihre Natur von außen stimuliert, kommt sie ohne Zutun des Mannes zur Lust, da diese Lust aber nicht der Empfängnis dient, ist sie eine Todsünde. Wenn dem so ist, führen alle Frauen, und mit ihnen Gott, uns Männer hinters Licht. Oder tut uns der Teufel das an? Wenn, wie viele meinen, die Frau keine fühlende Seele besitzt, sondern der Lust mit tierischer Willkür frönt, ist sie Nährboden für das Übel. Die Wissenschaft lehrt allerdings, sich an die Beobachtung zu halten. Ist das, was ich beobachte, also ein göttlicher Streich? Sie verweigert sich meinen Untersuchungen, der Suchende hat das Gesuchte verloren, und Gott straft ihn.

Briefe an die Allerseligste Muttergottes der siebenstrahligen Krone Hochreine und Ewige Jungfrau Maria

O Holdeste und Süßeste,
vor einigen Nächten habe ich geträumt! Ich war in einem weiten Meer, zwischen hohen Wellen.

Ein weißer, gehörnter Stier trug mich auf seinem Rücken. Ich hatte keine Angst, obgleich kein Land zu sehen war! Matte Lichter am Horizont: Boote oder Inseln?

Der Stier trug eine Blütenkrone, wie du bei der Prozession, Holdeste! Überall lag Salzgeruch in der Luft, der gleiche, den ich an stürmischen Tagen unter der Zitadelle atme.

Wohin war ich unterwegs? Ich weiß es nicht! Große Fische zogen an uns vorbei und schnellten über die Wellen, Kalmare huschten wie Vögel vorüber, Quallen strichen dem Stier um die Flanken.

Ja, wir waren im offenen Meer, und jetzt waren auch die Lichter verschwunden.

O Holdeste, ich kann Wasser nicht ausstehen, nur ein einziges Mal habe ich mit Immarella, Annella und Maruzzella ein Boot bestiegen und mir die Seele aus dem Leib gespien! Aber auf dem Stier litt ich nicht, im Gegenteil! Als ich erwachte, bin ich zum Fenster geeilt, um nachzusehen, ob er vielleicht dort sei, am Fuße der Burg.

Mein Mann ist aufgewacht und hat angefangen, Fragen zu stellen. Welch großes Glück, o Gütigste, keine Stimme zu haben und denen, die einen plagen, nicht unhöflich antworten zu müssen!

In den folgenden Nächten habe ich abermals von einem Stier geträumt: wieder das Meer, Delfine und große, mächtige Wellen, schillernd wie Fischschwärme. Doch mich Unglückliche raubt niemand, ich bin nicht Europa, die ein Gott entführen ließ… Welch Schicksal, o Süßeste!

Lisario, Traumwandlerin

Hochverehrte Mutter, Schwester und Vertraute,
ich glaubte, nur Hunde verbrächten ihre Zeit damit, einander an den Schamteilen zu schnüffeln, aber ich wurde eines Besseren belehrt: Mein Mann zeichnet intime Organe! Und als wäre das nicht genug, besitzt er nicht das geringste Zeichentalent!

Was ist diese Ehe doch für eine Enttäuschung, Holdeste! Auch wenn ich nicht so sehr auf die Liebe setze, die ich nur aus Büchern kenne, ist diese Ehe doch nur Erniedrigung und Plünderung. Er scheint kein bisschen an mir interessiert zu sein: Er kopuliert blind und mechanisch wie ein marschierender Standartenträger. Was bin ich denn? Ein Korn in der Mühle? So rammt man belagerte Tore ein. Außerdem, Freundin und Meisterin, gibt er beim Akt lächerliche Verse von sich, manchmal auf Latein, als wäre sein Ende gekommen und er legte die letzte Beichte ab… Er schämt sich, sich nackt zu zeigen – ein besonders schöner Anblick ist es denn auch nicht: Ich kann mit Fug und Recht behaupten, dass die Garnisonssoldaten sehr viel ansehnlicher sind, ähnlich Deinem Verkündigungsengel – und manchmal ist seine Männlichkeit noch gar nicht bereit, um das zu tun, was er seine Pflicht nennt. Ich langweile mich schon seit geraumer Zeit, und dazu beleidigt er mich mit seinem seltsamen wissenschaftlichen Getue. Ich weiß, ich sollte über meinen Ehemann nicht lästern, aber er ist abscheulich: Bin ich etwa das Schaf und er der Hirte? Kann er mich etwa schlagen und führen, mich fressen und schlafen lassen, mich packen und scheren, wie es ihm gefällt? Mich! Leid und Elend über den, der mir solch ein Schicksal wünscht!

Traurig und freudlos geht das Jahr zu Ende, und das Leben erscheint mir wie mit Jauche übergossen.

Die unglückselige Lisario

SCHRECKLICHE ÜBEL

1

Nach langer Pein und mit von reichlich Wein und aufgestauter Wut schmerzender Leber putzte sich Avicente schließlich heraus und begab sich zu Tonno d'Agnolo. Nun hieß es, aufs Ganze zu gehen. Tonno empfing ihn in einem weiten Brokatmorgenrock, den Mund voller Kaninchenfleisch.

»Möchtet Ihr auch, Dottò?« Leicht angewidert lehnte Avicente ab. »Was macht Ihr für ein Gesicht? Setzt Euch… Was ist los? Sorgen… beruflicher Art?«

»Gewissermaßen…«

Tonno wischte sich das Gesicht mit einem fein geklöppelten *Mouchoir* ab und ließ es zu Boden fallen. »Tja, mein lieber Dottore… auch meine Arbeit als Regierender ist eine beschissene Plackerei, glaubt mir… Mir nichts, dir nichts wird man Mörder, Dieb und Schuft gescholten… Wir verstehen uns: Im Grunde ist man als Arzt auch ein wenig Mörder, nicht wahr? Was für elende Berufe wir doch haben… Unsereins wühlt mit den Händen in den Taschen und Geldbeuteln der Untertanen, während Ihr Eure Pinzetten in fremde Münder, die Nase in Schiet und Pisse, die Hände in das gammlige Fleisch der Leute steckt… Ziemliche Sauerei, nicht wahr? Klar, dass man den Leuten bisweilen den Tod an den Hals wünscht. Bestimmt sehnt Ihr ihn manchmal geradezu herbei… Macht der Patient die Grätsche, hat die liebe Seele Ruh! Eine Befreiung! Und dann kann man immer sagen: Ich habe alles getan, was in meiner Macht stand… Galen hier, Hippokrates da … Bei uns Regierenden ist das anders: Macht der Untertan die Grätsche, gibt's keine Steuern mehr!«

Den Mund zu einem säuerlichen Lächeln verzogen setzte sich Avicente auf seinem Stuhl zurecht. »Aber wenn ein Untertan stirbt, kommt ein neuer zur Welt, oder nicht?«

Tonno wiegte den Kopf und machte den Dienern ein Zeichen abzuräumen. »Nun ja, da ist was dran, bisweilen ist es tatsächlich besser, je mehr sterben … kommt ganz drauf an. Wie bei Epidemien, nicht wahr? Herrlich, wenn die Städte dann ein bisschen leerer sind. Doch Ihr seid gewiss nicht gekommen, um Euch klug mit mir zu unterhalten … Wie kann ich Euch behilflich sein?«

»Die Sache ist ein wenig heikel, ich weiß nicht, ob ich offen darüber reden kann, weshalb ich Euch bitte, zwischen den Zeilen zu lesen.«

»Lasst hören, ich bin ganz Ohr.« Tonno wedelte mit der Hand durch die Luft und puhlte sich mit der anderen unerwünschte Kaninchenreste aus den Zähnen.

»Nun denn, ich bin zu Euch gekommen, um Euch um eine Leihlizenz für einige Eurer Damen zu bitten …«

Tonno d'Agnolo brach in schallendes Gelächter aus. »Und was wollt Ihr von meinen Huren, wo Ihr solch eine bezaubernde Frau habt? Schön, jung und stumm!«

»Versteht mich nicht falsch … Es handelt sich um eine wissenschaftliche, eine medizinische Beobachtung …«

Bei dieser Bemerkung ließ der berufliche Instinkt Tonno hellhörig werden. »Ich kann Euch versichern, Dottò, dass meine Damen kerngesund sind! Glaubt Ihr, ich jubele dem Hof und dem Vizekönig verseuchte Weiber unter?! Ich hänge an meinem Leben!«

Avicente Iguelmano hob beschwichtigend den Finger, um den Fehlschluss des *Eletto del Popolo* aufzuklären, dann aber fragte er sich, ob er ihn nicht in seinem Irrglauben lassen sollte, denn nun hatte Tonno nicht länger die Waffe der Erpressung auf seiner Seite, wie damals, als er Avicente zu verstehen gegeben hatte, dessen Vergangenheit in Den Haag zu kennen.

»Daran habe ich keinerlei Zweifel. Doch es ist nun einmal wichtig, dass alles in Ordnung und der Vizekönig keinen Gefahren ausgesetzt ist... Nun ja, der Zweck meiner Arbeit ist, Eure Arbeit zu erhalten, mein lieber Freund, und das soll keine Beleidigung sein, ganz im Gegenteil. Überdies ...« Hier beschloss Avicente, ihm die halbe Wahrheit zu sagen, um die Lüge glaubwürdiger zu machen: »Überdies könnte die Untersuchung Eurer Damen auch zu, nun ja, einigen Entdeckungen führen ...«

Tonno, der sich vor Nervosität halb aus dem Sessel gestemmt hatte, fiel fast um. Ein Diener eilte herbei, um ihn zu stützen, doch er stieß ihn fort. Er grinste schief. »Und was wollt Ihr entdecken, Dottò?! Ist doch alles bekannt! Jeder, der ein bisschen Grütze im Kopf hat, weiß, wie Frauen funktionieren. Oder redet Ihr davon, ob sie eine Seele haben oder nicht? Mir reicht's, wenn sie eine Fotze haben. Die Seele und der Grips der Weiber sind mir scheißegal, die kann man in der Pfeife rauchen, hab ich mich klar ausgedrückt?«

Avicente Iguelmano rückte auf dem Stuhl herum und zog sein Wams straff. Die Sache war schwieriger als gedacht. »Ehrlich gesagt könnte die Entdeckung das Wie betreffen. Wie empfinden sie Lust.«

Er rechnete mit einer weiteren Lachsalve, doch Tonno grunzte ernst. »Ist Eure Frau schüchtern?«

»Nein.«

»Wollt Ihr neue Sachen kennenlernen? Tja, da habt Ihr recht, sonst wird's im Ehebett bald öde. Man braucht Abwechslung! Richtig so! Da können die Damen Euch was beibringen. Doch ich hielt Euch für aufgeweckter, lieber Dottore … für praktischer …« Er stand auf und wanderte durch den Saal, und die Hunde, die bis eben in einer Ecke geschlafen hatten, gierten nun nach den Kaninchenresten, die ihm am Hemd klebten, und folgten ihm. »Na schön, ich lasse Euch die Besten, sonst blamieren sie mich noch! Die des Vizekönigs, dann gibt es keine Missverständnisse, in Ordnung?«

Avicente hütete sich davor, Tonno zu widersprechen. Er nickte und ließ sich sagen, wo und an welchen Tagen er die Damen treffen konnte, dann verabschiedete er sich, derweil Tonno sich mit den »Regalien« brüstete, die er ihm durch die kostenlose Zuführung seiner Mädchen gewährte.

Als Avicente protestierte und auf eine Bezahlung bestand, hielt Tonno dagegen, einem geschenkten Gaul sehe man nicht ins Maul. »Und ins Maul seht Ihr den Damen doch nicht, oder? Ihr schaut woanders hinein …« Wieder brach er in Lachen aus. »Viel Spaß, mein Hübscher, viel Spaß!«, rief er Avicente nach.

2

Erst fünf Jahre später sollten die Baracken verschwinden, die rund um den nach ihnen benannten Platz aus dem Boden geschossen waren. Allerdings bestand der Skandal weniger in den Baracken am Largo delle Baracche als in den umliegenden Häusern, in denen die spanischen Soldaten untergebracht waren.

Die verheirateten oder liierten Truppenangehörigen waren in Neapel in die Betten der Prostituierten gekrochen, zu den professionellen Huren ebenso wie zu den Gelegenheitsnutten. Der schreienden Armut und dem systematischen Ausbluten der Stadt durch seine streng katholische Majestät war es überdies zu verdanken, dass es abgesehen von wenigen Hochwohlgeborenen kaum eine Frau gab, die diesem Erwerb nicht nachging: Selbst unter Verwandten war der häusliche Puff notwendige Überlebenshilfe, sodass auch ein junger Fischersmann namens Tommaso Aniello, genannt Masaniello, der dem Vizekönig zu Beginn jenes Jahres 1647 noch keine Scherereien mit seinem Volksaufstand machte, seine Frau für sich selbst, den Schwager, den Vater und verschiedene Onkel arbeiten ließ.

Damals residierten die beiden Damen mit den klangvollen Kampfnamen Hemera und Hedone noch im Spanischen Viertel, allerdings in einem schmuck herausgeputzten Haus mit hohen Decken, sie hatten eine Magd und eine Köchin und sogar eine Equipage mit zwei schneeweißen Arabern vor der Tür, die jung und nervös ihren Schweiß spritzen ließen. Im Jahr darauf sollten sich auch Masaniellos Gefolgsleute Araber nennen – *Alarbi* auf Neapolitanisch. Hin und wieder liefen einige von ihnen neben den von den Madames auf die Namen Maliardo und Fingitore getauften Pferden her und warfen ihnen neidvolle Blicke zu, denn sie konnten nicht reiten. Reiten war etwas für feine Leute, für sie wäre ein Ritt zu Pferde in etwa so gewesen, als äßen sie vor den Augen des heiligen Januarius von Petrus' Teller.

Im Viertel war Hedone unter einem weniger arkadischen und hochtrabenden Namen bekannt: Sie wurde Argiento Vivo, Quecksilber, genannt, und das nicht nur, weil sie an neapolitanischer Unrast litt, ständig in Bewegung war, vor Lebensenergie sprudelte und mit Gelächter, Späßen und Schmähungen um sich warf, sondern vor allem, weil sie sich gleich zweimal die Franzosenkrankheit eingefangen hatte – von Neapolitanern Neapelkrankheit genannt und von den Spaniern, die am häufigsten daran litten, totgeschwiegen –, für deren Behandlung man zu jener Zeit nur ein einziges Mittel kannte, nämlich *Argentum vivum*, Quecksilber.

Wenn der Vizekönig die Steuern erhöhte, wurde gespottet, er hielte sein Silber queck, will heißen, er triebe es mit besagter Argiento Vivo, die in der Via del Gelso wohnte, einer schmalen, auf halbem Wege zwischen dem Kloster San Martino und der Kirche Sant'Anna dei Lombardi gelegenen Straße, in der auch berühmte Maler gewohnt hatten, sogar Michelangelo Merisi, genannt Caravaggio. Argiento Vivo – auch Spitalschnepfe genannt, weil sie die Syphilisspitäler, die in Neapel oft privat betrieben wurden, ehe man sie in offizielle Einrichtungen umwandelte, bereits mehrfach von innen gesehen hatte – stand Hemera zur Seite, mit bürgerlichem Namen Bernardina Pace, ein putzsüchtiges, kokettes Weib mit blauen Augen, die auf irgendeine Liaison mit den früheren Eroberern zurückgingen.

Hedone und Hemera ergänzten einander perfekt: Die eine groß, die andere klein, die eine drall, die andere schlank, die eine dunkel, die andere rothaarig, machten sie die Männer glauben, es mit echten Damen zu tun zu haben, weil sie ein leidliches Französisch und ein perfektes, mit wohlgesetzten Schimpfwörtern gespicktes Spanisch sprachen, sich zu kleiden verstanden und bei Tisch zu betragen wussten. Im Bett jedoch mussten sich die Männer nicht mehr fragen, ob sie sich wie Edelmänner benehmen sollten, und behandelten sie schlimmer als Tiere. Sie waren die Töchter von Bauern und Fischern, Hedones Mutter war Näherin gewesen, doch jetzt, herausgeputzt wie Lampenschirme, sprachgewandt, mit Ziertüchern und Schmuck behängt, gingen sie fast für Damen von Stand durch und schmähten alle, die sie weiterhin Argiento Vivo und Pubbreca – die Öffentliche – nannten, das war Bernardinas Spottname, weil sie bereits mit dreizehn Jahren an der Ecke der Rua Catalana angeschafft hatte und sozusagen für alle öffentlich zugänglich war.

Tonno d'Agnolos »Zoccole«, wie er seine Huren nannte – nicht etwa zu Ehren der hierzulande ebenso bezeichneten fetten Ratten, die auch tagsüber durch die von sechshunderttausend Menschen und zigmillionen Nagern bewohnten Straßen der Stadt zockelten, sondern wegen der *Zoccoli,* der Holzpantinen, die über den Basalt klackten und die spanischen Soldaten besser anlockten als jede Fanfare –, waren äußerst tüchtige Geschäftsfrauen: Hätte man die Führung ihnen überlassen, hätte die flämische Bank der Vandeneyden die Könige Frankreichs, Spaniens und Englands finanziert, so gut verstanden sie es zu sparen. Hemera und Hedone betrogen Tonno denn auch seit Jahren, und obgleich er ein kundiger, welterfahrener Mann war, ließ er alles geschehen, ohne den leisesten Verdacht zu hegen.

Avicente haderte lange, ehe er die Treppe emporstieg. Als er oben ankam, sah er aus wie ein Todgeweihter, mit glasigen, schwarz umrandeten Augen. Doch die beiden Kokotten waren so sehr an die traurigen, mitleidsvollen Gesichter der Spanier gewöhnt – man konnte meinen, sie wollten im Büßerhemd vögeln –, dass sie weder Verwunderung noch Bedauern zeigten, als sie den fiebrig bleichen verschämten Arzt erblickten. Sie dachten nur, dass sie ihn gewiss würden erleichtern können, sowohl was das Geld als auch, was das Gemüt betraf, und ließen sich bereitwillig von ihm unter die Lupe nehmen, ehe sie es ihm nach Strich und Faden besorgten.

Dann rückte Avicente mit seinem Anliegen heraus: Er hatte sich nun einmal in den Kopf gesetzt, um jeden Preis einen Vergleich mit Lisario anzustellen – doch das sagte er den Damen nicht –, da ein wissenschaftliches Experiment ohne Nagelprobe nichts taugte, und Avicente Iguelmano konnte nicht zulassen, dass man ihn abermals einen Scharlatan schimpfte wie damals in Den Haag. Diesmal würde er seinen alten Lehrmeister und alle, die ihn für nichts Besseres als einen Haarschneider hielten – wenn auch einen sehr findigen, denn immerhin hatte er, man wusste nicht wie und gäbe etwas drum, es zu wissen, die Tochter eines hohen Beamten Seiner Majestät von den Toten erweckt –, Lügen strafen. Sie würden ihn in die Hörsäle der bedeutendsten und berühmtesten Universitäten bestellen und sprachlos der Enthüllung des größten aller Geheimnisse lauschen: des der weiblichen Natur.

Als er beschrieb, was genau er von ihnen verlangte, brach Pubbreca, alias Hemera, alias Bernardina in ein derart fettes, schallendes Gelächter aus, dass man sie bestimmt bis Mergellina hörte. Hedone, oder besser gesagt Argiento Vivo, verzog hingegen keine Miene: Sie setzte sich hin und tat, wie ihr geheißen, während Avicente zeichnete und Pubbreca den Kopf schüttelte und in sich hineinmurmelte: »Männer haben wirklich nichts Besseres im Kopf...«

Sie ließen sich untersuchen und inspizieren, beobachten und befühlen. Doch den fleischigen Lippen der beiden Frauen ließ sich kein Geheimnis entlocken. Es war schwer zu sagen, worin der Unterschied lag; Lisario weckte in Avicente eine Neugier, die bei diesen beiden Frauen ausblieb. Unablässig fasste er sie ins Visier, bis ihm schließlich ein winziges Augenzwinkern zwischen den beiden verriet, wo der Haken war: Sie simulierten, sie taten nicht im Entferntesten das, was er von ihnen forderte. Sie empfanden nicht die geringste Lust, sie spielten Theater. Und selbst, wenn er die Gesten und Regungen der beiden Kokotten bis in alle Ewigkeit beobachtet hätte, hätte er den Trug nicht von der Wahrheit unterscheiden können.

So weit ging die Lüge also: Die Frau simulierte nicht nur, wenn sie den Mann in sich hatte, sondern auch für den Mann, der ihr zusah. Es gab weder Leidenschaft noch Hingabe, kurz, keinerlei Begehren, das befriedigt werden wollte. Die Finger krampften nicht, die Beine zitterten nicht, die Stimme tirilierte, als wollte sie eine Nachtigall imitieren. Man musste sich also fragen: Hatte Lisario seine Forderungen stets ehrlich erfüllt? Ihm kamen Zweifel, doch nun war es zu spät, er hatte sie verbrannt, verbraucht, ausgelöscht.

Avicente sah zu, wie Pubbreca mit gerafften Röcken und breitbeinig wie ein Mann über dem porzellanenen Pissoir stand und hineinpinkelte. Er hatte versagt, er hatte alles falsch gemacht. Und genau in diesem Moment, während Argiento Vivo ihm ein Tablett mit Mandelgebäck als Erfrischung unter die Nase hielt und ihm mit der anderen Hand pflichtschuldig in der Hose herumwühlte, ging ihm eine weitere, schreckliche Wahrheit auf: Lisario war immer wach gewesen, als er sie im Winter zuvor im Kastell besucht hatte, und hatte alles darangesetzt, so zu tun, als empfände sie *keine* Lust, damit er immer wieder käme.

Ein Netz aus Lügen, das die Frauen glitschig wie Fische erscheinen ließ, umfing seinen Willen und Verstand, er hasste sie alle und wünschte ihnen den Tod, so sehr demütigten sie ihn mit ihrer Existenz.

Schließlich war er der Spielereien im Haus der beiden Huren so müde, dass er einschlief, und die beiden Frauen, die entkräftete Kunden mehr als gewöhnt waren, ließen ihn auf ihrem Bett schlafen. Kaum hatte er die Augen geschlossen, fand sich Avicente in dem dunklen, großen Hof mit den fünf Fenstern wieder, von dem er vor seiner Heirat mit Lisario geträumt hatte. Diesmal war er nackt wie ein Wurm, und die fünf schwarz gekleideten Ordensbrüder waren bereits dort und flüsterten miteinander.

»Der macht nur Ärger…«

»Aber wieso? Es hatte sich doch alles eingerenkt, sogar ein hübsches Mädel hat er geheiratet, was macht er denn da?«

»Brüder, Brüder!«

»Ach, Kajetan, sogar bei den Dirnen ist er gewesen! Schau doch bloß, wo er uns hinschleppt!«

»Es sind Schwestern, die wir auch zur Reue führen werden, Johannes, hab ein bisschen Geduld…«

»Hör schon auf, Kajetan, in unserem Orden sind nur Männer. Sind die Schwestern dort nebenan? Im Nebenzimmer? Lass mal sehen, nur ganz kurz…«

»Johannes!«

»Verzeih, verzeih…«

»Seht mal, er hört uns.«

Avicente musterte sie mit erhobenem Kopf und bedeckte seine Scham mit den Händen.

»Nun, ist jetzt endlich Schluss damit?«, sagte der heilige Kajetan.

»Aber, also, ich …«, stammelte Avicente.

»Nein, nein und nochmals nein! Das muss jetzt endlich ein Ende haben! Die Wissenschaft ist nur eine Ausrede, mein lieber Freund!«

Avicente sprang auf und schüttelte die Fäuste, und die Ordensbrüder schlugen sich angesichts seines baumelnden Schwengels die Hände vor die Augen.

»Basta! Ich hatte mir vorgenommen, nie wieder von euch zu träumen! Ihr seid mir keine Hilfe, schlimmer noch, ihr seid echte Ignoranten!«

»Ach, wenn dich deine Mutter so sehen würde …«, mahnte der heilige Kajetan.

In dem Moment wachte Avicente schreiend auf, und Argiento Vivo und Pubbreca beugten sich mit einem strahlenden Lächeln über ihn und zwinkerten ihn an.

»Ach je, was ist los? Ein böser Traum? Na, schlaft noch ein bisschen weiter …«

3

Als er an jenem Abend vom Largo delle Baracche zurückkehrte, ließ Tonno ihn von einem seiner Diener abfangen. Er wollte sichergehen, dass seine Kokotten sauber waren.

»Und, lieber Dottore? Der Garten der Lüste? Die wilde Vögelei? Wie war's? Erzählt! Waren die beiden Mädel nun kerngesund oder nicht?«

»Ja, kerngesund, gewiss … Aber um die Wahrheit zu sagen, mit meiner Wissenschaft hatte ich kein Glück …«

»Ach, nennt man das jetzt Wissenschaft?«

Der Mond war aufgegangen und sandte silberne Garben über die samtig schwarze Stadt. Tonno knetete sich das Kinn. Zerknirscht verharrte Avicente auf der Schwelle des großen, freskengeschmückten Saales im Palazzo Bagnara.

Nachdenklich wanderte Tonno um seinen Sessel herum. »Dottò, darf ich Euch etwas sagen? Vielleicht sucht Ihr etwas anderes … Habt Ihr jemals reden hören von … kommt ein wenig näher …«

Avicente schritt über den marmornen Boden auf den dicken Tonno zu, der ihm ins Ohr flüsterte: »*Femminielli*, Weibsknaben … versteht Ihr?«

Der Doktor wich verdattert zurück. »Kastraten? Eunuchen?«

»Ja, ja, solche sind auch dabei, aber ich kenne da eine … Von der weiß keiner, ob sie Frau oder Mann ist … Und niemand kann's beweisen, die ist Sondereigentum …«

»Noch eine Prostituierte?«

»Mätresse! Und sie beherrscht ihr Handwerk: Die weiß, wie sie einen heiß macht. Ein wahrer Glücksgriff.«

»Aber ich brauche echte Frauen ...«

»Jetzt habt Euch doch nicht so ... Wer weiß denn schon, ob Bella 'Mbriana, dieser gute Geist, nicht eine Frau ist? Wir mögen's von vorn, von hinten ... wir mögen's mit Kerlen ... Sie ist keine Frau? Komm schon, Avicé, überzeug dich selbst.« Und er lachte aus vollem Hals.

Keine Stunde später wurde Avicente wider Willen in die Nähe des Römischen Theaters geführt, in dessen Schatten zwischen den antiken Stützbogen sich düstere gotische Häuser duckten.

»Wir sind da«, raunte Tonno vor der Tür einer Kirche.

Der spitze, ruß- und dreckgeschwärzte Torbogen wurde von einer Fackel erhellt. Die Tür öffnete sich ohne ein Klopfen: Eine Treppe führte in einen mit ärmlichem Mobiliar vollgestopften Raum, auf dessen Boden im Fackellicht antike Mosaike, Ornamente aus Rosen, Bäumen, Lämmern schimmerten, Festungsanlagen und Schiffe, zwischen denen sich Pfauen und Falken lösten. Mit raschem Blick nahm Avicente Brüder wahr, die Brüder umbrachten, Frauen, die ihre Männer betrogen, Pharisäer und Zenturionen am Kreuzweg.

»Obacht, nicht ausgleiten ...«, warnte Tonno, und sogleich stolperte Avicente und klammerte sich an den *Eletto del Popolo*.

»Verdammt noch eins, Dottò, beherrscht Euch!«

Im Fackellicht schienen die Tiere des Mosaiks plötzlich größer zu werden und heranzupirschen. Avicente bereute zutiefst, Tonno in dieses hinterste Drecksloch der Stadt gefolgt zu sein. Panther und Schlangen zuckten bei jedem Schritt vom Fußboden auf, Wasser tropfte aus unsichtbaren Brunnen und Leitungen.

»Bella 'Mbriana?«, rief Tonno.

»Wer da?«, schallte eine tiefe, samtige Stimme aus dem Dunkel zurück, die weder einem Mann noch einer Frau zu gehören schien.

»Tonno, ich bringe spanische Freunde mit …«

»Hau ab!«

»Komm schon, nur auf ein kurzes Wort.«

»Hau ab, sonst kannst du was erleben!«

Eine Klinge zischte aus dem Dunkel an Tonnos und Avicentes Kehle. Die beiden schrien auf. Keuchender Atem war zu hören. Für einen kurzen Augenblick glomm im Licht der Fackel, die Tonno aus der Hand zu Boden geglitten war, das eifersüchtige Gesicht Potiphars auf, der Joseph verfolgte.

Im trüben Schein einer Funzel war ein bewaffneter Mann zu erkennen: Kaum dreißig Jahre alt, nackt – Avicente starrte auf seinen riesigen, noch harten Schwanz –, redliche Züge, langer Schnurrbart, zerrauftes Haar.

Avicente hörte Tonno schlucken. »Don Peppo … Ich hatte doch keine Ahnung … wie hätte ich wissen sollen … Verzeiht, verzeiht …«

Tonno packte Avicente beim Arm und wich hastig zurück.

Ein heller Schemen mit ellenlangem schwarzen Haar kam über den reich verzierten Mosaikboden auf sie zu, Avicente konnte die langen Wimpern und die rot geschminkten Lippen erkennen. Bella 'Mbriana hob die Lampe. Intensiver Jasminduft erfüllte die Dunkelheit. Das Haar fiel ihr über die Brust, es war unmöglich zu sagen, ob sich darunter ein Busen befand. Aus dem Augenwinkel versuchte Avicente einen Blick auf ihr Geschlecht zu erhaschen, doch ehe er etwas erkennen konnte, war der dunkle Fleck zwischen ihren Beinen hinter der gotischen Tür verschwunden.

»Verzeiht mir, es tut mir leid«, flehte Tonno, und im nächsten Moment waren sie wieder auf der Straße. Hinter der Kirchentür war das metallische Klappern eines Riegels zu hören. Im Mondlicht hasteten sie durch die Gassen und blieben schließlich keuchend auf einem kleinen Platz neben einem Brunnen stehen.

»Wer war das?«, fragte Avicente noch immer bang.

»Das, was Ihr heute gesehen habt, dürft Ihr keiner Menschenseele verraten, oder sie schneiden Euch die Kehle durch«, drohte Tonno mit panisch bebender Stimme.

Avicente fuhr sich mit zwei feuchten Fingern in den Kragen. »Was hab ich denn gesehen?«

»Das war Don Peppo Carafa.«

»Ah! Ist das ein …«

Tonno packte Avicente beim Arm und presste ihn jäh an eine Mauer. »Das Wort, was Euch auf der Zunge liegt, dürft Ihr nicht aussprechen. Nicht einmal denken dürft Ihr es! Er ist der männlichste Mann von ganz Neapel, habe ich mich klar ausgedrückt?«

Avicente nickte heftig. Tonno zog sich den Mantel zurecht und hastete davon.

Avicente blieb allein zurück. Ihm war, als hätte er noch immer den Jasminduft von Bella 'Mbriana in der Nase, dabei stanken die Gassen hinter dem Theater nur nach menschlichem Kot und Tieren.

Eine unerklärliche Unruhe hatte ihn erfasst.

Es war schon fast Tag, als er mehr tot als lebendig das Kastell erreichte. »Was geht hier vor?«

Ein großes Überraschungsfest, Trubel, Gelächter, Frohsinn, Blumen und Wein: Don Ilario und Donna Dominga eilten ihm beglückt entgegen, die Dienerinnen rannten kopflos hin und her, doch niemand sagte ihm, was los war. Endlich stellte sich Donna Dominga auf die Zehenspitzen ihrer Zwergenfüßchen und stammelte mit Tränen in den Augen: »Be-be-be-lisaria ist schwanger!«

Schon tauchte seine Frau, die nun endlich ihren vollen Namen trug, da die Schwangerschaft sie in den Augen der Gesellschaft zur echten Frau und Katholikin machte, am Ende des Saales auf, in dem er sie zum ersten Mal im wachen Zustand erblickt hatte. Sie war ein wenig blass, als fürchtete sie sich.

Avicente wich einen Schritt zurück, doch Don Ilario schob ihn nach vorn. »Umarmt euch, umarmt euch!«

Avicente gab nach.

Doch er wusste nur zu gut, dass dies nicht sein Kind war.

DER MEISTER DES KERZENLICHTS

1

Nun heißt es, die Zeit ab dieser verhängnisvollen Nachricht zurückzudrehen, nämlich um genau drei Monate, als Lisario sich ihrem Mann verweigerte und der sich dem Wein hingab.

»*Laissez! Laissez!*«, hatte der leinenbehoste Mann gebrüllt und eine zusammengeschnürte Mappe fallen lassen, aus der Zeichnungen und Skizzen quollen. Er war zur Ecke des Vico Santo Spirito di Palazzo gerannt, um die mit einem Pinsel bewaffnete Hand eines anderen, kleineren Mannes in Nachthemd und Pantoffeln aufzuhalten, der drauf und dran war, sich auf einen halbnackten, welken Greis zu stürzen, welcher in der glühenden Maisonne am Boden kauerte und den dürren Arm abwehrend emporreckte.

»*Ladròn de gallinas*!«, schimpfte der Mann im Nachthemd.

Der Alte antwortete nicht, noch versuchte er, den Schlägen zu entgehen, die ihn immer heftiger auf Kopf und Rücken trafen.

»*Qu'est-ce qu'il a fait?* Was hat er getan?!«, brüllte der Mann in Leinenhosen und warf sich dazwischen.

»Ein Dieb, ein Dieb ist er … Und ich habe ihm die Pose bezahlt … Drei Hühnchen aus meiner Speisekammer …«

»Die Pose?« Der leinenbehoste Mann hielt den Bestohlenen fest.

Dem Alten gelang indes die Flucht, er verschwand klammheimlich und im Schutz anderen Lumpengesindels, das sich neugierig genähert hatte, hinter der Kirche Santa Maria Egiziaca.

»Wer seid Ihr?«, fragte der Spanier erzürnt und zudem mit einem Pantoffel bewaffnet.

Eine kleine Traube von Anwohnern hatte sich versammelt, um die Flucht des Alten zu beobachten und den Streit zu verfolgen. Der Mann in Leinenhosen bückte sich nach der Mappe und den herausgerutschten Zeichnungen. Der andere betrachtete sie kritisch.

»Ah! *Otro pintor*!«, seufzte er und fuhr in perfektem Neapolitanisch fort: »Der hat uns noch gefehlt!«

Der Franzose machte eine verständnislose Geste. Dann betrachtete er den Spanier genauer, und seine leuchtend blauen Augen wurden vor Überraschung noch größer. »*Le maître Ribera*?«

»*Yo soy*!«, entgegnete der, wandte ihm den Rücken zu und ging auf den Vorhang im niedrigen Torbogen des Palazzos zu, vor dem sich die Szene abgespielt hatte.

Der Franzose eilte ihm nach, derweil das Publikum aus Weibern und Zerlumpten sich murmelnd zerstreute.

»*Attendez-moi*!«

Ribera trat durch den Vorhang, löste die Halterung und ließ ihn vor der Nase des Franzosen zufallen.

»*El taller de pintura está llena! L'atelier est plein! Vous comprenez?!*«, hallte es aus dem Dunkel des Hauses.

»Ich bin Bühnenbildner, kein Maler! Ich bin hier wegen der Kulissen für das Melodram!«, und da Ribera noch immer kein Lebenszeichen von sich gab, fügte er auf Spanisch hinzu: »*Maestro de las velas*… Meister des Kerzenlichts. Ich beleuchte die Bühne, gestalte die Prospekte, entwerfe die Kostüme.«

Tiefe Stille senkte sich über das Gässchen. Dann öffnete

sich der Vorhang wieder, und Ribera, der sich eine Jacke über das Nachthemd gezogen hatte, streckte den Kopf heraus.

»Schickt Euch Juan Do?«

»Ja«, lächelte der Franzose. »Ich bin Jacques Israël Colmar.« Er hielt dem Meister einen Brief entgegen, der grunzend danach griff und mit den Achseln zuckte.

»*Ingresos!* Kommt herein.«

Überwältigt betrachtete der Franzose die Gemälde, deren Details sich nach und nach aus dem Zwielicht lösten: ein dreister, dicker Satyr, eine Muschel aus Perlmutter, das schreiende Gesicht eines Gehäuteten, die frivolen Züge der Bettler, ein knochiger Heiliger, ebenso mager wie der Alte, der vor dem Zorn des Malers geflohen war, dralle Magdalenas, Schädel, Trompeten, Bücher. In ehrfürchtigem Schweigen ließ Jacques Israël Colmar die Werke auf sich wirken.

Der Spanier stand mit verschränkten Armen da und grinste in sich hinein. »*Te gusta?*«

Colmar nickte stumm, ihm fehlten die Worte, egal in welcher Sprache. Ribera zuckte die Schultern und holte ein Glas.

»*También le gustaba Velázquez.*«

»Er war hier …?«

»Wer?«

»Velázquez!«

»O ja, mit dem gesamten Gefolge aus *toldos, carros, sirvientes …*«

»Er ist reich …«

»Sehr reich!«

Eine schöne, blau gekleidete Frau erschien im Türrahmen: Colmar konnte Zimmerfluchten, Möbel und ein weiteres Licht erahnen, ein Fenster oder einen Balkon, der auf eine Straße hinausging. Das Haus und das Atelier des Meisters waren riesig.

»*Veo che tienes invitados …*«

»*Vamos, vamos …*«, schickte Ribera sie fort.

Die Frau zog sich zurück.

»Meine Frau …«

»Mein Kompliment«, lächelte Colmar.

»… und viele, viele Kinder! Sonst wäre ich ebenso reich wie Velázquez! Nun, mal sehen, wer mir schreibt.« Er öffnete den Brief, den Colmar ihm gegeben hatte. »Juan hatte mich bereits verständigt, jedoch nicht gesagt …« Angewidert überflog er den Brief. »Auf Französisch! Auch das noch!«

Colmar lächelte und nickte entschuldigend.

»Van Laer! *Que asqueroso fornicador!*«, rief Ribera. Als er Colmars ratloses Gesicht sah, fügte er auf Französisch hinzu: »Dieser unverbesserliche Ficker! Und hässlich wie die Nacht! Wie können die Frauen nur …«

»Ich bin gekommen, um meine Bühnenmalerei zu verbessern, Maestro«, erklärte Colmar. »Wenn Ihr meint, Ihr könntet mich zusehen lassen, während Ihr unterrichtet, würde ich Euch bezahlen wie jeder andere Schüler auch. Im Übrigen bin ich nach Neapel gekommen, um zu arbeiten, ich baue die Kulissen für die spanische Schauspielertruppe im Theater der Florentiner …«

»Mercedes!«

»Ganz recht, für sie und ihren Mann.«

»Armer Gehörnter …«, feixte Ribera. »Nun gut, nun gut. Ab morgen könnt Ihr kommen, Jacques Israël … Seid Ihr Jude?«

»Mein Vater war es.«

»Und Ihr nicht.«

Colmar zuckte mit den Achseln. »Ich habe es nicht leicht gehabt. Und in Flandern mögen die Spanier weder Juden noch Heiden …«

Ribera nickte. »Mir geht es nicht darum, zu welchem Gott Ihr betet, sondern wie Ihr malt.«

Colmar lächelte. »Hier gibt es nur einen Malergott ...« Er breitete die Arme aus und zeigte auf die Gemälde ringsum.

»*Ah, no me gusta que me lamen el culo!*«

»Ich verstehe. Aber das war aufrichtige Bewunderung«, versicherte Colmar und stand auf, um zu gehen.

»Einen Augenblick«, hielt Ribera ihn zurück. »Wo schlaft Ihr?«

»Bei den Bruderschaften, nicht weit von der Kirche Sant' Anna.«

»Wohnt Ihr bei den Holländern?«

»Nein, ich teile mir das Haus mit Neapolitanern und Toskanern ...«

»Gut. *Los holandeses ...*«

»... gehen Euch auf den Sack.«

»Ganz genau.«

»Ich war stets der gleichen Meinung. Einen guten Tag, Maestro«, schloss Colmar, griff nach der Mappe und verließ das Haus in Richtung Largo di Palazzo.

2

Eine Woche vor seiner Begegnung mit Ribera war Colmar eines regnerischen Morgens in Neapel eingetroffen. Er war von Rom wochenlang zu Fuß gereist, in Begleitung von elf talentlosen Kleckern, doch hatten die Soldaten des Vizekönigs nur fünf von ihnen gesichtet, wie sie durch die regengepeitschten Felder stapften und dabei ihre den Bauern geklauten Strohhüte festhielten. Der Himmel über den fernen Baumwipfeln war gespickt von Blitzen: Mehr als einmal hatte einer der fünf versucht, sich in den Wald zu flüchten, und die anderen hatten ihn reihum davon abgehalten, damit er nicht vom Blitz getroffen wurde.

Von der Gruppe, die sich mit dem einhelligen Ziel, bei Ribera oder einem anderen neapolitanischen Meister in die Lehre zu gehen, aus Rom aufgemacht hatte – die Herren Spagna, Venta, Frasca, Remo, Ultra, Lenza, Lisca, Braghe, Ostia, il Morto da Udine, »der Tote aus Udine«, Francia sowie Colmar selbst –, war einer in Bolsena hängengeblieben, ein anderer irgendwo bei Formia untergetaucht, und wieder andere, wie il Morto da Udine, Enkel von Giovanni, einem Zeitgenossen Raffaels, der ebenfalls den Beinamen »il Morto« trug, weil er tagelang unter der Erde verschwand, um Grotesken abzumalen, waren bei irgendwelchen Bäuerinnen untergeschlüpft. Übriggeblieben waren Spagna, ein Schlitzohr mit arroganten, wölfischen Zügen, rotem Haar und hungrig eingezogenen Wangen; Ostia, laut Spagna ein Frömmler und verhinderter Priester, der immer wieder darauf bestanden hatte, die Reise zu segnen, obgleich sie ihn in Casamari beinahe an die Enkelin des Abtes verloren hatten; Lisca, mager, ausgehungert, blass wie eine Wöchnerin und auf Bühnenprospekte spezialisiert, sodass er in seinen zehn Arbeitsjahren keine einzige menschliche Figur gemalt hatte; und Braghe, der sich auf das Übermalen von Schamteilen verlegt hatte.

Während der Reise hatte sich Spagna mit Lisca angelegt: Spagna hatte behauptet, Ordnung erhalte man nur durch Macht und Gewalt, und Lisca hatte die Friedensfahne geschwungen. »Du bist noch priesterlicher als Ostia!«, hatte Spagna versucht ihn zu beleidigen. Im Gasthaus von Mondragone waren Teller und Gläser geflogen, Spagna hatte mit der Pistole ein Loch in die Wand geschossen und drei Tische zertrümmert. Dann hatte man Waffenruhe geschlossen, die bis zu den Toren der Stadt hielt. Übrigens hatten ausgerechnet diese Überlebenden bereits in Rom zusammengelebt: Colmar hatte mit ihnen ein Haus in der Via Margutta geteilt, und jetzt bewohnten sie in Neapel zwei geräumige Zimmer bei Sant' Anna, dem Sitz der Bruderschaft der Lombarden, fast genau dort, wo wenige Jahrzehnte zuvor Caravaggio genächtigt hatte, den alle in Neapel bewunderten und kopierten.

Zwischen dem Largo del Palazzo und der Kirche Sant' Anna erstreckte sich breit und neu die Via Toledo, die Don Pedro hundertvierzig Jahre zuvor hatte bauen lassen, und entlang der sich wie Trabanten die Paläste des Stadtadels mit ihren exzentrischen, vielgestaltigen Fassaden scharten, die beim Vizekönig und am Hof Eindruck schinden sollten. Colmar drängte sich durch die Menge, die die Straße bevölkerte: Pferde und Barfüßer, dickleibiger Plebs, Krämer und Kaufleute, Adelige in Kutschen und Handwerker, Mägde und Bettler, alle dicht gedrängt, mehr Körper denn Seelen und dennoch mehr Seelen, als man damals in London oder Paris zählte.

Der Mai war von Düften erfüllt, aber heiß: Nach seinem Besuch bei Ribera war Colmar froh, nach Hause zu kommen und sich seiner Jacke, seiner Hosen und der Zeichnungen zu entledigen. Hemdsärmelig betrachtete er die wenigen Dinge, die er über die Reise gerettet hatte. Aus einem Bündel schaute die einzige Erinnerung an seinen Vater heraus, eine Topografie des elsässischen Colmar, der Stadt, in die sich seine Familie vor so langer Zeit gerettet hatte, dass einzig der Gott der Hebräer noch wusste, wie sie in Wirklichkeit geheißen hatten.

»Was seid ihr für Esel! Nicht mal in der Lage, den Grundriss eures Hauses zu zeichnen, während eure Vorfahren den Tempel König Salomos entworfen haben!«, pflegte der Meistertopograf Levi Israël Colmar zu sagen, der Jacques und seine Brüder, sieben insgesamt, mit dem Rohrstock großgezogen hatte, in der Hoffnung auf eine fromme, folgsame Familie, die ihn für die aus törichter Leidenschaft mit einer französischen Katholikin geschlossene Ehe entschädigte. Die Frau hatte zum jüdischen Glauben übertreten müssen und stammte zudem aus den untersten Schichten des Elsass, wo man sich, wie im gesamten Europa jener Zeit, aus der Not heraus auf irgendeine Art prostituierte. Sowohl Herkunft als auch Beschäftigung waren zwei Schwächen, die Ninon Colmar nur mit Mühe überwand, denn kaum zwei Tage nach Geburt des jüngsten ihrer sieben Kinder, Jacques, empfing sie schon wieder heimlich ihre Kunden.

Levi wusste Bescheid und schwieg. Seine einzige Befriedigung bestand in der Ausbildung seiner drei Jungen – die Mädchen hatte er allesamt so schnell es ging mit angesehenen Mitgliedern der jüdischen Gemeinde verheiratet. Er bemitleidete seine Frau mit ihrem von den vielen Geburten aus dem Leim gegangenen Körper, verbat ihr jedoch nicht, sich zu verkaufen: Immerhin leistete sie damit einen Beitrag zum Familieneinkommen.

Wie seine beiden älteren Brüder hatte auch Jacques zwei Kunden seiner Mutter als Hauslehrer gehabt, einen Schulmeister und einen Musiker, die wöchentlich kamen. Dann, mit ungefähr zwölf Jahren, hatte er angefangen, mit seinem Vater topografische Zeichnungen zu fertigen. Doch der hübsche Jacques gefiel den Frauen einfach zu gut, dauernd wurde er von seiner topografischen Kunst abgelenkt. In den sanft wie ein Schnürband gewellten Hügeln ringsum bestach das weibliche Geschlecht nicht durch Eleganz. Die Frauen, die Jacques kennengelernt hatte, einschließlich seiner Mutter, durchliefen ihr Leben wie ein rückwärts gesprochenes Alphabet: Wenn sie jung waren, glichen sie langen, großen Is, die strubbeligen Köpfe wie Punkte hoch auf ihren kurvenlosen Körpern; doch bald verwandelten sie sich in breitbeinige Hs mit arthritischen Beinen, zusammengerutschten Oberkörpern, riesigen Hängebrüsten und plumpen Armen; und schließlich endeten sie wie kleine ds, zusammengesunken über dem eigenen Bauch, die Haut der Beine wie ausgeleierte Strümpfe auf die Knöchel gerutscht, hockten sie auf sich selbst und warteten auf den vorzeitigen Tod.

Für alle hatte Jacques ein gutes Wort, eine freundliche Geste, eine Zärtlichkeit, er umwarb sie, egal, ob schön oder hässlich, aus reiner Liebe zum Leben. Voller Energie, jedoch befangen in seinem jugendlichen Schwung, ertrug Jacques die jammernden Elsässer ebenso schwer wie die satten Bewohner des benachbarten Flandern – auf dass Hunger oder Ketzerei sie hole –, und tatsächlich hatten die Spanier in den letzten hundert Jahren haufenweise von ihnen unter die Erde gebracht.

Zudem zog Jacques dem Beruf seines Vaters das Theater vor. Er war dreizehn, als eine Schauspielertruppe auf einem großen Kahn inmitten der Kanäle eine neue Komödie aufgeführt hatte, mit einem eifersüchtigen Mohren, einer des Betrugs verdächtigten Venezianerin und einem boshaften, schmierigen Berater.

Die phantasievolle Inszenierung, das Feuerwerk, die Kostüme, die technischen Vorrichtungen, die die Illusion von Burgen und Türmen erzeugten, hatten ihn überwältigt; der schurkische Berater und das Drama des Mohren rührten ihn zu heißen Tränen. Vor allem die versehentlich getötete Frau erschütterte ihn. Noch am selben Abend sprach er mit dem Impresario, packte seine Siebensachen, und ohne sich von seinem Vater, seiner Mutter oder den Geschwistern zu verabschieden, schloss er sich der Kompanie an.

Doch mit siebzehn Jahren war ihm die Kompanie bereits eine Nummer zu klein. Er hatte sich beim Spektakelmeister von Bordeaux vorgestellt, einem Herrn, der des Lateinischen mächtig war und seine Zeichnungen auf großen, weichen Papierbögen anfertigte, und ihn ersucht, bei ihm lernen zu dürfen. Le Nain, so hieß der Herr, brachte ihm das Malen in Öl und die Mechanik bei, unterwies ihn in der Tischlerei, der Schmiedekunst und der Pyrotechnik. Nach sechs Jahren bei Le Nain war Jacques Israël Colmar in der Lage, mit ein paar Schichten bemaltem Holz und zwei Laternen den Mond über Weihern schimmern und die Sonne aus den Wolken steigen zu lassen. Er hatte eine ungebremste Phantasie, stattliche Schultern und gütige Augen, die ihn mit zahlreichen und sehr viel hübscheren Frauen versorgten, als es die Elsässerinnen seiner Kindheit gewesen waren.

Wie aus heiterem Himmel traf ihn die Nachricht vom Tod des Vaters und zwang ihn zur Heimkehr. Da sich nun niemand mehr um Ninon kümmerte – »Mit der Dirne haben wir nichts zu schaffen«, ließen ihn die ach so gutherzigen jüdischen Verwandten wissen –, nahm er sie mit nach Paris.

Unterdessen war der Krieg ausgebrochen, und Jacques musste sich zum Kriegsdienst melden. Nach zwei Jahren an den sumpfigen Fronten Flanderns war er stiften gegangen, hatte seine Mutter geholt und sich nach Italien abgeseilt.

In Rom, im Schatten des Vatikans, hatte er sich endlich wieder der Bühnenbildnerei hingeben können. Er entwarf Kulissen, in denen abwechselnd spanische, italienische oder holländische Schmierenkomödianten auftraten, brachte Ninon in einem Nonnenkloster unter und suchte sich mit anderen Malern eine Bleibe unweit der Via del Corso.

Schon damals hatte der neapolitanische Maler Salvator Rosa ihm gesagt, in Neapel könne man viel lernen, und wenn er bei dem Spanier Ribera in die Lehre ginge, würde ihn das weit bringen. Doch zu dem Zeitpunkt dachte Jacques nicht daran fortzugehen, außerdem traute er Rosa nicht, der beim Psalmodieren fluchte, einen Lobgesang auf X anstimmte und zugleich nach einem Messer flehte, um Y umzubringen, und überdies soff wie ein Loch und eine gewisse Lucrezia, Modell und Ehefrau in einem, die ihm sogar Kinder geschenkt hatte, dauerhaft unglücklich machte.

Im Laufe der Jahre hatte Colmar schon zahlreiche Lügner und arme Schlucker kennengelernt – Galgenvögel, die wegen Störung der öffentlichen Ordnung unter der Aufsicht der päpstlichen Garden standen, Gewalttäter, Säufer, Kleckser –, doch er beklagte sich nicht, weil er in ihrer Gesellschaft untertauchte und sich niemand um seinen jüdischen Namen scherte.

Ernsthafte Schwierigkeiten hatte es erst wegen dieses Holländers gegeben, verflucht sei der Tag, an dem er an seine Tür geklopft hatte.

3

Michael de Sweerts war ein ängstliches Kind gewesen.

Doch mit den Jahren war aus dieser Angst Sucht nach Vollkommenheit geworden. Vollkommen zu sein bedeutete, vollkommene Dinge zu erschaffen, und vollkommene Dinge zu erschaffen, bedeutete, Gott nah zu sein. Nichts war wichtiger als das, es war die reine Erfüllung seines Daseins – sowohl als Mensch als auch als angehender Maler. Denn bereits seit den allerersten Lebensjahren wusste Michael, dass er sein Leben der Malerei widmen würde, wenngleich ihm sein Körper bald und immer wieder einen Strich durch die Rechnung machen sollte.

Am 6. Januar 1623 hatte er sich für seinen Lebensweg entschieden. Er war acht Jahre alt.

An jenem Morgen herrschte festliche Betriebsamkeit im Haus, sein Vater, David de Sweerts war seit dem frühen Morgen betrunken, und seine Mutter musterte ihn hasserfüllt und drehte ihm den Rücken zu, sobald der Alte den Mägden nachstellte. Die Köchin Margheta hatte gerade mit dem Backen des Kuchens begonnen. Michael hatte sich beim Spielen aus Versehen in der Abstellkammer eingeschlossen und kam nicht mehr hinaus. Er hörte, wie er gerufen wurde. Margheta suchte ihn, um ihm die Bohne zu zeigen.

»Michael… Herzchen… Willst du denn nicht die Bohne sehen, ehe ich sie in den Kuchen stecke? Komm zu Margheta, komm in die Küche, mein Engel…«

Michael strich sich übers Haar: Margheta striegelte ihn heimlich wie ein Mädchen. Ihm gefiel das. Schauder rieselten ihm über den Rücken, und sein Anus zog sich zusammen. Zornig über dieses Wohlgefühl zerzauste er sich mit den Fingern das Haar.

Das Türschloss hatte sich verklemmt. Michael schrie, doch durch die dicke Tür drang nichts hindurch. Dann hörte er ein dumpfes Rumsen und glaubte, jemand käme ihn befreien. Doch dem war nicht so, es war sein Vater, der sich gegen die Tür warf: »Lumja… Lumja… lass dich beschnuppern… du riechst wie eine Lerche… Ach was! Wie ein Truthahn im Ofen!«

Neben der finsteren, erregten Stimme des Vaters wurde das weinende Stimmchen der dreizehnjährigen Lumja hörbar, die sich wehrte und leise schluchzend mit den Holzpantinen gegen die Tür trat. Irgendwann war sein Vater fertig, und die Tritte von Lumjas Holzpantinen verebbten. Plötzlich gab die Tür nach, und Michael versteckte sich zwischen den Besen, sodass weder sein Vater noch Lumja ihn entdeckten. Doch Michael sah seinen Vater, eine abgekämpfte Bestie mit heruntergerutschten Hosen, das dunkle, baumelnde Ding zwischen seinen Beinen war länger als das eines Pferdes. Dann tauchte Marghetas riesiger Schatten in der Tür auf.

»Mein Liebling! Wo hast du gesteckt? Jetzt ist der Kuchen schon im Ofen!« Die Köchin schloss ihn fest in die Arme. »Mein lieber Schatz, ob du wohl heute Abend der Bohnenkönig wirst?«

Er hatte sich in ein Erkerzimmer verkrochen und starrte auf die schneebedeckten Straßen hinaus, über denen wie eine Bettdecke der niedrige Himmel lag. Sein Atem ließ die Scheiben beschlagen, in denen sich seine schnupfenrote Nasenspitze spiegelte. Dies war ein wohlhabendes Haus, nicht so eines mit Ölpapier in den Fenstern, in denen man vor Kälte umkam. Er wusste ganz genau, dass er aus begüterter Familie stammte und Mitleid mit den Armen haben sollte. Es wäre gut gewesen, sie an diesem Abend zum Essen einzuladen, all die Hungernden von Brüssel, an den Tisch des Bohnenkönigs, um sie sich mit Geflügel, Eiern, Rübenauflauf, Mehlnocken, süßen Quarkspeisen und Wein vollschlagen zu lassen. Mit all diesem Überfluss, der bereits riesige Bäuche noch dicker machen und Gicht und Geschwülsten neue Nahrung bieten würde. Dem Bauch seines Vaters. Seinem Pferdeding.

Seine Mutter hingegen, Martina Ballu, eine strenge graue Frau, betete und ließ sich nicht im Mindesten von Wein oder zuckerigem Gebäck in Versuchung führen. Michael wollte unbedingt werden wie sie. Er würde werden wie sie und sie zudem für die Schönheit entschädigen, an der es ihrem Körper und ihrer Seele fehlte.

Bis zum Abend saß er da und bedeckte seine Blätter mit Zeichnungen. Er malte einen alten Krug ab, dessen Griff wie ein Drachen geformt war, der einen Granatapfel verschlang. Dann betete er zu Gott, er möge ihm sein Tun vergeben, ihn vor jeglicher Eitelkeit einschließlich der Malerei bewahren, und vor dem Ehrgeiz, der Beste zu sein. Und zugleich gelobte er sich mit einer Inbrunst wie nie zuvor: Ich werde Maler, ich werde Maler.

Jemand rief nach ihm, und er ging in die Küche hinunter. Auf den Tischen türmten sich Rippen und Knochenreste: Er bekreuzigte sich. Margheta sah ihn.

»Hühner und Kühe haben doch keine Seele«, sagte sie, »abgesehen von der fetten Füllung, mit der wir den Braten gestopft haben …« Sie lachte schallend und begriff nicht, dass Michael sich nicht zu Ehren der toten Tiere bekreuzigt hatte, sondern aus seiner Angst heraus, selbst als Leichnam zu enden. Ständig wurde sein Bestreben, der Beste zu sein, durch die Gewissheit des für ihn wie für alle unausweichlichen Todes gebremst.

Unterdessen waren alle eingetroffen, die Vettern aus Den Bosch, die Verwandten aus Gent, sein Onkel Jan mit dem Holzbein, der sein echtes Bein, so behauptete er, in der Schlacht gegen die Engländer verloren hatte – doch alle wussten, dass er von einem Schwein gebissen worden war und man es ihm hatte abnehmen müssen –, die Damen – fette Festtagsgänse, die Martina Ballus bleierne Stille störten – in Begleitung ihrer heiratsfähigen Töchter und ein paar Cousins, die bereits im Mannesalter waren, vor allem Pieter, der so gut nach Leder roch und grüne Augen hatte.

Jedes Mal, wenn Pieter ihn knuffte oder boxte, durchfuhr Michael ein eigenartiges Glücksgefühl. Er musterte seine Hände. Auch jetzt, als Pieter in die Küche trat und ihm den Hut vom Kopf riss, den Margheta ihm soeben mit Sorgfalt aufgesetzt hatte, lag etwas Laszives in der Luft, das das Bild seines Vaters mit heruntergelassenen Hosen und steifem Pferdepenis in einem neuen Licht erscheinen ließ.

Das Abendessen war üppig. Es wurde reichlich getrunken und noch reichlicher gegessen. Hin und wieder wurde zwischen den Gläsern die blumengeschmückte Zinnkrone über den Tisch gereicht, die der Bohnenkönig tragen würde. Die Katze sprang in einen achtlos auf dem Boden abgestellten Teller voller Reste, der Hund wälzte sich auf dem Teppich, die Frauen hatten heiße Wangen, die Männer schwafelten.

»... und überhaupt, mein Lieber, ich bin doch nicht verkehrtherum!«, rief sein Vater gerade, und alle lachten, außer seine Mutter, und Michael lachte ebenfalls wie ein Papagei, bis sein Cousin ihn in die Seite knuffte und fragte: »Warum lachst du? Weißt du überhaupt, was verkehrtherum heißt, du Grünling?«

Margheta, die gerade mit einem Tablett vorbeikam, zupfte ihren Schützling am Ohr. »Schluss jetzt, belästigt meinen Liebling nicht. Ich spür's in meiner Brust, dass er der Bohnenkönig wird, Ihr seid nur neidisch!«

»Ach wirklich, Margheta, in der Brust? Oder vielleicht irgendwo anders?« Pieter versetzte ihr einen kräftigen Klaps auf den runden Bauch.

Margherita tat einen Hüpfer und prustete los, der ganze Tisch war in Bewegung, der Kuchen wurde aufgetragen, ging über die Köpfe der Kleinsten hinweg von Hand zu Hand bis zum Vater, der die erste Scheibe abschnitt und in Michaels Hände gleiten ließ. Der beäugte sie von der Seite, ehe er hineinbiss: Da war die Bohne, direkt unter der tropfenden Creme, er packte sie mit den Zähnen und brüllte voll übermütigem Stolz:

»Ich bin der König! *Ich* bin der König!«

Sogleich wurde es mucksmäuschenstill. Nach dem stundenlangen Lärm mutete die Stille so seltsam an, als wäre eine lebende Birne mit Haube psalmodierend durch den Saal geschritten. Sein Vater griff sich die Zinnkrone, die im Spaß auf dem Kopf von Lumja gelandet war, der dreizehnjährigen Magd, die er kurz zuvor flachgelegt hatte, und setzte sie auf den blonden Schopf seines Sohnes. Michael hatte das Gefühl, als sähe der Vater ihn zum ersten Mal.

»Jetzt bist du König«, sagte David de Sweerts ernst, dann lachte er. »Na, kommt schon! Amüsieren wir uns, ehe das Jahr rum ist, wird das Spiel aus sein!«

Spät in der Nacht, als die Gesellschaft sich auflöste und mit vom Wein geschwollenen Füßen durch den Schnee davontorkelte, packte Pieter den kleinen Michael mit der Zinnkrone auf dem Kopf beim Nacken und sagte: »Komm, Grünling, musst du nicht auch ein paar Tropfen loswerden?« Michael folgte ihm in den Hof, wo er pinkelnd neben Pieter im Dunkeln stand und verstohlen dessen rotes, vor Kälte steifes Glied betrachtete.

»Wer weiß, wie viele Weiber du noch nageln wirst, du Bohnenkönig!«, grölte Pieter und zeigte auf sein Ding. Dann musterte er den schmächtigen Zipfel, der aus Michaels kurzen Hosen lugte. »Ach, was … Doch nicht mit dem! Ihr seid ja noch ein kleines Mädchen, mein lieber Cousin!«, feixte er und ließ Michael allein mit dem Mond, der zwischen dicken Wolken hervorschaute.

Ehe das Jahr zu Ende war, starb David de Sweerts, wie er es bei Tisch vorhergesagt hatte.

Michael vergoss keine Träne.

Im selben Jahr wurde ihm erklärt, den Samen außerhalb des weiblichen Leibes zu verspritzen, sei Sünde. Der Körpersaft veränderte ihn, und nachts spritzte der Samen von ganz allein: Das sommerliche Strohlager und die dicke winterliche Wollmatratze waren stets von seinen verdrängten, kleisterigen Träumen besudelt. Um sich nicht von seiner wachsamen Mutter entdecken zu lassen, die zweimal am Tag in die Kirche ging, hatte Michael beschlossen, seiner unablässigen Lust mit Zurückhaltung und Mäßigung zu begegnen.

Schade nur, dass das Objekt seiner Begierde in jenem Jahr ein Bauernbursche war, der seinen städtischen Kunden Milch und Eier aus dem Umland brachte. Der Bursche war sechzehn Jahre alt, behaart und mittelblond und hatte große Schweißflecken unter den Achseln. Michael brachte Stunden damit zu, sich das Glied vorzustellen, das sich unter den Hosen abzeichnete, und die Haarbüschel, die wie lichte Wälder unter dem Hemd wuchsen. Einmal hatte er zugesehen, wie sich die Kutschpferde seines Vaters paarten, und so stellte er sich das

Glied des Burschen ebenso groß vor, ähnlich dem seines Vaters, das er nun mit dessen Tod und seiner eigenen Krönung zum Bohnenkönig verband.

Er litt unter plötzlichen Ohnmachtsanfällen, wegen derer die Mutter recht häufig den Arzt kommen ließ, der ihr, klug wie er war, dazu riet, dem Jungen mehr Milch und Fleisch zu geben, da er mit großen, neuen Anstrengungen zu kämpfen habe.

»Die Malerei?«, fragte Ballu verdattert.

Der Arzt nickte. Was hätte er auch sonst sagen sollen?

Doch Michael konnte sich nicht damit abfinden und hätte am liebsten jeden Sonntag mit seinem Beichtvater gesprochen, um sich das Gewissen zu erleichtern, hätte der dicke, halslose Priester nicht, durch anonyme Briefe aufgeschreckt, die ihn zwielichtiger Zusammenkünfte mit seinen jüngsten Schülern bezichtigten, das ganze Jahr über lange, hetzerische Predigten gegen die Sodomiten gehalten und die Höllenqualen sowie die körperlichen Strafen aufgezählt, die das Gericht in Brüssel, aber auch in Antwerpen, Den Haag und Amsterdam verhängte: Brandmarkung der Wangen, öffentliche Auspeitschung, Pranger und Gefängnis, manchmal, je nach Grad der Sodomie, auch Enthauptung. Doch was den jungen Michael am meisten erschreckte, war das Abschneiden des männlichen Schwengels.

Da nun die Malerei körperliche und seelische Vollkommenheit voraussetzte, lag Michael sehr viel an seiner physischen Unversehrtheit, und so sah er davon ab, seine Begierde zu beichten, und beschloss, die Sache ohne den Umweg über die Menschen direkt mit Gott zu klären. Doch im Grunde seines Herzens trübte die Sodomie seine Hoffnung auf Ruhm und Vollkommenheit: Er zwang sich, Frauen zu begehren, er bezahlte sie, ohne Erfolg, doch vor allem wurde er zum treuesten Kirchenbesucher, den seine Familie je erlebt hatte, ihnen wurde sogar nahegelegt, ihn nach Vollendung des achtzehnten Lebensjahres ins Kloster zu geben. Mehr als ein Mönch sowie zahlreiche Geistliche versuchten erfolglos, ihn mit den mystischen Reizen der Kutte zu locken, und auch die Bemühungen seiner Mutter, ihm eine gute Partie zu verschaffen, blieben fruchtlos.

Mit achtzehn Jahren hatte Michael von seinem Hauslehrer gelernt, das Römische Reich sei in einer klimatisch ausnehmend milden Epoche geboren worden und in einer Zeit langer, eiskalter Winter zerfallen: Welches Heer hätte sonst die Alpen überqueren und in Europa einfallen können? Wie hätte Hannibal seine Elefanten nach Capua bringen können, wenn es nicht einigermaßen warm gewesen wäre? Eine Eiszeit hatte die nordischen Barbarenvölker nach Süden gedrängt, und auch das Reich Karls des Großen hatte zu seinen Hochzeiten vom guten Klima profitiert, andernfalls wäre es für diesen Herrscher nicht so ein Leichtes gewesen, sich zu Weihnachten in Rom krönen zu lassen und umgehend nach Aachen zurückzukehren: unbegehbare Pässe und hoher Schnee hätten die Reise unmöglich gemacht. Selbst das soeben zu Ende gegangene Jahrhundert Raffaels hatte sich eines günstigen Klimas erfreut, sonst hätten die Künstler nicht ständig von einer Stadt in die andere reisen können.

Doch sosehr er und sein Lehrer es auch ignorieren mochten, das Jahrhundert Michaels war zweifellos das erste einer langen Eiszeit, die blutige Kriege, Verlagerung von Routen und Handelswegen, verschneite Pässe sowie vereiste Flüsse und Häfen mit sich bringen sollte. Wie die Gemälde aus Belgien und Flandern zeigten, blieben im Hafen ankernde Schiffe im Eis stecken, derweil ringsum auf dem blanken Meer Familien zum Festtag Schlittschuh liefen.

Für den alles andere als milden Sommer hatte Martina Ballu eine Reise nach Amsterdam geplant. Es war ein Sonntag mit bleiernem Himmel, die Fische schwammen träge unter der dicken Eisschicht des Meeres. Beim Hafen, neben einer eingefrorenen Galeone mit eissteifen, vom Wind zerhauenen Segeln, deren Fetzen wie Messer auf die kreischenden, Schlittschuh laufenden Kinder hinabfielen, hätte Michael sich tatsächlich um ein Haar vermählen lassen. Der Seidenhändler, dem seine Mutter sich mit eleganten, runden Schlittschuhschwüngen näherte, wurde von seiner hübschen, wiewohl schwerfälligen, von allen »Fille« genannten Tochter begleitet. Der Festtagsgesang übertönte die Worte seiner Mutter, das Einzige, was Michael hörte, war: »… er wird ein guter Ehemann sein.« Der Satz endete mit einem auf ihn gerichteten Zeigefinger. Michael machte große Augen, riss die Arme hoch, stürzte rücklings aufs Eis und lag da wie ein bedrohtes Insekt, Beinchen und Fühler in der Luft. Die zukünftige Braut zeigte zahllose Grübchen und machte sich sofort daran, ihm aufzuhelfen, an ihrer Hand wirkte Michael wie ein albernes Kleinkind, der eine Ärmel lang, der andere kurz, der Mantel verrutscht, der Hut schief.

»Was sagt Ihr …?«, fragte er Martina Ballu, eingemummt und vor den Kopf geschlagen, wie er war, und er klang dabei, als fragte er einen Arzt: »Werde ich sterben? Sagt mir die Wahrheit!«

Niemand antwortete ihm. Die Eltern des Brautpaares in spe lächelten einmütig und beseelt über das beherzte Eingreifen der jungen Fille, die den Arm ihres Zukünftigen wie eine Kletterpflanze umschlungen hielt.

Michael versuchte, sich freundlich aus ihrem Griff zu befreien, und erwiderte sogleich: »Niemals. Ich gehe ins Kloster. Ich habe nicht die Absicht zu heiraten.«

Aus dem Gesicht seiner Mutter war jegliche Farbe gewichen, und Fille fielen sämtliche Grübchen aus dem Gesicht, sodass man meinte, sie aufs Eis klirren zu hören. Der Frost, der die *Schöne Maria* – so hieß die Galeone hinter ihnen – in den Klauen hielt, freute sich über diese zusätzliche Abkühlung der Stimmung: Schlittschuhläufer umkreisten singend in fröhlich lärmenden Reihen das Grüppchen mit den um ein Haar Vermählten, und ein Geigenspieler feuerte mit der Zunge schnalzend zu noch mehr Tempo an. Fröhliche Lieder und ausgelassene Stimmen, Lärm und Geschrei von den vorbeisausenden Schlitten hallten von einem Flussufer zum anderen und übers Meer. Es war der Beginn von Michaels persönlicher Eiszeit, und sie setzte ein wenig später ein als jene, die den langen und bis heute währenden europäischen Winter einläutete.

Doch während die Liebe nicht fruchtete, machte die Kunst große Sprünge: Der Meister der Werkstatt, in der der beinahe zum Mönchtum Entschlossene lernte, urteilte: »Er ist überaus talentiert, auf mit ihm nach Italien!«

Michael umarmte seine in Trauer gewandete Mutter und brach auf.

In Wahrheit hoffte er, dass sich das mitreisende Übel Meile für Meile, Stadt für Stadt verflüchtigen und in der warmen Sonne Italiens gänzlich auflösen würde. Er machte in Bologna Station, wo die Schule Calvaerts, auch Dionisio Fiammingo genannt, große Erfolge gefeiert hatte. Doch schon bald suchte er aus dem kalten, provinziellen, winters stets verschneiten Bologna, in dem sich zwar gut essen und trinken ließ, das Weite, denn es erinnerte ihn gar zu sehr an Brüssel. Überdies lehrten dort nun die Gebrüder Carracci, die, in alter Gegnerschaft mit Calvaert, kein gutes Haar an jungen flämischen Malern ließen. Also war Michael nach nicht einmal einem

Winter nach Rom übergesiedelt, wo er sich, um in den Kreis des hochberühmten niederländischen Malers Pieter van Laer aufgenommen zu werden, dem weinseligen »Taufritual« der dortigen Akademie unterziehen musste.

Obgleich van Laer sich auf die Darstellung verhungerter Bettler, Bauersleute und armer Hirten verlegt und es in den Kreisen der jegliche weltliche Ausschweifungen ablehnenden sogenannten Piagnoni zur Meisterschaft gebracht hatte, reihte sich in seinem Leben ein feuchtfröhliches Vergnügen an das nächste, und auch den Frauen war er nicht abhold, was einigermaßen erstaunlich ist, denn er war hässlich und klein und hatte eine riesige Nase.

Die niederländischen Maler hatten sich um ihren Meister geschart und führten die Neulinge mit aller Art Prüfungen in ihr schönes neues Zuhause ein: Der sogenannte »Ritus der Akademie« wurde in einer Schenke unweit der Kirche Sant' Agnese abgehalten, wo der Wein fässerweise floss, die bereits abgefüllten Eingeweihten die Einzuweihenden abfüllten und Frauen und Kinder zwischen Wildschwein und Kalb, Bier und Schnaps auf den Tischen tanzten. Die Bentvueghels, wie sich der fröhliche Bund römischer Niederländer nannte, gab nicht eher Ruhe, bis der Neuankömmling sich nach Strich und Faden hatte erniedrigen lassen. Und nun musste sich der ach so pedantische Michael dieser unflätigen Horde stellen.

Kaum hatte er die Schenke betreten, war er an eine Schweinshaxe gefesselt und sämtlichen Anführern der Vereinigung vorgeführt worden, allen voran van Laer, der wegen seines kleinen Wuchses auf einem mit Kissen bepackten und von zwei jungen Malern gebuckelten Schemel thronte. Auf einem Fässerturm in der Mitte des Tisches war eine Nachbildung des Petersdoms aufgebaut, ähnlich der, so sagte man ihm, die Andrea del Sarto ein Jahrhundert zuvor für seine

Genossen gestaltet hatte, die Kolonnade aus Würsten, die Bodenfliesen aus Parmesan, das Dach aus Schweinefleisch und der Altar aus Lasagne; die betenden Priester waren gebratene Wachteln, die Schnäbel voller kandierter Kirschen.

Die Holländer verputzten alles im Nullkommanichts, fluchten dabei auf die italienischen Maler, diese Frömmler und Bettnässer, und ließen Bier und Wein durch die Kupferrinnen entlang des Tisches in die Kehlen derer fließen, die darunter schon gierig wartend am Boden lagen. Sie sangen und ließen Michael singen, tranken und ließen den jungen Maler trinken, aßen bis tief in die Nacht, bis sie über der Tafel zusammenbrachen, aus dem Fenster kotzten oder sich über die Frauen hermachten und es mit ihnen auf dem Tisch oder auf dem grasbewachsenen Schenkenboden trieben.

Auch Michael bekam eine Frau, und eine gaffende Gruppe drängte sich um ihn, um sich von der Manneskraft des neuen Mitglieds zu überzeugen. Michael raunte dem Weib ins Ohr, er würde sie bezahlen, wenn sie so täte als ob, kaschiert von Hosen und Röcken, und die hatte noch die Frechheit, im allgemeinen Gegröle um den Preis zu feilschen. Und da die Holländer zu betrunken waren, um das Geschehen zu begreifen, zogen alle zufrieden ab, oder fast alle, denn mit höhnischem Grinsen zischte die Frau immer wieder: »Schlappschwanz, Schlappschwanz.« So machte sich ein spindeldürrer Kupferstecher aus Gent das Dunkel der römischen Nacht zunutze, packte Michael, riss ihm die Hosen herunter und vollzog den Akt, den der Maler so lange vor sich hergeschoben hatte, um sich beim Malen vollkommen zu fühlen.

Die Sache war kurz und schmerzhaft, der Stecher verschwand unerkannt, und der weinende Michael ging benommen, gedemütigt und nunmehr unvollkommen nach Hause.

Am Handgelenk trug er noch immer die Schweinshaxe.

4

In einer regnerischen Dezembernacht, während sich Jacques und zwei seiner Gefährten, Spagna und Ostia, unter Lumpen und Decken auf ihren Strohlagern wälzten und wünschten, sie hätten wenigstens ein Stück Vieh, das ihnen warm an den Hals blies, war Michael de Sweerts in der Via Margutta vorstellig geworden. So schön die riesigen, freskengeschmückten Zimmer auch sein mochten – wobei die hohe Miete vor allem der adeligen Herkunft der Erbauer des Palazzos geschuldet war –, so waren sie doch jeglicher Möbel bar, seit zwei Jahrzehnten unbewohnt, und ihre Kamine waren verstopft.

Jacques war zur Tür geeilt – das Klopfen stammte von einem Stock, nicht von einer Faust – und stand einem Gecken mit weichkrempigem, von veilchenblauen Federn gekröntem Hut und bauschigen Schleifen auf der Brust gegenüber. Unter seinem Mantel war eine marmorweiße, frauenhafte, reichlich beringte Hand hervorgekommen. Der Stock, der gegen die Tür geklopft hatte, trug einen silbernen Knauf in Form eines Entenkopfes.

»Ich habe gehört, hier sei ein Zimmer frei«, flötete der Geck.

Jacques musterte ihn eingehend: Er war jung und hatte seltsam grüne Katzenaugen, einen gezwirbelten Schnurrbart und gewelltes Haar.

»Das ist richtig, aber gewiss hat sich der Herr in der Adresse geirrt«, entgegnete Jacques und hielt sich die Hosen fest. »Hier wohnen nur Maler.«

»Auch ich bin Maler«, näselte der gefiederte Gast affektiert. »Ich bin Michael de Sweerts, doch Ihr dürft mich Cavaliere Suàrs nennen.«

Jacques Israël, der unweit der flandrischen Grenzen groß geworden war, antwortete dem Gast in dessen Muttersprache, woraufhin dieser die Kavaliersattitüden sogleich an den Nagel hängte: Seine Arroganz wich kindlicher Freude.

»Darf ich die Betten sehen?«, fragte der Edelmann und schlüpfte aus dem durchnässten Mantel. »Die Kontrition führt mich hierher. Ich werde in einer bescheidenen Behausung leben, um meine malerische Berufung zu stimulieren. Ich habe beschlossen, unter den Armen zu wohnen. Wer sie malt, kann nicht in Gänsedaunen schlafen.«

»Ach ja?«, erwiderte Jacques mit leerem Blick. »Na, wenn das so ist … hier entlang.«

Er führte ihn zu den verwanzten, flohverseuchten Strohlagern. Unter den Decken lugten wollvermummte Köpfe mit roten, eingefallenen Augen hervor. Der Geck knuffte sie mit seinem Stock. »Tüncher!«

»Oho … Raffael ist da …«, knurrte Spagna, und Jacques machte sich auf einen Streit gefasst.

Doch Sweerts blickte nur suchend umher und fragte in gefälligem Ton: »Und wo ist meines?« Er drückte Jacques drei Goldmünzen in die Hand. Sogleich waren die unter ihren Lumpen kauernden Tüncher hellwach. »Und dass Ihr ja nicht auf die Idee kommt, mich heute Nacht auszurauben. Es mag nicht so aussehen, doch ich weiß mit dem Schwert umzugehen«, fügte er ohne sich umzudrehen hinzu, steuerte auf sein Lager zu und schnallte sich einen kurzen Säbel von der Hüfte.

Inzwischen hatten sich alle hochgerappelt. Ostia packte

Spagna beim Kragen und brachte ihn wieder ins Bett, Jacques blieb noch eine Weile vor der Zimmertür stehen, hinter die sich der Holländer zurückgezogen hatte, und lauschte: Das gegen die Wand gelehnte Schwert, das Rascheln des Strohlagers, die zu Boden fallenden Taschen, ein Seufzen, leises Fluchen wegen des flüchtenden Ungeziefers. Er hatte sogleich gespürt, dass dieser Gast Neuigkeiten bringen würde.

Neuigkeiten sollte es tatsächlich geben, und äußerst unerwartete dazu.

5

In den darauffolgenden Tagen knüpfte Cavaliere Suàrs mit Jacques eine bedachtsame Freundschaft, die mit Spagna und Ostia zu teilen er sich tunlichst hütete.

Er hatte sich vorgenommen, Colmar sämtlichen gefragtesten Malern Roms vorzustellen. Und schon lief ihnen, während sie unweit der Kirche delle Anime um Essen anstanden – Brot und Wassersuppe für die Künstler –, Pieter van Laer, genannt *il Bamboccio*, über den Weg, fraglos der berühmteste und beliebteste Maler des Amsterdamer Zirkels, abstoßend, aber umringt von lüsternen Geliebten, der mit der Ausrede, die Armen zu malen, reich geworden war. In seiner Behausung am Campo de' Fiori trafen sie auf den siechen, alten, bescheidenen Lanfranco, der mit Domenichino befreundet gewesen war und wehmütig der Vergangenheit nachweinte.

»Vor den Malern muss man sich in Acht nehmen«, warnte Jacques. »Vor allem vor den Neapolitanern! Das ist Teufelspack!«

Einem in Neapel verstorbenen Bologneser Freund hatte man, während er mit der Ausmalung der Domkuppel beschäftigt war, einen Diener umgebracht und ihm selbst Gift verabreicht, damit er vom Auftrag ablassen und das Weite suchen möge.

Als Nächstes waren sie in einem Kloster bei dem Bologneser Albani gelandet, einem dürren, ernsten Vertreter der klassizistischen Strömung, einem Mann karger Worte und noch kärglicheren Mahls, der ihnen Dörrpflaumen anbot.

Doch die für Jacques erhellendste Begegnung im Zusammenhang mit dem Cavaliere und dessen Schicksal war die mit dem sadistischen Gerrit van Honthorst, der von den Italienern nur *Gherardo delle Notti* genannt wurde.

Sie trafen ihn in seinem Heim in Trastevere an. Sturzbesoffen saß er vor einer Leinwand, die die Verspottung Christi darstellte. Die dargestellten Soldaten waren nicht weniger betrunken als er, und das ganze Bild war, der Laune seines Schöpfers entsprechend, in Rot und Schwarz gehalten.

»Sagt, mein Freund«, wandte er sich an Jacques Israël, »wie kann es sein, dass Ihr noch nicht bei einem unserer Feste gewesen seid? Ah, weil Ihr Franzose seid und diesen … jüdischen Namen tragt? Dann bleibt lieber fern, diese Feste sind gefährlich … Habt Ihr van Laer schon kennengelernt? Ja? Dem Kerl muss man aus dem Weg gehen und manchen seiner Freunde ebenfalls. Nun, der da kennt sie gut … nicht wahr, hübsches Fräulein?« Er deutete mit wackelndem Finger auf Michael, der ihn mit Schamesröte im Gesicht böse anfunkelte.

»Doch, doch … Tut bloß nicht so, Ihr habt's schon mit allen getrieben, kleines Edelfräulein … Oh, was tut Ihr denn da? Geht nicht fort! Lasst Euch ein wenig den Hintern begrapschen, den wabbeligen: Das liegt am Atlantikwasser und am Schafskäse …«

Gerrit rief ihnen noch nach, als sie bereits wieder auf der Straße waren.

»Hört nicht auf diesen van Honthorst, seine Malerei ist ätzend wie die Galle, die er gegen alle verspritzt«, befand Cavaliere Suàrs und spielte sich, wie so gern, als Prophet auf.

Doch seine Laune war nunmehr verdorben und wurde

auch nicht besser, als sie die Ateliers von Orazio Gentileschis Tochter, von Lo Spadarino, Paolini, Régnier und del Vouet besuchten, allesamt berühmte Maler fortgeschrittenen Alters, zu denen der kaum zweiundzwanzigjährige Cavaliere ein offenbar vertrauliches Verhältnis pflegte.

Jacques hielt ihn für einen bourgeoisen Spross, der sich der eitlen Malerei verschrieben hatte. Sweerts war tiefreligiös, geradezu bigott, sodass Jacques jede Anspielung auf seinen eigenen, wiewohl offensichtlich jüdischen Glauben und vor allem jede Erwähnung von Ninon Colmar, die er jeden Sonntag im Kloster besuchte, vermied.

Der Cavaliere, der sich ihm in seiner wortreichen, exklusiven Freundschaft immer stärker verbunden fühlte, unterwies ihn und lud ihn trotz seiner Bußfertigkeit, die ihn in der elenden Behausung der Via Margutta wohnen ließ, zu opulenten Abendessen ein. Und während Jacques Israël sich mit Wechselprotesten, Schuldscheinen, nicht eingehaltenen Zahlungsversprechen, Gauklertruppen, Theaterdirektoren, lächerlichen Honoraren und zahlungsunfähigen Schmierenkomödianten auf der Flucht herumschlug, hatte der Cavaliere Kunden … und was für welche. Kleine, mittlere, große, seine schnell und gut angefertigten Gemälde gingen an Kardinäle, Fürsten und Marchesen, von denen regelmäßig Säcke voller Gold- und Silbermünzen, Stolen, Pelze, Ringe, ein Pferd und Federn für seine Hüte zurückkamen.

Und er war empfindlich. Eines Abends, nachdem sie getrunken und über eine Bagatelle gestritten hatten und Jacques mit schlagenden Türen hinausgestürmt war, fand er Michael bei seiner Rückkehr in Tränen vor. Er warf sich ihm an den Hals, flehte ihn an, ihm zu verzeihen, bedeckte sein Gesicht mit Küssen, streichelte sein Haar. Trotz seiner Trunkenheit stieß Jacques ihn schließlich lachend von sich und versicherte, ihm sei verziehen, woraufhin Michael sich bang und kleinlaut auf sein Bett hockte wie ein Hund, den sein Herr vor dem Fressnapf zum Stillsitzen verdonnert hatte, und, als Jacques sich schlafen gelegt hatte, der Muttergottes abermals für die Rückkehr seines Zimmergenossen dankte. Jacques hatte einen Schemel unter die Klinke der Tür geklemmt, die ihre beiden Zimmer trennte, und war in die üblichen, von Bühnenlicht erhellten Träume versunken, in denen es von Schauspielern, die ihren Text vergaßen und seine Kulissentechnik zum Teufel wünschten, nur so wimmelte.

Der Vorfall war nicht einmalig geblieben: Bei jeder kleinsten Unstimmigkeit brach der Flame in Heul- oder Schreiattacken aus. Bisweilen fand Jacques ihn, wenn er mitten in der Nacht nach Hause kam, lesend und mit der Schlafmütze auf dem Kopf vor; zur Rede gestellt erklärte er, er könne nicht schlafen, ehe Jacques nicht wieder daheim sei.

Jacques Israël Colmar hatte davon reichlich die Nase voll.

Doch mittlerweile hatte er den Malstil des jungen Mannes kennengelernt und fand ihn außergewöhnlich. So wankelmütig und launenhaft der Cavaliere sein mochte, so heiter, engelsgleich und von einem zauberhaften Licht durchdrungen waren seine Gemälde. Was seine abgeschmackte Leidenschaft für Hirtenszenen, ärmliche Sujets und die Darstellung der Armut im Allgemeinen betraf, stand er in Jacques' Augen einem van Laer in nichts nach, gerade so, als wäre des Hungers zu sterben eine Tugend. Doch wusste er seinen Szenen eine antike Note zu verleihen, Ruinen und Landschaften darzustellen und besaß eine eindeutige Begabung fürs Portrait. Ein junges Hirtenmädchen und ihr kleiner Bruder, ein Junge mit Turban, Bettlerpaare, Malerateliers, vom Feld heimkehrende Bauern: Es war offensichtlich, dass Sweerts zu anderen Zeiten Könige gemalt hätte, doch in dieser Zeit ließen sich die Reichen gern zur Abwehr gegen Seuchen und Kriege in voller Leibesfülle abbilden und pflegten ihren Portraits Darstellungen von ausgemergelten, asketischen, Mitleid erregenden Hungerleidern beizugesellen, ohne auch nur einen Kreuzer herauszurücken, denn das Leid anderer zu lindern, ohne ihm – abgesehen von gelegentlichen, flüchtigen Wohltätigkeitsbesuchen – jemals selbst zu begegnen, schenkt den Hochmütigen ein ungeahntes und ihnen völlig fremdes Gefühl von Leichtigkeit.

Mit seinem engelsgleichen, jugendlichen Strich, seinen nordisch dunstigen Farben, die das grelle mediterrane Sonnenlicht gebührlich trübten, lieferte Sweerts einen perfekten Freibrief für die begierigen Seelen des römischen Adels, dem man alles absprechen konnte, nur nicht, Malern gegenüber nicht großzügig zu sein, zählte doch zu jenen Zeiten mehr der äußere Schein denn die eigentliche Materie und jenseits derselben das Materielle.

Sweerts betete und geißelte sich, er predigte für Jacques Israël und seine Freunde, las sogar die Messe anstelle des Priesters, er war der geborene Geschichtenerzähler, stets ging es um ihn, und das Haus in der Via Margutta quoll fast über vor vermessenen Selbstportraits, die Spagna zu der sarkastischen Bemerkung hinrissen: »Mit denen kriegt er Tote wieder lebendig.«

Der Umgang mit Michael hatte Jacques zum Malen gebracht – kleine Stillleben mit Kerze – und ihn zu seinen Miniaturtheatern angeregt, die sich an Gedichten und Allegorien inspirierten. Er sammelte zweischalige Muscheln, Marmorsplitter, Wachsobst, Korallen, Glas- und Spiegelscherben, schnitt Figuren aus, die er von hinten beleuchtete, Statuetten aus Salzteig und Stroh, die er als Hirten, Faune oder Satyren verkleidete, dazu ausgestopfte Vögel und duftende Trockenblumen.

Im Kleinen stellte er die Geschichten von Angelica und Orlando, Daphnis und Chloe, Anthia und Habrokomes, Chaireas und Kallirrhoë, Philemon und Baucis, Achilles und Patroklos, Rhodanthe und Dosikles, Drosilla und Charikles nach und sang und sprach dazu, sodass der Cavaliere begeistert in die Hände klatschte und rief: »Ihr seid ein Genie! Ein Genie!«

Um sich erkenntlich zu zeigen, überschüttete Michael ihn mit Geschenken.

Die Sache wurde so schnell zur Gewohnheit, dass Jacques nicht mehr zu sagen vermochte, wann genau sie ihren Anfang genommen hatte.

Ein Taschentuch, ein Hemd, ein Ohrring, ein Hut, ein Paar neue Hosen, überaus erlesene Pinsel aus Dachshaar, eine Tasche. Die Geschenke, die Michael seinem Freund frühmorgens auf dem Nachttisch ließ, ehe er zum Beten in die Kirche ging, derweil Jacques – der sich fast immer bis spätnachts im Theater herumtrieb und häufig erst im Morgengrauen nach Hause kam – bis mittags schlief, ließen sich nicht mehr zählen.

Spagna war es, der ihm die Augen öffnete. »Du gefällst dem Holländer nun mal zu gut«, hatte er gesagt.

Und als Michael am Abend darauf, während er die Komplimente aufzählte, die ihm irgendjemand für ein Tiergemälde gemacht hatte, überschwänglich seine Hand ergriff, zog Jacques sie brüsk zurück. Michael war so verletzt, dass er fast in Tränen ausbrach, derweil Jacques ihm unmissverständlich zu verstehen gab, er habe nichts dafür übrig, sich mit Männern einzulassen, und vielleicht sei es ein Fehler gewesen, ihn glauben zu lassen, ihre Freundschaft führte zu etwas anderem.

Michael war unnatürlich ruhig geblieben und hatte mit eisiger Miene höflich geantwortet, er wisse nicht, wovon

Jacques rede, und wenn er sich durch seine Vertraulichkeiten belästigt fühle, dann wohl deshalb, weil er die Gepflogenheiten des redlichen Bürgertums nicht kenne, als Hurensohn, der er nun einmal sei.

Jacques war nicht beleidigt, schließlich wusste er nur zu gut, wer seine Mutter war, doch er wurde hellhörig, denn plötzlich ging ihm auf, dass all die Unduldsamkeit, die Michael an den Tag zu legen pflegte, allmählich die bigotten, engstirnigen Züge Martina Ballus annahm, Michaels unumstößlicher, hartherziger Mutter, die dieser nur allzu oft erwähnte.

Sie war es gewesen, die ihn zum Beten angehalten und moralisch genötigt hatte, den Schwächsten zu helfen, und selbst jetzt noch war sie es, die aus den Reaktionen ihres wehleidigen Sohnes sprach, der Zurückweisungen nicht gelten ließ, sich im Recht glaubte und Jacques auf seinen Platz in der gesellschaftlichen Hierarchie verwies, die zwischen ihnen bis dahin nie von Belang gewesen war.

Aufgebracht waren sie zu Bett gegangen und hatten so getan, als würden sie schlafen. Am nächsten Tag hatte Jacques das Haus in der Via Margutta verlassen und sich woandershin aufgemacht, doch wohin, hatte er nicht einmal Ostia, Braghe, Spagna und Lisca verraten.

6

Und dann, ganz plötzlich, es war noch tiefster Winter, sein siebenter in Rom, hatte Jacques Israël Colmar seine Mutter begraben.

Nun sah er sie ganz deutlich, die arme Ninon, eingehüllt in ein weißes Leinentuch, die schmalen Knochen dort, wo das Fleisch einst üppig, prall und frisch gewesen war, dasselbe Fleisch, das ihn erschaffen und geboren hatte. Er begrub sie mit ihren kaum siebenundvierzig Jahren, ohne dass sie von seinen Brüdern und Schwestern hätte Abschied nehmen können.

Nach den ersten trauervollen Tagen, durch die er sich wie eine willenlose Marionette bewegte, nahm Jacques seine Bühnenarbeit wieder auf. Die Inszenierung, die er mit ausgestattet hatte, eine Neuinterpretation der Boccaccio-Novelle *Nastagio degli Onesti*, war in aller Munde. Die von Hunden zerrissene und verschlungene Frau hatte großen Eindruck erweckt, und des misslichen Inhalts wegen hatte der Papst die zweite Aufführung abbrechen lassen, mit dem großartigen Effekt, dass alle weiteren Aufführungen nun in den Kellergewölben eines Palazzos stattfanden, in den alle heimlich und vermummt hineinzukommen suchten.

Unweit des Palazzos befand sich eine Schenke mit saftigen Preisen und gutem Wein, die Jacques dank seines Theaterdirektors nun häufig besuchte. Er hatte nicht damit gerechnet, dass sein neuer Ruhm ihn zum Cavaliere zurückführen würde: Zu groß waren noch seine Trauer und die Ungewissheit ob seines weiteren Werdegangs. Doch eines Nachts, als alle stockbetrunken waren, war Michael mit wippenden Hutfedern an seinen Tisch getreten und hatte ihm ungefragt erklärt, dass seine Mutter Martina Ballu von ihrem Mann und ihrem Stiefbruder ein großes Stoffgeschäft in Brüssel geerbt habe und dass – Jacques horchte auf – das, was er am Leib trüge, nur eines der Kleider sei, die ihm, aus bestem Stoff genäht, direkt aus Antwerpen zukämen.

Jacques musterte das edle Gewand aus violettem und orangefarbenem Brokat, recht eigenwillige, exzentrische Farben, abgestimmt auf die Federn von Sweerts' Hut, den dieser auf einem Stuhl abgelegt hatte. Jacques ließ ihn ausreden, dann teilte er ihm mit, dass seine Mutter, eine Hure und keine Geschäfte erbende Bürgersfrau, gestorben und eingewickelt in ein Laken ohne Pomp beerdigt worden sei, womit sich ihr unglückliches Leben beschließe. Jetzt müsse er arbeiten – er deutete auf den Theaterdirektor –, leider sei er nicht hier, um sich zu amüsieren, und mit diesen Worten verabschiedete er sich.

Cavaliere Suàrs ließ sich verdattert wegstoßen. Doch nach einer Weile kehrte er an den Tisch des Theaterdirektors zurück, gab allen eine Runde aus und erkundigte sich, wo das nächste Stück nach *Nastagio degli Onesti* zur Aufführung kommen würde. Als er den Ort in Erfahrung gebracht hatte, verabschiedete er sich ohne großes Aufheben und verschwand zwischen den Gästen.

Am letzten Abend des *Carnem levare*, der den Beginn der Fastenzeit und der Enthaltsamkeit einläutete, brachte Jacques Israël Colmars Truppe eine mythologische Posse auf die Bühne, für die zwanzig Krüge Lampenöl, drei Sack Gänsedaunen für künstlichen Schnee, acht Ballen Brokat und sechs Körbe Papierblumen angeschafft worden waren. Der Schauspieler, der die Persephone spielte, war in den Stimmbruch gekommen, sodass die Frühlingsgöttin sang wie ein haariger Bariton. Der Schauspieler in der Rolle der Demeter war betrunken und verlor auf der Bühne unter johlendem Gelächter des Publikums eine seiner Pappmachébrüste. Hades war ein galliger Greis. Jacques' Bühnenbilder waren ein großer Erfolg, denn das Licht der Morgendämmerung wirkte überzeugend echt, und die Unterwelt stank und qualmte. Nach dem Raub der Persephone bedeckte Daunenschnee die Bühne, und der Zufall wollte es, dass es auch über Rom schneite, sodass man meinen konnte, Liebe und Wärme würden die Menschheit nie mehr erreichen.

Der in Ultramarin gewandete Michael spendete während der gesamten Darbietung nachdrücklichen Applaus. Er drückte den Bettlern vor dem Theater Münzen in die Hand. Er plauderte mit den Theaterarbeitern und dem zahnlosen Publikum, als unterhielte er einen Hof von Edelleuten. Als Jacques verschwitzt und dreckig auftauchte, klatschte er noch lauter in die Hände und schlug ihm vor, in seiner neuen Bleibe zusammen zu Abend zu essen. Er wohnte nicht mehr in der Via Margutta, sondern in einem eigenen, mit seinen Bildern und schönen Sesseln bestückten Zimmer.

Der Tisch war bereits gedeckt. Ein junges Mädchen servierte ihnen Wildschwein und Hühnchen. Zum Abschluss gab es sogar eine Schale Sahne mit Birnen. Jacques trank so viel, dass er auf dem Stuhl einschlief.

Mit weinduseligen Augen legte Michael eine Hand auf Jacques' Schenkel und ließ sie langsam hinaufwandern, bis sie sein Geschlecht berührte. Zweimal gab Jacques dem Flamen zu verstehen, er solle damit aufhören, doch es half nichts. War es vielleicht ein Traum? Michael fummelte in seinen Hosen herum und murmelte etwas wie »fühlt sich an wie eine Eidechse« und »seltsame Eidechse«. Jacques Israël lachte rülpsend. Da beugte Michael sich hinunter und stahl ihm den Samen mit dem Mund.

Kaum war Jacques erwacht, hatte er Michael seine Wut ins Gesicht gebrüllt, der zurückzeterte: »Du gehörst mir! Du darfst mich nicht verlassen!«, und so laut schrie, dass Jacques, der sich fest vorgenommen hatte, ihn nie mehr anzufassen, ihm hastig die Hand auf den Mund presste. Michael riss sie fort und küsste ihn. Jacques wich einen Satz zurück und reckte die Faust, die versehentlich Michaels Nase traf. Ein langer Blutstrahl landete auf einem makellosen Ricotta, der vom nächtlichen Mahl übriggeblieben war.

Michael wimmerte, derweil Jacques versuchte, die Blutung mit dem leinenen Tischtuch zu stillen, doch der blonde Schnurrbart des Holländers färbte sich purpurrot. Benommen, mit wässrigen, flehenden Katzenaugen, ließ er sich zum Bett führen. Jacques verschwand wutschnaubend.

Tage später wurde bekannt, dass Cavaliere Suàrs beschlossen hatte, die Gelübde abzulegen, und auch während des Malens das Büßerhemd trug. Um seine Sünden zu sühnen, wies er das Geld zurück, das seine reichen und ihm zugetanen Auftraggeber ihm boten.

Es hieß, er habe in aller Öffentlichkeit um Vergebung für seine Sünden gebeten, die er durch Unzucht und Hochmut auf sich geladen hätte, obgleich er seine Schuld mit einem Manne teile, der ebenfalls Maler sei.

Überdrüssig und angewidert entledigte Jacques sich seiner wenigen Habseligkeiten, packte ein paar seiner Werkzeuge zusammen und ließ sie nach Neapel schicken, wo sie vor ihm eintreffen würden. Er musste so viele Meilen wie möglich zwischen sich und Michael de Sweerts bringen und darauf hoffen, dass dieser hinsichtlich der gemeinsam verbrachten Nacht niemals seinen Namen nennen würde.

7

Michael war gerade dabei, den Marchese Annibaldi in seinem Palazzo zu portraitieren, als er von Jacques Colmars Abreise aus Rom erfuhr. Die Wut ob dieser ihm von einem seiner Gehilfen überbrachten Nachricht ließ ihn Vasen zertrümmern und Vorhänge und Tapisserien herunterreißen, die, da sie natürlich nicht ihm, sondern Annibaldi gehörten, Letzteren dazu veranlassten, ihn schleunigst vor die Tür zu setzen. Ein übler Makel für den Ruf vollkommener Disziplin und unerschütterlicher Höflichkeit, mit dem der Cavaliere seine Kunst verbrämt hatte.

Eilends war er in die Via Margutta gelaufen, zu dem Haus, in dem Colmar, Ostia, Braghe, Lisca und Spagna gewohnt hatten, in der Hoffnung, einen von ihnen dort anzutreffen, doch es war verlassen, nur ein paar Teller waren zurückgeblieben, billige Tonware, die man zerschlagen konnte.

Als er damit fertig war, brach er zusammen – wobei er sich einen seiner schönen Strümpfe zerriss – und in Tränen aus. Er weinte so lange und so heftig, dass er im Tiber hätte zerfließen können. Seine heimlichen Gewohnheiten waren ihm an diesem Tag und den folgenden kein Trost mehr: sein Gesicht lange im Spiegel betrachten, vor allem den Schnurrbart und die Mundwinkel, die stets farbverschmutzten Fingernägel säubern und feilen, Näschereien schnabulieren, lange, blumenbestickte Hauskleider anziehen, die er vor Jahren einem Modell gestohlen hatte. Normalerweise entschuldigte er sich bei Gott und sich selbst mit der Ausrede, sie seien warm und bequem.

Doch jetzt, nachdem er sich all diese schimpflichen Freiheiten herausgenommen hatte, träumte er noch immer von Jacques. Männer, die er begehrt hatte, hatten ihn verleumdet, beleidigt, geschlagen, doch noch nie war er auf solche Art verlassen worden. Denn Michael war tatsächlich davon überzeugt, dass Jacques ihn im Grunde seines Herzens liebte. Was hatte diese Flucht sonst zu bedeuten, wenn nicht die Erkenntnis einer unaussprechlichen Empfindung? O ja, so war es: Jacques war nicht geflohen, um sich seinen Aufmerksamkeiten zu entziehen, sondern aus Liebe, die er noch nie zuvor empfunden hatte und mit der er nicht umzugehen wusste.

In der siebten Nacht nach Jacques' Verschwinden befreite Michael das Haus von Wein, Essen, Würfeln und schlüpfrig dekorierten Spielkarten, warf die Apfelgriebse mit dem ersten Pinkeln vom Balkon und betete, wie er es seit seinem vierten Lebensjahr jeden Morgen tat. Und während dieses Gebets zu der inbrünstig angeflehten Muttergottes erschien sie ihm im vielverheißenden Gewand der Venus und riet ihm: Brich auf, fahr zu ihm!

Michael packte seine Sachen und machte sich auf den Weg nach Neapel.

DIE BEGEGNUNG

1

»Wo ist denn unser Meister? Ah, da seid Ihr ja … *Maestro de las velas! Bienvenido!*«

Jacques stand in der Tür, die auf die Gasse hinausging, und blinzelte in Riberas von Kerzen erhelltes Atelier. Juan Do, der Erste aus dem spanischen Malerkreis, den er nach seiner Ankunft in Neapel kennengelernt hatte, saß mit jesuitischem Ernst in der hinteren Ecke. Vor seinen Bildern empfand Jacques tiefe Ehrfurcht. In der elenden Behausung in der Rua Catalana, die er direkt nach der Reise und mit van Laers Schreiben in der Tasche aufgesucht hatte, lebte Do, als weile er noch auf den hohen Gipfeln der Pyrenäen: Umgeben von Schafen, einem Schwein und einem Huhn malte er ungewöhnlich hochformatige Bilder, die unter der niedrigen Decke des noch aus dem Mittelalter stammenden eingeschossigen Bauwerks, das im verrufenen Viertel Malpertugio oberhalb des Hafens lag, kaum Platz hatten.

»Und? Worauf wartet Ihr? Kommt herein, kommt herein! Vorigen Abend haben wir Eure Bühnenbilder gesehen: *precioso, hermoso …*«

»Danke«, murmelte Jacques und stieg die Stufen in den Raum hinab.

»Ihr seid fürwahr der Meister der Kerzen«, fügte Ribera überschwänglich hinzu, »Ihr solltet auch mein Atelier damit ausstatten … Wiewohl Ihr natürlich noch einiges zu lernen habt …«

»Ohne Zweifel …«

Jacques blickte verstohlen zu Juan Do hinüber. Gegen den quirligen Ribera wirkte er wie aus Holz geschnitzt. Atmete er? Wie schön seine Hirten waren: Eine riesige Leinwand stellte die Verkündigung dar, die bei den Eseln schlafenden Hirten, die Engel ohne Himmel und Wolken, dicken Kindern gleich, die über den Köpfen der Hirten schwebten und ihnen im Traum erschienen, in den bleiernen Träumen arbeitsmüder Männer. Die Leinwand strotzte vor Leibern und schimmerte im Braun der Kleider und Tierfelle …

Wenn Ribera ein Gott war, so war Do der Hüter des Maleruniversums.

»Welche Freude, Euch wiederzusehen«, sagte Jacques.

Dos Schnurrbart, der ebenso herabhing wie seine Triefaugen, zuckte kaum merklich. Eine Falte auf der beinahe kahlen Stirn ließ erkennen, dass ihn die Gegenwart des Franzosen ebenfalls freute.

»Na, na, genug der Formalitäten!«, gebot Ribera. »Schließlich sind wir zum Trinken hier! Weib! Mein Freund, ehe Ihr auftauchtet, wurde hier viel über Licht geredet, und die Meinung eines Theatermannes hat uns gefehlt. Setzt Euch.«

Do beugte sich vor und griff nach dem Glas Wein, das Riberas Frau ihm gebracht hatte. Ein Bild, das ihn als bärtigen Alten mit der Palette in der Hand zeigte, hatte Do mit einer gemalten Schriftrolle versehen, auf der stand: »Ich lerne noch.« Was konnte Jacques den beiden Spaniern schon beibringen? Er begnügte sich damit, in ihrer Gesellschaft zu sein. Obwohl es schon spät war, hörte man die Kinder des Meisters in den hinteren Zimmern schreien. Seine Frau eilte hinaus, um sie zum Schweigen zu bringen, doch ohne Erfolg.

»Sie hat mir zu viele geschenkt …« Ribera schüttelte betrübt den Kopf.

»Du hast sie zu viele kriegen lassen«, sagte Do ernst.

»Was willst du? Dass sie abtreibt? Sie ist tiefreligiös …«

»Bestimmt mehr als du.«

»Wenn wir ins Kloster von Santa Patrizia zur Messe gehen, füllen wir die halbe Kirche …«

Jacques kniff die Lider zusammen, bis das Kerzenlicht zu flirren begann wie tanzende Sterne über schwarzem Meeressaum. Er musste daran denken, wie er mit seinen Brüdern das erste Mal in die Colmarer Synagoge gegangen war, sein Vater hatte sie mit scharfem Blick gezählt.

»Kommt doch morgen mit uns, Jacques!«

»Was?« Riberas kleine, kräftige Hand war auf seiner Schulter gelandet. Ribera konnte ordentlich zuschlagen, das wussten alle in der Stadt, und er hatte die armen Schlucker einander zuraunen hören: »Achtung, der *Spagnoletto* kommt!«

»Zur Messe. Die Kirche ist wunderschön. Und die Nonnen sind phantastische Leinwandmotive! Alte, asketische Heilige, junge Nymphen …«

Do starrte Jacques an. Jacques zuckte die Achseln.

Ribera brach in Lachen aus: »Gönnt mir diese Genugtuung: Wir bringen den Nonnen ein Heer von Kindern und einen Juden!«

Do hustete.

»Jetzt tut nicht so, Juan, Ihr seid nur ein Marrane, und Eure Frau ist erzkatholisch wie alle De Rosas …«

Jacques musterte Juan Dos strenges Asketengesicht. Van Laer hatte ihn zu ihm geschickt, weil er wusste, dass Do ein konvertierter Jude war. Und er wusste auch, dass er in Neapel bestens eingeführt war: Die De Rosas – Pacecco, Annella und Grazia – waren in der Stadt eine äußerst beliebte und gut bezahlte Malerfamilie, Schwiegerkinder von Filippo Vitale und verwandt mit einem weiteren Meister, Aniello Falcone. Do war aus Valencia geflohen, und Ribera hatte bei seiner Hochzeit den Trauzeugen gegeben.

Do öffnete seinen Pfeifendeckel, Ribera schob ihm eine Schachtel Tabak hin und zeigte auf Jacques: »Das ist ein echter Jude! Jude und Theatermann! Etwas Schlimmeres gibt's kaum! Wo sollen wir Euch in dieser Stadt bloß begraben, wenn sie Euch morgen in der Kirche umbringen, *Maestro de las velas*?«, sagte er und brach in Gelächter aus.

2

Und so ging Jacques mit zum Kloster von Santa Patrizia, die von wunderschönen Kirchen und Werkstätten gesäumte Via San Giorgio Armeno hinauf und in Begleitung der lärmenden Familie Ribera und der Familie Do, Frauen und Kinder inbegriffen: ein ganzes Heer. Ständig trafen sie andere Maler oder Auftraggeber, die grüßend stehen blieben, was ein pünktliches Erscheinen bei der Messe schwierig machte.

Die Kirche strotzte nur so vor Stuck und rosa, gelb, grün und golden bemaltem Holz; die Heilige war mit Ketten behängt und strahlte selbst am helllichten Tag in einem Meer aus Kerzen. Ein Wall aus duftenden Blumen rang vergeblich mit den Schweiß- und Körperdünsten, die das Kirchenschiff erfüllten. Die Riberas und Dos trennten sich nach Geschlecht, die Frauen verschwanden nach oben hinter den Sichtschutz, die Männer und Kinder blieben barhäuptig unten.

Zwei große Holzstatuen und eine Kaskade von bunt gewandeten Engeln hatten Jacques abgelenkt, und ehe er sichs versah, stand er plötzlich in der Schlange vor dem Weihwasserbecken, vorwärtsgedrängt von der allgemeinen Bewegung der herausgeputzten Gläubigen, die nach Geschlecht getrennt zwei Reihen bildeten. Ein verschleiertes Mädchen in Begleitung einer Dienerin trat an das Becken. Die Frauen berührten das Wasser kaum mit den Fingerkuppen, bekreuzigten sich rasch und verschwanden wieder hinter den Sichtblenden aus bemaltem Holz, flankiert von einer Schar Nonnen, die gierig den weltlichen Putz beäugten. Die Männer blieben stehen und blickten himmelwärts, jedoch nicht, um Gott zu schauen, sondern um einen Blick auf die Verborgenen zu erhaschen.

Als die Reihe an Jacques war, überfiel ihn jäh und unvermittelt der lästige Gedanke an Michael de Sweerts und mischte sich mit dem Bild der blutjungen Spanierin, die vor ihm stand. Ohne abzuwarten, bis diese ihre Finger zurückzog, steckte er die Hand ins klare Wasser und berührte aus Versehen die zarten weißen Finger von Lisario Morales y Iguelmano.

Hätte man das Wort zu jenen Zeiten gekannt, so wäre Stromstoß der richtige Ausdruck für den Schlag gewesen, der beide traf, als sich ihre Finger im Hochrelief aus Fischen, Krebsen und Kalmaren, mit denen das Marmorbecken ausgeschmückt war, verfingen. Sofort lösten sich die Hände voneinander, oder zumindest schien es der Dienerin so, die ihre Herrin unruhig beäugte, und ebenso den hinter Jacques wartenden spanischen und neapolitanischen Edelleuten. Jahre später sollte Jacques sich an diesen Moment wie an eine mystische Vermählung erinnern, an ihre Hände, die aus dem Becken strahlten, die Ahnung bevorstehenden Glücks, die sich in den umstehenden Gesichtern spiegelte, die gemeißelten Meerbrassen und Seebarsche, die sich als Kuppler betätigten.

Sofort war die Frau einen Schritt zurückgewichen, und Jacques hatte auf Französisch und dann auf Italienisch eine Entschuldigung gestammelt, dann waren beide wieder in ihre Reihen getreten. Wie ein Nachtvogel war Lisario hinter dem Gitter verschwunden; überwältigt von dieser Offenbarung hatte Jacques sich auf eine Kirchenbank fallen lassen und blieb zwischen all den aufrecht stehenden Herren mit Schwertern am Gürtel als Einziger sitzen. Ribera und Do warfen ihm finstere Blicke zu.

Den ganzen Gottesdienst über versuchte er Lisario im Dunkel des Gewölbes auszumachen, echtes Gold unter vergoldetem Stuck. Lisario hingegen sah ihn von dort oben aus gut. Eingezwängt in ihren Reifrock, den Finger vom Ehering umschlossen, den Kopf wie von einem Leichentuch verhüllt, betrachtete sie den zwar von ihr getrennten, aber durchaus präsenten Fremden. Während sie auf der Bank des Gynäkeions saß, das nach getrocknetem Urin, Mäusedreck und alten Keksen roch, fühlte sie sich durchsichtig, vollkommen erkannt, vollkommen angenommen und wortlos verstanden.

Nach der Messe wartete Jacques Israël Colmar vergeblich darauf, Lisario endlich aus der Kirche treten zu sehen, die Nonnen hatten Signora Morales y Iguelmano und ihre Dienerin aufgehalten, um ihnen ein besticktes Laken für Señora Mezzala, der Gönnerin ihres Mannes und Unterstützerin des Klosters, mitzugeben, und begleiteten sie sodann direkt zu ihrer Kutsche, die in der Piazzetta San Gennaro all'Olmo hinter der Kirche wartete.

Und so konnte Lisario durch die Spitzengardine des sich entfernenden Kutschfensterchens nur noch sehen, wie der Franzose, den Hut zwischen den Händen, vergeblich nach ihr Ausschau hielt.

3

Am folgenden Sonntag wartete Jacques Israël Colmar mit der Unbeschwertheit eines Verdammten am Tag des Jüngsten Gerichts.

Eine Stunde vor Beginn der Messe war er bereits auf den Beinen, den Rücken dem Tabernakel der Heiligen zugewandt, die vor Schlaflosigkeit geröteten blauen Augen auf die Sichtblenden geheftet. Er hatte Ribera und Do gefragt und Ostia und Spagna losgeschickt, um etwas über die junge Frau in Erfahrung zu bringen, und nun wusste er von ihrer legendären Erweckung und der Heirat mit dem besten spanischen Arzt aller Zeiten.

Do hatte ihn mit seinen strengen Augen tadelnd angesehen, und einen Moment lang war es Jacques, als hätte er seinen Vater Levi vor sich. Ribera hingegen hatte mit ihm über die junge Eroberung gewitzelt und ihn dann eindringlich gewarnt, ihr Mann sei der Arzt des Vizekönigs, die Sache sei eine Nummer zu hoch für ihn. Natürlich hatte Jacques nicht auf ihn gehört, und nun stand er da und wartete darauf, sie wiederzusehen, und sei es nur für einen Augenblick, doch das Gitter war so eng, dass außer gedämpftem Rascheln nichts durchdrang.

»Gib, dass ihr ein Knopf hinunterfällt, gib, dass ihr ein Ring hinunterfällt, gib, dass ihr ein Seufzen entschlüpft, gib, dass sie einen Schuh verliert.«

Er meinte, sie jenseits des Gitters auszumachen, zwischen

dem Gold blitzte etwas Grünes auf. Bestimmt war sie in Grün gekleidet, mit silbern verhülltem Haar. Die Messe endete, ohne dass er ihrer Gegenwart gewiss sein konnte.

Die Männer setzten sich die Hüte auf und verließen die Kirche. Die lombardischen Maler, die sich für den Gottesdienst versammelt hatten, nickten Jacques zu. Ostia und Spagna kamen ihm entgegen. Die Familie Ribera stand in einem lärmenden Grüppchen vor dem Portikus und wartete auf den Meister. Doch von der jungen Frau keine Spur.

»Mach, dass sie vor der Kirche auftaucht, mach, dass sie zu Fuß unterwegs ist.«

Jacques schloss die Augen und versuchte sich zusammenzureißen. Hatte er sich denn noch nie zu einer Frau hingezogen gefühlt? Er tadelte sich. Seine Hände wurden schweißnass und die Ohren rot.

Und dann kam sie: Das zarte Profil unter dem Schleier, zwei pechschwarze, von einer Süßwasserperlenschnur getrennte Haarflechten, der feine Bogen der Brauen über dem Wimpernfächer der Augen. Und selbst die erahnten oder eingebildeten Unvollkommenheiten: Wenn sie lachte, wurden die großen Zähne sichtbar, und ihr Hals war – wieso nur? – von zu viel Spitze umrüscht.

Laut Aristoteles ist das Herz der Sitz des Geistes: Jacques sah genau hin. Eine Rüstung aus silbrigem Brokat schnürte sie ein wie ein Panzer, ein sicheres Indiz, dass es sich um eine Frau ohne Herz handelte. Er war so in seine Phantasien versunken, dass er zusammenfuhr, als Lisario ihn anblickte.

Ihr weißes, strahlendes und zugleich düsteres Antlitz über dem silbernen Oberteil war – die Lippen geschürzt – auf Jacques gerichtet. Es sah aus, als wollte sie ihn argwöhnisch beschnuppern. Benommen erwiderte Jacques den Blick. Er empfand einen plötzlichen Heißhunger nach dieser Puppe, die sich seinem Verständnis entzog wie das Sator-Quadrat, das die Mönche in die Kirchenmosaiken einließen. Er wollte ihre perlengeschmückten, dreckigen Ohren verschlingen, den eigentümlich verdrossenen Mund, die verlegen flatternden Lider. Wie das Inbild des Verliebten sehnte er sich danach, die Schläfe an ihre Wangen zu legen. Doch wo waren die Hände? Versteckt von den Ärmeln und zahllosen kleinen Ringen, nur die mandelförmigen Nägel waren zu sehen, die ebenso dreckig waren wie die Ohren.

Der Name. Wie hieß sie? Er konnte sie nicht besitzen, ohne ihren Namen zu kennen. War sie eine Fremde? Verstand sie seine Sprache?

»Signora … Donna Belisaria? Folgt mir.«

Eine der Klosterschwestern stand auf der Schwelle und winkte sie zu sich. Und Belisaria – das war also ihr Name, schlüpfrig wie eine geflügelte Schlange und vertrackt wie das Sator- oder Rotas-Palindrom – hatte sich dem unbedingten Gehorsam gebeugt und sich mechanisch auf die Tür zubewegt.

Mit geraden Schultern und gerecktem Rücken hatte sie ihre Perlenohrringe ein letztes Mal aufblitzen lassen.

4

Juan Do war es gewesen, der Jacques Colmar und den Fürsten von Belvedere einander bekannt machte. Der Einlass ins Kloster hatte ihn ein großformatiges Gemälde mit antikem Sujet gekostet, doch das sollte Jacques nie erfahren. Das Besuchszimmer des Klosters war mit Gärten, Katzen und nagelneuen Trompe-l'Œils ausgemalt, die dem Zusammentreffen etwas eigentümlich Romantisches gaben. Die Nonnen hatten einen großen Tisch zwischen die beiden gestellt und Signora Morales y Iguelmano, die mit Gesten darum gebeten hatte, mit Feder und Tintenfass ausgestattet.

Eine schnurrbärtige Nonne war als Wache zurückgeblieben.

Jacques hatte Lisario betrachtet: das lange, mit Perlen durchwirkte Haar, das allzu prunkvolle Kleid, das ihr kaum passte und sie weit und formlos umhüllte.

Das junge Ding war ein Inbild der Verzweiflung. Sie war froh, an diesem Ort zu sein, aufgeregt und – Jacques spürte es – verängstigt zugleich. Das Erste, was sie aufs Papier schrieb, war: »Werdet Ihr mit mir die gleichen Sachen machen wie mein Mann?«

Jacques lief ein Schauder durch die Glieder. Zum Glück sah die Nonne nicht prüfend herüber. Was meinte sie? Lisario hatte die Hände wie eine Puppe auf den samtenen Rock gelegt. Jacques nahm die Feder und antwortete: »Was macht Euer Mann mit Euch?«

»Herumfummeln«, schrieb sie zurück.

Jacques hustete. Das feuchte Klosterzimmer war voller Fallgruben.

»In mir«, fügte Lisario hinzu.

Jacques spürte, wie er rot wurde. Das war ihm seit seiner Kindheit nicht mehr passiert. »Und gefällt Euch das?« Er legte den Stift nieder.

Lisario schüttelte energisch den Kopf. Dann schrieb sie: »Ich hasse es.«

Die Antwort machte ihn kühn, dennoch behielt er mit einem Auge die Nonne im Blick. »Und küsst er Euch?«

Wieder schüttelte Lisario den Kopf. Dann zögerte sie kurz und schrieb: »Küssen mit dem Mund?« Sie fuhr sich mit zwei Fingern an die Lippen, als wollte sie sichergehen, dass er sie verstand. Jacques nickte.

»Nur einmal, bei unserer Hochzeit«, fügte sie hinzu.

Jacques wollte gerade nach weiteren amourösen Einzelheiten fragen, da schrieb sie: »Verschwitzt haarig fauler Atem.«

Bei dem Gedanken, sein Atem könnte der gleichen Prüfung unterzogen werden, fasste Jacques sich ins Gesicht. Er hatte sich den Bart abrasiert, um jünger auszusehen. Was für eine seltsame Unterhaltung für ein erstes Treffen. Ehe er weiterfragen konnte, schrieb sie: »Er macht Sachen und verlangt, dass ich sie mache. Er fasst mich an. Und er will, dass ich mich anfasse.«

Jacques spürte, wie sein Hosenbeutel anschwoll, und schämte sich entsetzlich. Wieder blickte er verstohlen zu der Nonne hinüber, die das schweigende Geschreibe misstrauisch gemacht hatte. Das Blatt musste sofort verschwinden. Jacques' Blick fiel auf die Kerze, die neben dem Tintenfass knisterte.

Doch Lisario fuhr fort. »Ich fasse mich gern an«, schrieb

sie, als bestätige sie eine Bankrotterklärung. »Aber er kann das nicht. Er macht sich Notizen.«

Jacques riss die Augen so weit auf, dass Lisario grinsen musste.

»Ihr könnt versuchen mich zu küssen, wenn Ihr wollt.«

Panisch blickte Jacques sich um, griff sich die Kerze und ließ sie auf das Blatt Papier fallen.

»Schwester! Holt Wasser!«, rief er, und als die Nonne zu ihnen stürzte, wedelte er mit dem Papier herum und ließ es auf den baumwollenen Tischläufer fallen, der sogleich Feuer fing.

Kaum war die Nonne schreiend hinausgerannt, nutzte Jacques die plötzliche Zweisamkeit, um sich Lisario zu nähern, und machte alles falsch. Wo war seine gekonnte, routinierte Kühnheit geblieben? Der Hocker kippte um – entsetzlich! Hatte man ihn gehört? –, derweil Lisario still und artig sitzen blieb.

In lächerlicher und unnatürlicher Pose zusammengekrümmt, nahm er ihr Gesicht in beide Hände und legte sanft die Lippen auf die ihren. Sie wird mich beißen, dachte er. Stinke ich?, fragte er sich. Sie wird meine Zähne zählen – und für sein Alter fehlten ihm nur ziemlich wenig, wobei die meisten bei Prügeleien verloren gegangen waren.

Lisarios Lippen waren zart und sonderbar flüchtig. Es war, als küsste man eine Seezunge. Und kurz bevor er sich vollends blamierte, hatte sie seine Hände von ihrem Gesicht genommen, die ihren auf seine Wangen gelegt und ihren Mund in den seinen versenkt. Jacques hätte unter Eid geschworen, dass er sich beim besten Willen nicht mehr erinnerte, was danach passiert war. Wie dem auch sei, als die Nonne mit einem Krug Wasser zurückkam, hatten sie sich bereits wieder voneinander gelöst.

Gelassen, als wäre nicht das Geringste vorgefallen, blickte Lisario die Nonne an. Die Nonne musterte Jacques, der sich rot auf seinem Stuhl wand. Das Blatt, auf dem sie mit ihren beiden Federn geschrieben hatten, war vollends verkohlt.

»Schluss!«, schrie die Nonne, und Jacques hastete hinaus, in Gedanken bei der Frage, wann er sie wohl je wiedersehen würde.

5

Doch dann hatte er sie wieder und wieder im Kloster getroffen, mit Beihilfe der bärtigen Nonne, die sich vom Fürsten von Belvedere, der auf diese Weise und wegen ähnlicher Anlässe bereits in mehreren Klöstern der Stadt tätig geworden war, hatte kaufen lassen.

Sie hatten sich darauf geeinigt, dass, wenn sie allein waren, er nicht sie, sie aber ihn berühren dürfe. Die Emotion, die Jacques ergriff, und das Staunen, wenn sie ihn streichelte und zum ersten Mal sein erigiertes Glied in ihre Hände nahm, war unbeschreiblich. Neugierig betrachtete sie es.

»Euer Mann … zeigt … es Euch nie?«

Lisario hob die Augenbrauen und schüttelte lächelnd den Kopf. Staunend tastete sie es mit zwei Fingern von oben und unten ab. Dann ging sie zum Tisch, wo stets Papier und Tinte waren.

»Aber was tut Ihr denn jetzt, schreibt Ihr?«, fragte Jacques flehentlich.

»Seltsam«, schrieb Lisario nur.

Dann kam sie zu ihm zurück, hielt das Blatt hoch und lächelte. Er ließ sie machen, dieses wie auch die folgenden Male, bis das Kind, um das Lisario so sehr zu beten vorgegeben hatte, auf dem Weg war. Tatsächlich hatte sie niemandem jemals verraten, von wem sie es haben wollte.

6

»Wieso lasst Ihr nicht locker?«

»Weil auch Ihr sie sehen müsst!«

In Riberas Atelier lüftete seine Frau mit zwei Dienerinnen gerade die Zimmer. Das strahlende Sonnenlicht ließ auf der Leinwand mit schwarzem Hintergrund wenige, grelle Details aufblitzen: ein gelbes Kleid, zwei große weiße, gefaltete Hände, langes kupferfarbenes Haar und das Gesicht eines jungen, betenden Mädchens, Lisario Iguelmanos Gesicht.

Jacques Colmar hatte die Augen aufgerissen und unwillkürlich versucht, die Tür hinter sich zu schließen, doch es gab keine Tür, nur den Vorhang, durch den er bereits das erste Mal Riberas Haus betreten hatte.

»Was habt Ihr getan?«

»Nichts! Ihr habt sie mir in der Kirche gezeigt, wir gehen Sonntag für Sonntag hin, und ich habe sie nur gemalt… *ich.* Ihr hingegen…«

»Ich hege Hochachtung für Euch, Maestro, aber…«

»Aber was? Ich habe sie sogar *rubia* gemalt… wie sagt man in Französisch… *blonde*! So kommt niemand darauf, dass sie es ist!«

»Ist das Bild schon verkauft?«

»Meine büßende Magdalena? Aber nein.«

»Dann kaufe ich es.«

Ribera ließ sich lachend auf einen Schemel fallen. »Das könnt Ihr Euch nicht leisten, mein Freund.«

Nervös betrachtete Jacques seine Geliebte. Dann hob er den Finger gegen Ribera. »Wehe, Ihr wagt es, sie zu verkaufen. Nennt mir den Preis, und ich kaufe sie.«

Ribera blickte den Franzosen mit seinen dunkel schimmernden Augen lange an. »Ich muss Euch noch etwas anderes sagen. Ein Mann sucht nach Euch ...«

»Ihr Ehemann!«, entfuhr es Jacques.

»Nein. Der scheint nicht besonders viel mitzukriegen. Nein, ein Holländer.« Ribera verzog den Mund.

Jacques musste sich einen heftigen Ruck geben, um sich wieder auf das Gespräch zu besinnen. »Und was will er?«

»Sagt Euch der Name Michael de Sweerts etwas? Cavaliere soundso?«

Jacques musste sich setzen. Aus welchem schmutzigen Winkel stieg diese Erinnerung auf, vor der er geflohen war? »Und was habt Ihr ihm gesagt ...«

»Nichts. Dass ich Euch seit Monaten nicht gesehen habe. Und dass ich nicht weiß, wo Ihr wohnt. Ich habe keine Ahnung, was dieser Maler von Euch will und weshalb, aber er hatte ebenfalls einen Brief dieses Zuhälters von van Laer dabei ...«

»Das habt Ihr sehr gut gemacht. Für diesen Mann bin ich nicht zu sprechen.«

»*Bien.* Meine Lüge kostet Euch dann dieses Bild ...«, grinste Ribera.

Mit vernichtendem Blick funkelte Jacques ihn an. Dann stürmte er hinaus, dass der Vorhang nur so flatterte. Für einen kurzen Moment kam Ribera der Blick des Holländers in den Sinn, als er nach Jacques Colmar gefragt hatte: der Blick eines verlassenen Geliebten.

Dann zuckte er die Achseln und lächelte seiner wunderschönen Magdalena zu.

7

»Und Ihr habt dem reichen Rom den Rücken gekehrt, um ins Vizekönigreich überzusiedeln? Seid Ihr Euch dieser Entscheidung sicher, Cavaliere?«

Gaspar Roomer lag auf dem Bett, wo ihn der unverhoffte Besuch des jungen Mannes überrascht hatte, und drehte Däumchen.

»Gewiss seid Ihr im Bilde, dass die Konkurrenz in Neapel gnadenlos ist und der finstere Malstil hier gerade stärker gefragt ist als das Licht … Noch habe ich kein Bild von Euch gesehen, aber Ihr seht nicht so aus, als wäret Ihr ein Anhänger Caravaggios …«

»Das bin ich nicht.« Michael streifte sich die Handschuhe ab. »Aber ich weiß, dass hier auch Maler unserer Nation erfolgreich sind, und außerdem seid Ihr hier, Signor Roomer, sowie Euer illustrer Kollege, Signor Vandeneyden …«

Roomer setzte sich abrupt auf und schlüpfte in einen Morgenrock. »Den könnt Ihr vergessen. Schon recht, wir sind Freunde, aber nicht wenn es um die Malerei geht. Van Laer hat gut daran getan, Euch zu mir und nur zu mir zu schicken. Ihr müsst Geschäfte machen, haben wir uns verstanden, Cavaliere? Ihr könnt die Zimmer nebenan beziehen: Ihr seid mein Gast. Und fangt sofort an zu malen!«

Mit einer flüchtigen Verbeugung verließ Michael das Zimmer. Der Flur, der zu seiner neuen Unterkunft führte, war von einem für seine Augen blendend grellen Licht erfüllt, noch nie war er so weit im Süden gewesen. Er überlegte, welches Licht er wohl vorfinden würde, wenn er sich noch weiter Richtung Afrika vorwagte: Nach Sizilien, in den Orient.

Als sich die Türen hinter ihm schlossen und er zwischen den rosa und grün vertäfelten, freskengeschmückten Wänden zurückblieb, zog er sich aus und warf sich aufs Bett.

Über eine Stunde zeichnete er mit Sepia. Hoffnung und Verdruss verschmolzen: ein Portrait, ein Liebespaar im Garten, ein Bär, eine Ziege, ein Bettler, ein Kind mit ausgestreckten Händen, ein Künstleratelier von Modellen bevölkert, die sämtlich aussahen wie Jacques Colmar. Penisse, Frauenrücken, Kirchen, ein Tisch mit Zwiebeln, Wein und Pfirsichen, Weintrauben, ein Paar Handschuhe, eine Katze, das halb geöffnete Innere eines Granatapfels.

Während er zeichnete, war er ruhig, doch kaum hörte er auf, kamen die Gefühle wieder hoch. Das, was er empfand, war nicht das sehnliche Verlangen nach seinem Cousin Pieter, dem Stallburschen oder einem der vielen Mönche und jungen Kerle, denen er seither begegnet war. Er hatte seine Kleider zu Boden geworfen und angefangen, im Zimmer auf und ab zu wandern, wobei er zigmal die Weinflasche öffnete und wieder schloss. Schließlich schenkte er sich ein Glas Wein ein, trank aber nichts davon. Dann schleuderte er das Glas mit jäher Wucht gegen die Wand und starrte die rote Flüssigkeit an, die träge hinabrann und die Wand des Hauses, in dem er Gast war, besudelte. Er würde sie neu streichen müssen.

Der Wein hatte einen gequälten Körper an die Wand gemalt, und Michaels Wut wich Selbstmitleid. Er brach in Tränen aus. Mit vors Gesicht geschlagenen Händen hockte er da wie ein armes Mütterchen und schluchzte haltlos. Er riss sich die Haare aus und verunstaltete sein so hübsches Antlitz. Rotz und Tränen hingen in seinem Schnurrbart, er ekelte sich vor sich selbst, dann begann er zu frieren. Er wusch sich. Nachdem er sich gesäubert und abgetrocknet hatte, fühlte er sich geläutert, doch die Erregung war noch immer da, bebend und bedrohlich wie ein ferner Donner. Er kniete sich hin, um zu beten. Und er betete so inbrünstig, dass seine Handknöchel weiß und die Knie taub wurden. Weil das nicht genügte, streute er Kichererbsen auf den Betstuhl und kniete sich darauf. Nichts zu machen. Er machte Feuer im bereits bestückten Kamin und warf hinein, was er am Leib trug: drei Ringe, Federn, Krägen. Bänder. Die lodernde Spitze verbreitete einen Geruch von verschmorter Stärke im Zimmer.

Dann bereute er seine Tat, machte sich hektisch daran, die Ringe aus dem Feuer zu retten, verbrannte sich und griff sich eine Feuerzange. Drei goldene Ringe, das kürzlich erhaltene Geschenk eines Kardinals, klingelten glühend und mit feuergeschwärzten Edelsteinen auf Roomers Majolikafliesen aus Vietri. Michael sah aus wie ein Teufel: wirres Haar, geschwollene Knie, bläuliche Hände, die kleinen Fuchszähne gebleckt, die Augen weit aufgerissen.

War der Frieden, den er als Junge vergeblich im Kloster gesucht hatte, der maßlosen Leidenschaft vorzuziehen? Konnte er sich noch einmal verzeihen, einen Mann zu lieben? Seit jeher Männer geliebt zu haben?

Sich allein dem Gebet und der Kunst zu verschreiben, hatte ihn nicht gerettet. Es war anmaßend zu begreifen, anmaßend zu malen, anmaßend, den Körper jenes Unbekannten zu begehren, als stünde er ihm zu.

Geschlagen von einem unbeugsamen Richter streckte Michael sich neben seinen glühenden Ringen auf dem Boden aus. Der Schlaf kam ohne Albträume oder Trost. Gegen Morgen träumte er von sich als unschuldigem Kind im langen Messdienergewand. Mit Daumen und Zeigefinger lupfte er den Saum und betrachtete seine Füße, ließ das Kreuz über der Kutte baumeln und tanzte über den Kirchplatz.

Und niemand, wirklich niemand, machte ihm Vorwürfe, dass er sich wie ein kleines Mädchen benahm.

Briefe an die Allerseligste Muttergottes der siebenstrahligen Krone Hochreine und Ewige Jungfrau Maria

Gnädigste,
heute bei der auf Geheiß meiner Mutter Donna Dominga besuchten Andacht: Ich bete zu Dir und bitte Dich um ein Kind, das ich nicht will!

Wirst Du mich deshalb verdammen? Was soll ich tun? Ich kann nicht fliehen. In Wirklichkeit bitte ich Dich, mich diesem seltsamen Fremden wiederbegegnen zu lassen, den ich in der Messe sah! Heilige Jungfrau, wenn Patrizia die Heilige der unfruchtbaren Frauen ist, welche ist die Heilige, zu der ich aus unglücklicher Liebe beten muss? Aber ist es denn Liebe? Ich weiß es nicht… In nie gekannter Ohnmacht verbringe ich die Tage: Immer wieder muss ich an das Gesicht dieses Mannes denken, an seinen Blick, der mich zu suchen schien…

Derweil sitze ich hier im Klostergarten und schreibe heimlich, damit die Nonnen nichts merken: Sie sind alt und träge, keine von ihnen ist jung oder aus reicher Familie. Oft höre ich sie singen, ich lausche dem Wind und sehe den Wolken nach, die über das Quadrat des Hofes ziehen. Und dann diese unglaubliche Stille. Eine unglaubliche Stille, erfüllt nur von dem Antlitz des Unbekannten!

Ich schlendere zwischen den Beeten und Sträuchern umher, halte die Hand unter eine plätschernde Fontäne, schlage mein Gebetbuch auf. Tödliche Langeweile. Und was sehe ich plötzlich? Einen Tiger! Einen echten Tiger, ein schlafendes Raubtier.

Es war kein Traum, Gnädigste: Ich habe mich gekniffen, um

ganz sicher zu sein. Es war tatsächlich ein Tiger, genau wie auf den Zeichnungen, die ich in manchen Büchern gesehen habe. Eine riesige gestreifte Katze.

Schwester Candida kam vorbei, bemerkte meine Furcht und legte mir die Hand auf die Schulter.

»Er gehört dem Fürsten von Belvedere, er führt ihn am Strand von Mergellina spazieren. Habt keine Angst, er beißt nicht. Ihr könnt ihn streicheln, wenn Ihr wollt. Man hat ihm die Zähne abgefeilt. Der Fürst ist gerade bei der Äbtissin.«

Also näherte ich mich der mächtigen Katze, die sich im Schlaf gerade auf den Rücken rollte. Das Ohr zuckte wegen der surrenden Fliegen. Ein Schmetterling ließ sich auf seiner Nase nieder. Der Tiger musste niesen! Und dann blinzelte er, und ich konnte seine Augen sehen: grün und blau, wie das Meer! Aus dem zweiten Stock hörte man die Morgengebete, und aus der Ferne jenseits des Hügels klangen wie bronzene Engelskehlen die Glocken der anderen Klöster herüber.

Große Schwermut ergriff mich, o Süßeste! Dort das Meer, das ich niemals erreichen würde, hier der Tiger, überwältigend wie die Natur, gefangen im Garten, genau wie ich!

Da leckte mich plötzlich der Tiger, hinterließ eine schleimige Spur in meiner Handfläche, Holdeste, die ich vergeblich am Rock abzuwischen suchte. Der Atem des Tigers stank wie der einer gewöhnlichen Katze oder eines Hundes. Da kam mir der Einfall, dem Tiger ebenfalls ins Gesicht zu hauchen, und der schüttelte den Kopf und leckte sich über Bart und Nase, woraus ich schloss, dass übler Geruch je nach Spezies relativ ist und wohl auch Schönheit stinkt! So waren wir in den gegenseitigen Anblick versunken, als ein langer Pfiff ertönte: Der Fürst von Belvedere ging. Der Tiger erhob sich träge und tappte zu seinem Herrn, der auf der Hoftreppe stand. Gerade wollte ich ob meiner Lage in Trübsal versinken, als ich überrascht zusammenfuhr: Neben dem Fürsten, der seine Bestie rief, stand der Fremde!

Er redete mit dem Fürsten und kam mit Erlaubnis der Nonnen auf mich zu! Schließlich gebot Schwester Candida ihm Einhalt, woraufhin er ihr etwas in die Hand drückte und mir zuwinkte. Schwester Candida kam zu mir und sagte: »Dies ist ein Geschenk des Künstlers, der neben dem Fürsten steht, er hat Euch gesehen und möchte Euch huldigen. Es ist eine Gabe der Verehrung, mit Empfehlungen des Fürsten und des Signor Jacques Colmar.«

O, Heilige Jungfrau! Hast Du meine verqueren Gebete also erhört? Eine kleine, mit Heiligen und Madonnen bemalte Schachtel wurde mir in die Hand gelegt. Darinnen war eine Rose aus Samt, die jedoch duftete, als sei sie echt! Kristallperlen glitzerten darauf wie Tau, und feinste Seidentuffs umwölkten sie, die Ränder waren mit goldener Tempera nachgezogen. Der lapislazuliblau bemalte Boden der Schachtel war mit winzigen Vögeln und Putten mit bunten Papiertrompeten verziert!

Misstrauisch, ängstlich und dann zu Tränen gerührt stellte ich schließlich fest, dass sich hinter jeder Putte ein Buchstabe meines Namens verbarg, der sich drehte, wenn ich darauf blies. O Holdeste, ich bin doch verheiratet! Sogleich wollte ich mir eine perlenbesetzte Nadel aus dem Haar ziehen und dem Schenkenden mit dem französischen Namen Jacques Colmar danken! Doch er war bereits fort, zusammen mit dem Fürsten und dem Tiger, und Schwester Candida sang mit den anderen Nonnen. Ich war allein im Garten, der mir nunmehr als der schönste der Welt erschien!

Die zutiefst verwirrte Lisario!

O wunderbarste Muttergottes,
die Liebe ist gekommen. Ich rechnete nicht mehr mit ihr, jedoch, wie Ariost es schrieb: »Denn Lieb ist schließlich nichts als Tollheit, süße.« Die stumme Lisario wird toll. Sie kann ihre Liebe nur mit Händen, Füßen und dem Körper ausdrücken. Wenn jener Körper fehlt, ist es, als wäre der Himmel ein Tassenboden und das schlagende Herz ein von den Hühnern fortgescharrter Kiesel und die Luft zum Atmen von den Türen des Kastells verschluckt! Und alles stirbt.

Doch wenn der Geliebte da ist, Heiligste, dann erhebt sich die Sonne unter meinen Füßen, ich kann das Meer überspringen, die Bäume von den Wiesen reißen und Vogelschwärme gebären. O, wie überflüssig erscheinen mir nun meine Bücher, und auch Dir zu schreiben dünkt mich müßig, betet doch in meiner Liebe mein ganzes Ich zu Dir!

Doch zugleich frage ich mich: Übertreibe ich?

Dieser Franzose, der mir so sehr gefällt, der bloß ein Handwerk und keinen Heller hat, der nicht mein Gatte ist noch es je wird sein können: Muss ich ihm folgen? Werde ich enden wie Desdemona? Wie dumm von ihr, dem Mohren kein Wort zu sagen, aber selbst wenn ich reden wollte, ich kann nicht, und das weißt Du, Heiligste! Vorsichtshalber verstecke ich Taschentücher, wo ich kann, und selbst wenn mein Franzose bluten würde, bekäme er kein Fitzel Stoff von mir! Wozu sind Bücher sonst da, als daraus zu lernen, was man unterlassen soll?

Dennoch scheint mir, als lese die Menschheit wenig, sonst würde sie nicht immer die gleichen Dummheiten begehen: Kriege, Kämpfe, Listen, Liebe … irre ich, weil ich nicht genug gelesen habe? Doch wenn ich an Meister Shakespeare denke, o Holdeste, muss ich sagen: Bei mir liegen die Dinge anders.

Ich will nicht den Mohren, ich verachte meinen Mann und ziehe den Liebhaber vor. Ich weiß, nun wirst Du mich verdam-

men, und die ganze Welt ebenfalls, aber was soll ich tun? Habe ich dem Priester etwa geschworen, Abscheu, Schande und Verdruss zu ertragen? Ich glaube nicht, dass in der Trauformel von Quälerei die Rede ist!

Eine Tollheit ist es in jedem Fall: Ein Wahnsinn, sich im Kloster zu treffen, ein Wahnsinn auch, hier gewisse Dinge zu schreiben, denn wenn irgendjemand, Gott bewahre, diese Seiten fände, wären wir beide tot. Dazu ist mein Geliebter auch noch Jude! Wirst Du mir das verzeihen?

Vor kurzem habe ich unter den Büchern meines Gatten eines des Italieners Alighiero gefunden und zufällig den Gesang zweier Unglücklicher namens Paolo und Francesca gelesen: »Allein und unbeargwohnt waren wir.« Sofort schlug ich das Buch wieder zu und wollte nicht weiterlesen! Wir sind nie allein, vor allem nicht im Kloster, und von allseitigem Argwohn umgeben!

Und alle schweigen, besonders die Nonnen, die genau Bescheid wissen.

Doch meine Gefühle machen mich leichtsinnig, und der Fuchs in mir hat dem Huhn Platz gemacht.

Die Vorstellung, durch die Hand des Vaters oder des Ehemannes zu sterben, gefällt mir gar nicht, und obgleich ich so glücklich bin wie nie, überfällt mich dieser Gedanke unvermittelt, vor allem nachts und wenn ich allein bin.

Also lese ich Ariost, bilde mir ein, mit Astolf auf dem Mond zu sein, betrachte den Stern, der über dem Kastell scheint, und denke an »Gelübde mancherlei, Gebet und Flehen, die von uns Sündern hin zum Himmel gehen …«

Erreichen meine Briefe auch den Mond, o Holdeste?

Sammelst Du also »die Zeit, die ungenützt verstreicht beim Spiele, die Seufzer all von der Verliebten Heer, unausgeführte Plän', Entwürfe, Ziele, der Tagediebe Muße lang und leer«?

Ich habe Dich gesehen, weißt Du, auf einem Gemälde, Du hast den Fuß auf der Sichel und lenkst die Nacht. Hast Du wirklich meine Stimme in einer Ampulle und die schmutzigen Zeichnungen meines unwürdigen Mannes in einer anderen? Dann, o stürmischste Jungfrau mein, will ich meine Ampulle zurück – Du hast doch so viele –, um nach Hilfe und Liebe zu schreien; und um mich – Lisario – zu retten bäte ich nicht mehr darum, Sängerin zu sein, sondern nur, dass ich von meinem Mann besungen werde, von dem, den ich erwählt habe, und nicht von dem, der mir gegeben wurde.

Deine glückliche und gequälte Dienerin Lisario

Gnädigste,
heute habe ich erfahren, dass Jacques Israël Colmar »Die verlassene Dido« auf die Bühne bringen wird! Wie gern würde ich dieses Schauspiel sehen! Doch das wird nicht geschehen. Ich bin schwanger, meine Herrin, und werde wie eine Kranke behandelt. Mir geht es bestens, doch muss ich so tun, als sei ich schwach, damit mein Mann mein Glück nicht bemerkt. Dieser Brief, meine Herrin, ist sehr kurz, weil mir ist, als hätte man mich heute Morgen bis hierher an den Strand verfolgt, den ich seit jeher aufsuche, um Dir zu schreiben. Ich habe mich suchend umgeblickt, und jetzt schreibe ich Dir weiter. Ich muss mich geirrt haben, nur die Stimmen von Annella, Immarella und Maruzzella, die die Wäsche im Meer waschen, sind zu hören. Ich kehre in meine Gemächer zurück und erbitte Deinen Schutz für meinen Geliebten, gleichwohl er Jude ist!

Deine ergebenste Lisario

PERVERS WIE DIE FISCHE

1

Fast bis Sonnenuntergang hatte er sich wie ein Tintenfisch an den Felsen beim Strand gepresst und auf sie gewartet. Mit steigender Flut hatten ihm die Wellen Wams und Strümpfe durchnässt, und Algen klebten auf seinen Schuhen.

Wenn jemand von der Burg Avicente Iguelmano in dieser absurden Haltung gesehen hätte, die Finger an die Felsnase aus Tuffstein geklammert, das Gesicht vor Anstrengung verzerrt, er hätte es für einen jähen Anfall oder eine tollkühne Inkarnation des Bösen halten können.

Es hatte eine Weile gebraucht, bis er begriffen hatte, wo und weshalb sich seine Frau versteckte, doch jetzt war er sicher, den Ort gefunden zu haben. Er sah die Weiber mit den vollen Wäschekörben zur Festung zurückkehren und hüpfte vorsichtig übers Wasser auf den Sand. Lisario hatte die Dienerinnen zurückgelassen, war dort verschwunden und lange Zeit fortgeblieben, während die Sonne über den Himmel wanderte.

Die kleine Grotte am feuchten Strand – stockfinster, abgesehen von den bläulichen Reflexen des Meeres – wurde von niemandem genutzt, denn die Anlegestelle der Burg befand sich auf der anderen Seite des Strandes. Avicente kniete sich hin, sog den dumpfigen Meeresgeruch in die Nase und tastete mit offenkundigem Ekel die von Steinkorallen und brackigem Schlick überzogenen Wände ab: Er hatte nicht geahnt, dass die Höhle so tief war. Doch abgesehen vom Rauschen des Meeres, huschenden kleinen Krebsen und dem Kreischen der Möwen schien der Stein kein Geheimnis zu bergen.

Avicente Iguelmano wollte gerade wieder kehrtmachen, als sein Handrücken gegen etwas Klebriges stieß, das platschend ins Wasser fiel. Er angelte mit den Fingern danach: eine heruntergebrannte Kerze. Blind tastete er die Nische ab, in der die Kerze gesteckt haben musste. Seine Hand stieß gegen einen festen, eckigen Gegenstand. Metallkanten. Er griff danach und kraxelte aus der nunmehr halb mit Wasser vollgelaufenen Höhle.

Das Tageslicht fiel auf ein beinernes Kästchen. Es hatte kein Schloss, der Deckel war nur aufgelegt, so sicher war sich derjenige, der es versteckt hatte, nicht entdeckt zu werden. Er öffnete es: Darin lagen eine Feder, ein Tintenfass und ein gehefteter Stoß Blätter. Er schlug sie auf.

Stundenlang stand er draußen an die Höhlenwand gelehnt und las, bis der Mond die Sonne am Himmel ersetzte und die Schrift sich nicht mehr entziffern ließ. Das waren also all die Seiten, die die unwissende, stumme, unterwürfige und ungeschickte Lisario geschrieben hatte, seit sie gelernt hatte, eine Feder zu führen. Das dachte sie also, versteckt hinter ihrem Schweigen. In diesen Seiten offenbarte sich alles: Wie Avicente hinsichtlich seiner Behandlung der Schlafenden gelogen hatte, wie die Schlafende sein Tun bemerkt, was sich nach der Heirat in ihrem ehelichen Schlafgemach abgespielt, wie er bei allem und jedem gelogen hatte und nun sogar bei seiner Vaterschaft log.

In übelster Schande war er dem Urteil eines Wesens ausgeliefert, das für ihn weniger als ein Ding gewesen war. Überdies – und das war unerträglich – war das Geheimnis, das er so lange zwischen den Beinen seiner Frau gesucht hatte, dort in ihrem Heft, vergraben in dieser Seele, die zwar nicht sprechen konnte, jedoch hinter aller Rücken und ohne dass es jemand wusste, des Schreibens mächtig war. Der Gedanke durchfuhr ihn wie ein Stich, Wut und Trotz packten ihn, denn noch weniger, als Lisario ihre selbstbestimmte Lust zuzugestehen, konnte er zulassen, dass sie ihren Verstand benutzte und ihn nicht wie einen ungeliebten Gatten oder herrischen Vater fürchtete und hasste, sondern ihm mit Ekel, Gleichgültigkeit und, am allerschlimmsten, mit Spott begegnete.

Eine ungekannte Wut, heftiger noch als das, was er empfunden hatte, als seine Frau sich seinen wissenschaftlichen Beobachtungen verweigert hatte, stieg in ihm auf. Er war seines Rechts und seines Besitzes beraubt und in seiner Männlichkeit verhöhnt worden. Bei Tonno hatte er kürzlich ein gedrucktes Buch gelesen, ein Theaterstück mit dem Titel *Der Mohr von Venedig*, in dem ein gewisser Jago über die Frauen sagte: »Spielt mit dem Haushalt, haltet Haus im Bett.« Sogleich hatte er es zugeschlagen, zu sehr erkannte er seine eigene Frau darin und hasste sie noch mehr für ihren Betrug. Wie hatte er sich damit gequält, den Schuldigen für die erlittene Demütigung, den Vater des Bastards, zu finden, und nun stand sein Name dort auf den letzten Seiten des Heftes: Jacques Israël Colmar. Ein Handwerker, und Jude noch dazu.

Sogleich degradierte diese Entdeckung Lisario wieder zur Ehefrau, zur Entehrten und Betrügerin, denn wie jedem Mann fiel es Avicente leichter, einen anderen Mann, und sei er noch so niederen Ranges, verantwortlich zu machen, als an die eigenmächtige Tat der Ehefrau zu glauben. Jetzt konnte er auf Rache sinnen und die erlittene Schmach vollkommen rechtmäßig mit Blut reinwaschen.

Dennoch konnten diese Seiten ihm gefährlich werden: Wenn irgendjemand sie von vorn bis hinten läse, wäre er als Scharlatan entlarvt. Dabei sollten Lisario und ihr Franzose zittern, nicht er; sie war es, die alles verlieren sollte: Zuneigung, Sicherheit, Schutz.

Zitternde Knie und zornige Tränen hielten ihn nicht davon ab, in die Höhle zurückzukehren und entlang der Wände die wohlversteckten Bücher aufzustöbern, die Lisario entwendet und gelesen hatte.

Er suchte sich ein kleines Boot, schleifte es bis zur Höhle, lud sämtliche Bücher seiner Frau hinein, versteckte es in einer Felsennische und vertäute es dort, wo die Fischer nicht entlangkamen.

Und was sollte er mit dem Heft tun? Er überlegte, es zu lassen, wo es war – indes: nein. Er würde es mitnehmen, versteckt unter dem Hemd.

Er stieg zur Burg hinauf. Bei dem Gedanken an das Wiedersehen mit der Lügnerin wurden seine Beine mit jedem Schritt steifer. Wie geschickt hatte sie alle hinters Licht geführt, selbst den Vater und die Mutter.

Und dann beschlichen ihn weitere Zweifel: Wussten die Nonnen im Kloster über sie Bescheid? Hatte sie der Oberin geschrieben? Und dieser Mann, mit dem sie Ehebruch beging, wusste der alles über ihn? Lief er selbst ernsthaft Gefahr, zum Gespött zu werden, und setzte das Geschwätz eines dahergelaufenen Klecksers, der ihm dazu noch die Frau geschwängert hatte, seine Stellung als Hofarzt aufs Spiel?

Als er ins Esszimmer trat, saß dort die strahlende Lisario. Woran das lag, war nicht zu sagen, wenn es bei diesem geheimnisvollen Lebewesen denn überhaupt Gründe gab. Sie erfüllte all ihre Pflichten mühelos und mit frischem Eifer und hörte nicht auf die warnenden Stimmen, die ihr anrieten sich ruhig zu verhalten und auszuruhen, um diese von allen so sehr ersehnte Schwangerschaft nicht als blutiges Klümpchen enden zu lassen. Lisario erblühte und wurde dicker, und es schien, als ließe ihr Bauch sie schweben. Sie drehte sich um, um zu sehen, wer eingetreten war, erblickte Avicente und wandte sich wieder dem schnurrenden Gatito zu, dem einzigen Wesen, das sie mit offensichtlicher Zuneigung bedachte. Um sie geschart saßen die Dienerinnen.

Es war nur ein kurzer Augenblick. Wortlos ging Avicente auf sie zu, riss ihr die Katze aus den Armen und schleuderte sie gegen die Wand.

Der sonst so wendige und schnelle Gatito schlug mit dem Kopf gegen die Mauer und fiel reglos zu Boden, das schöne Fell schlaff wie ein Schal. Die Dienerinnen kreischten auf, Lisario hatte den Mund aufgerissen und ballte die Fäuste. Avicente hielt sich die Ohren zu, als würde seine Frau tatsächlich schreien. Dann griff sie sich sämtlichen Hausrat, dessen sie habhaft werden konnte – Teller, Vasen, Krüge, Kämme, Orangen, Brot, alles, was auf den Tischen und Truhen stand –, und schleuderte ihn gegen ihren Mann, der entgeistert zurückwich und eilends die Tür hinter sich zuschlug.

Die Klage der Dienerinnen verstummte erst im Morgengrauen. Avicente reagierte nicht auf den unablässig an die Tür hämmernden Don Ilario und auch nicht auf das Gezeter von Donna Dominga, die eine Fehlgeburt fürchtete.

Heimlich bestatteten Annella, Immarella und Maruzzella den toten Kater.

2

Um nicht mit dem Schwiegervater, der sein Ein und Aus argwöhnisch im Auge behielt, der Schwiegermutter, die Verwünschungen kreischte, und der wie eine heilige Märtyrerin sorgsam abgeschirmten Lisario auf der Zitadelle bleiben zu müssen, nahm Avicente tags darauf eine Einladung des *Eletto del Popolo* Tonno d'Agnolo zum Mittagessen an.

Wegen der Steuern standen die Zeichen in der Stadt auf Sturm – es war der Sommeranfang des Jahres 1647 –, doch Tonnos Geschäfte liefen nicht schlecht, und so richtete er üppige Festessen für seine Kunden und Gläubiger aus.

Die Nachricht von der bevorstehenden Vaterschaft des Arztes hatte sich, ob er wollte oder nicht, herumgesprochen, und alle ließen ihn hochleben: In jedem Palazzo, den er in Ausübung seiner ärztlichen Pflicht besuchte, um Zipperlein, Erkältungen und als Rheuma getarnte Syphilis zu kurieren, hatte er süßen Wein getrunken. Das erste Kind des Doktors, es lebe hoch! So ging das schon seit Tagen, und Avicente stand Qualen aus: Zu dem verbissenen Versuch, das Geheimnis der Frauen zu lüften, ein Unterfangen, das ihn bereits an den Rand des Wahnsinns brachte, hatte sich nun die verzweifelte Notwendigkeit gesellt, den Mann zu finden und zu töten, mit dem Lisario ihm, wie man in Neapel sagte, »einen Korb Schnecken auf den Kopf gesetzt« hatte.

Doch bei dem Gedanken an das Heft, das er sorgsam versteckt hielt, platzte ihm restlos der Kragen. Selbst wenn es verschwand, würde Lisario ihre Geschichte abermals aufschreiben können, und so wäre es das Mindeste, ihr die Hände abzuhacken. Aber mit welcher Entschuldigung? Wegen des offensichtlichen Ehebruchs? Bei den Arabern war das so: Ach, wie gern wäre er ein Muselman, um seinem Weib die gebührliche Strafe angedeihen zu lassen!

Dies waren die sonnigen Gedanken, die Avicente im Kopf herumgingen, als er bei Tonno über die Schwelle trat. Tonno, der Avicentes immer kläglicheren Zustand sehr wohl bemerkte, jedoch so tat, als wisse er nicht, einen Gehörnten vor sich zu haben, rief ihm entgegen: »Heda! Und, wollen die beiden Täubchen Argiento Vivo und Pubbreca nicht anständig mit Euch turteln? Diese gerissenen Hexen?«

»Was sagt Ihr? Ich habe die beiden seit einer Ewigkeit nicht mehr gesehen …«

»Und um Euch zu necken, haben sie Euch behext! Ihr müsst einen Krug voller Samen oder Kornähren vor die Tür stellen, dann kommen die Hexen des Nachts, um sie zu zählen … Tut Ihr's nicht, hocken sie sich Euch auf den Bauch und saugen Euch die Seele raus … Ihr seht tatsächlich aus wie ein ausgedrückter Waschlappen …«

Avicente schüttelte betrübt den Kopf und begrüßte die übrigen Gäste. An jenem Sonntag waren auch die beiden holländischen Bankiers Vandeneyden und Roomer, welche die Geschicke des Vizekönigreiches lenkten, geladen, außerdem ein deutscher Anatom namens Johannes Töde, dessen Anblick allein einem Angst und Bange machte, ein alter Mönch mit Namen Père Olivier de Saint-Thomas, der sich aus den Pyrenäen ins Kamaldulenserkloster zurückgezogen hatte, sowie ein frisch aus Rom eingetroffener Maler, ein hübscher, eitler Holländer namens Michael de Sweerts, der sich sogleich vorstellte und verlangte, Cavaliere genannt zu werden.

In diesem bunten Durcheinander aus Sprachen und Gepflogenheiten führte Tonno das Wort, und wie immer und jedes Mal war das Gesprächsthema Neapel.

»In dieser Stadt gibt's nur Hidalgos, Caballeros, Hundsfötter und Advokaten. Dann gibt's da noch die Priester…«, er machte eine anerkennende Geste in Richtung Père Olivier, »… und schließlich die Dirnen, auf die meine Wenigkeit spezialisiert ist. Wisst Ihr, wer die Hundsfötter sind? Das sind diese Lazzaroni, die Ärger machen. Dieses Mal wird es nicht damit getan sein, dass die Spanier im Namen Ihrer hochkatholischen Majestät alles mit einem Schild versehen: Diesmal geht's böse aus, das könnt Ihr mir glauben…«

»Aber Spanien…«, warf Vandeneyden ein und hob den langen Zeigefinger. Tonno schnitt ihm das Wort ab. »Spanien, Spanien… Spanien ist eine Provinz Neapels!«

»Solcherlei Probleme lassen sich nur durch die Schulen lösen… Auf die Bildung kommt es an, auf die Ausbildungsstätten, die Konservatorien…«, meinte Roomer und rieb Zeige-, Mittelfinger und Daumen in typischer Geldzählermanier aneinander.

»Aber hier wetteifern gleich vier miteinander, und trotzdem ist diese Stadt dümmer als ein altes Betmütterchen!«, protestierte Vandeneyden, der den Konservatorien Geld zu Wucherzinsen lieh.

»Die Dichtung und die Künste sollten stets mit öffentlichen Mitteln finanziert werden…«, wandte sich Roomer abermals streitlustig an seinen Freund, der in seinen Augen den Spaniern nur allzu bereitwillig die Löcher stopfte.

Hier meldete sich Cavaliere Suàrs empört zu Wort: »Verzeiht, aber so würde es auf das Gleiche hinauslaufen wie jüngst in Rom, wo man irgendwelche Stümper beauftragt, nur weil sie dem, der gerade das Sagen hat, die Stiefel lecken… Und dann? Was passiert dann? Alles, was gemalt und geschrieben wird, verliert an Niveau, und je mehr es an Niveau verliert, desto schneller stirbt die Kunst und bleibt im Überkommenen verhaftet ...«

Unterdessen wurden immer neue Silbertabletts auf Tonnos flandrisches Tischtuch aufgetragen, das Essen reichte von einem Ende der kaum überschaubaren Tafel zum anderen, ähnlich dem Reich Karls V., in dem die Sonne niemals unterging: Gänse, Kapaune, Wachteln, Hühnchen, Hammel und Wildschwein, Doraden, Makrelen, Langusten, Aal und Brassen.

»Esst, Cavaliere, erweist mir die Ehre ...«

»Unter Malern ist es Sitte, sich in der Liebe und im Essen zu bescheiden«, bemerkte Sweerts. »O ja, diese Mäßigung ist mir wohlbekannt ...«, stichelte Roomer sogleich. »Einige der größten Maler des vergangenen Jahrhunderts sind gar Hungers gestorben, dieser Pontormo beispielsweise, er führte über seinen täglichen Stuhlgang Buch und listete sämtliche Samen und Früchte auf, die er aß ...«

Père Olivier hob pikiert den langen, aristokratischen Finger. »Man sollte weniger essen ...«

»Nun kommt schon, Pater, wollt Ihr uns auch dieses Vergnügen nehmen ...«, protestierten einige.

Der alte Mönch wackelte mit dem Finger.

»Das, was uns am meisten Vergnügen bereitet, bringt uns um«, sagte er und stieß den Finger in Richtung der Bäuche seiner Tischgenossen.

»Und was wäre Eurer Meinung nach das beste Gegenmittel, Pater? Grünzeug und Körner?«, insistierte Roomer kauend.

»Das beste Gegenmittel?«, lächelte der Alte schlau. »Bringt mir ein wenig Mehl, Salz und Wasser.«

Tonno gab der Dienerschaft ein Zeichen. »Tut, was Pater Olivier gesagt hat, hopphopp.«

Mehl, Salz und Wasser wurden gebracht, Père Olivier rührte alles zusammen, nahm einen Löffel, hielt ihn einen Augenblick im Mund, mischte den Brei mit Speichel und spuckte ihn in die Tasse zurück. »Hier. Die beste Nahrung für ein Neugeborenes oder einen Sterbenden. Prost.«

Er trank die Tasse aus. Die Umsitzenden konnten ihren Ekel kaum verbergen. Der alte Mönch, der noch sämtliche Zähne besaß, musterte sie belustigt und hob wieder den langen Finger.

»Wir sind das, was wir essen. Hühnchenesser sind kropfig und glotzäugig und rennen gluckend durch die Gegend.« Er deutete auf Iguelmano, der offenbar eine Schwäche für Geflügel hatte. »Lammesser sind zerzaust und streitsüchtig wie Schafsböcke…«, nun war Vandeneyden an der Reihe, den das Bild des von seinem Landsmann Roger van der Weyden gemalten mystischen Lammes durchzuckte, wie es sich auf einem allzu grünen Rasen am Spieß drehte. »Rinderesser sind weltverdrossen und verjagen murrend die Fliegen. Und Schweinsesser sind schmutzig und wirr.« Damit war Roomer gemeint, der sogleich schnaubend an einer Schleife herumnestelte, die von seinem Kragen baumelte. »Fischesser schließlich sind pervers: Sie sind arglistig, verteilen ihren Samen mal hier mal dort…« Mit der Hand ahmte er die wedelnde Bewegung eines schwimmenden Fisches nach und deutete damit auf Cavaliere Suàrs, der sich an den Hals griff wie ein Mädchen kurz vor der Ohnmacht. »Und die Menschheit ist noch viel schlimmer, denn sie isst all dieses tote Zeugs durcheinander!«

Ein langes Schweigen folgte. Nur Tonno schmatzte unverdrossen weiter.

Père Olivier blickte ihn angewidert an. »Neapolitaner und Spanier: pervers wie die Fische!«

Man versuchte, das Thema zu wechseln und über Malerei zu sprechen, doch Père Olivier schlug mit der Faust auf den Tisch: »Ihr alle«, er zeigte auf die Bankiers, »sammelt Werke von Prassern und Geizhälsen, von Mördern, Sodomiten, sogar von Frauen! Diebe und Betrüger ...«

»Wen meint Ihr damit?«, platzte Roomer heraus.

»Diese Maler!«, rief Père Olivier und deutete auf Sweerts, der immer größere Augen machte und den Mund nicht mehr zubekam. Bei dem Wort »Sodomit« hatte irgendetwas ihm die Kehle zugedrückt, vielleicht der Rosenkranz, den er trug, oder der Gedanke an das Henkersseil, denn in Neapel wie in Holland war dies die endgültige, unabwendbare Strafe für Sodomiten.

»... und Ihr bezahlt sie gepfeffert!«, fuhr Père Olivier fort. »Ist es Euch denn egal, dass dieses Pack in Gottes Augen eine Schande ist?«

»Und wenn es Euren Gott gar nicht gibt?«

Alle hatten den Anatom ganz vergessen: Töde hatte gesprochen, ohne die kaum vorhandenen Lippen zu bewegen. Es war, als redete ein Schädel.

»Ketzerei!«, schrie Père Olivier. »Aus welchem heidnischen Winkel der Vergangenheit kommt dieser Blödsinn?«

Töde hob beschwichtigend das Messer.

»Jahrhundertelang sind sich Eure Kirchenväter über die göttliche Natur Christi in die Haare geraten ... Und unter ihnen waren Diebe, Mörder, Sodomiten. Meint Ihr wirklich, sie seien besser als die Maler? Künstler tun niemandem etwas zuleide ...«

»Sie verderben den Verstand! Sie verbiegen die Seelen!«

»Wenn Ihr in meinen Leichenkeller kommt, Pater, dann

zeige ich Euch ein paar zerrüttete Behausungen Eurer Seele … Eingeweide, Arme, Schädel …«

Mit hochrotem Gesicht, als habe er Hammel, Schwein, Rind und Geflügel durcheinander gegessen, stemmte sich Père Olivier mühsam aus dem Stuhl. Sweerts saß scheinbar entspannt mit hängenden Armen da, doch in der Hand wrang er eine Serviette, als wollte er seine Mutter strangulieren; einer von Tonnos Hunden zerrte daran. Vandeneyden und Roomer versuchten die Gemüter zu beruhigen.

Avicente Iguelmano hingegen hatte unversehens aufgehorcht. »Ist die Seele auch der Sitz der Lust?«, wandte er sich an den Kapuziner.

Père Oliver de Saint-Thomas starrte ihn verächtlich an. »*Quoi êtes-vous? Un épicurien?!* Und dieser Maler«, er deutete auf Sweerts, »was ist der? Ein gotischer Kirchenkleckser?«

Bei Sodomit hatte Michael sich noch zurückgehalten, doch bei dem Wort gotisch, der schlimmsten Beleidigung für einen Maler des Goldenen Zeitalters, platzte ihm der Kragen. »Ihr nennt mich gotisch?!«

»Meine Herren, meine Herren!«, drängte Roomer, während alle durcheinanderschrien. »Das gute Mahl unseres Gastgebers … meine Herren …«

»Pervers wie die Fische!«, kreischte Père Olivier.

»Ich bitte Euch, vertragt Euch doch. Denkt an die drei Grazien …«, versuchte es Vandeneyden, der die Humanisten mit esoterischer Gewissenhaftigkeit gelesen hatte, »denkt an Marsilio Ficino …«

Doch Père Olivier sah rot. »*Ces trois gros culs!*«

»He, der hat die Grazien Fettärsche genannt!«, prustete Tonno los.

Michael war sprachlos, Vandeneyden bebte. »Wer hat diesem Alten was zu trinken gegeben?!«, brüllte er.

»*Les artistes!* Nackte männliche Heilige, damit Eure Frauen Euch gefügig sind! Bilder von weiblichen Heiligen beim Koitus!«

Avicente hob erneut an, besessen von seiner fixen Idee: Dieser Weg würde ihn noch weit bringen. »Wollt Ihr damit sagen, die göttliche Ekstase sei wie die Ekstase des Koitus?«

Doch Père Olivier de Saint-Thomas war vollkommen außer sich und wurde von den Dienern hinausgeschleift. »Männer mit Männern! Tiere mit Frauen! Männer mit Tieren! *Fornicateurs damnés*!«

Tonno stocherte seelenruhig in einem Kapaun herum. »Diese gebildeten Gespräche machen wirklich hungrig …«

3

Es endete damit, dass Sweerts nach dem Mittagsmahl empört verschwand. Iguelmano dagegen, dessen düstere Gedanken um Lisario kreisten, darum, wie man ihr die Hände abhacken und sie für ihren Ehebruch bestrafen und wie er sich von der Schmach reinwaschen konnte, der arrogante Dummkopf zu sein, als den sein Vater ihn stets bezeichnet hatte, begleitete den Anatom ein Stück Richtung Ospedale della Pace, wo dieser seine Wohnung hatte.

Das Spital, einst Familiensitz von Sergianni Caracciolo, jenes Mannes, der zur Zeit der Durazzo-Regentschaft in Neapel Liebhaber von Königin Johanna gewesen war und von dieser nach zwanzig Jahren des Ministeramtes und des geteilten Bettes ermordet wurde, war seit Beginn des Jahrhunderts zum Krankenhaus für Aussätzige umgebaut worden, denn es verging kein Jahr, in dem Neapel nicht von einer Epidemie heimgesucht wurde.

Sie durchschritten den katalanischen Eingangsbogen – gotisch, hallte Père Oliviers abfälliger Ausruf in Avicentes Ohren nach –, und Töde grüßte knapp die zahlreichen Ärzte, die das Krankenhaus verließen. Der Hof war in frühabendliches Sonnenlicht getaucht, die Ordensschwestern hielten Tische und Töpfe für die Speisung der Patienten bereit, und Rauch und Stimmen stiegen zwischen den Bäumen und den Efeupflanzen auf, die an den alten Steinen emporrankten.

Sie traten auf das Geländer zu, das als Schutzbarriere zwischen Ärzten und Patienten diente. Die großen Fenster und die Fresken ließen den Gestank, das Jammern der Kranken und den Gebetssingsang erträglicher erscheinen. Avicente betrat das Krankenhaus zum ersten Mal. Töde führte ihn zu einem Ende des langgestreckten Saales, wo hinter einem elegant gestalteten Sichtschutz der Operationssaal lag. Avicente konnte den Blick kaum losreißen. Töde zog ihn weiter. Die enge Wendeltreppe, die in das Untergeschoss führte, endete in einem Keller, in dem der Anatom die Reste seiner Untersuchungen aufbewahrte. Es war dunkel, nur zwei Öllampen brannten, und Avicente stolperte und streifte mit der Hand die feuchte Wand.

»Angeblich stammt dieser Fußboden aus der Zeit Neros«, sagte Töde und zeigte auf Mosaike, die in einer Ecke an den ausgetretenen, mit Amphoren und wackeligen Tischen vollgestellten Boden grenzten: Vor wenigen Jahren hatte der Raum noch als Stall gedient.

»Hier habe ich ein sehr gut konserviertes menschliches Herz«, fügte er hinzu und gab irgendeinen Ausspruch Galens zum Besten, der Iguelmano jedoch entging, denn seine Augen hatten sich inzwischen an das Dunkel gewöhnt, und er konnte die Leichname besser erkennen: Es waren allesamt Frauen.

»Weshalb …«, hob er an.

»Oh, die Männer hebe ich nie vollständig auf«, erwiderte Töde und zeigte ihm etwas fächerartiges Rotes, das der Arzt zuerst für einen Korallenzweig hielt, ein Sammlerstück.

»Das Arteriensystem einer Frau«, erklärte Töde und zeigte auf einen ähnlichen, jedoch sehr viel längeren und verzweigteren Fächer, der mit Reißnägeln auf einem Brett befestigt war. »Zu Lebzeiten war sie eine stille Person. Ich wollte sehen, wie ihre Nerven beschaffen sind.«

Verstört betrachtete Avicente die kleinen perlmutternen Nagelköpfe, die das periphere Nervensystem der Unglücklichen fixierten: Ebenso wie das Arteriensystem wirkten die Nervenstränge wie mit Wachs überzogen und schillerten in leuchtenden Farben, gerade so, als wären sie noch von Leben durchflossen und eingebettet in den Rücken der Unglückseligen.

»Wisst Ihr etwas über die pubischen Nerven des Weibes?«, fragte Avicente, wiewohl er aufs Äußerste angewidert war: Da war sie wieder, die Operation, der er als Kind in Padua hatte beiwohnen müssen, hier, direkt vor seinen Augen, in endloser Wiederholung, und der Gestank der Leichen, das fehlende Licht … wäre seine Obsession nicht gewesen, er wäre gewiss zusammengebrochen. »Was wisst Ihr über die … weibliche Lust?«

Töde lächelte lippenlos. »Alles, was ein erwachsener Mann darüber weiß, Dottore.« Er machte eine ausholende Armbewegung in den Raum. »Aber hier habe ich keinerlei Lust gefunden: Seht Ihr welche?« Er zeigte auf die mit Spiritus und menschlicher Materie gefüllten Glasbehälter.

»Ja, aber …«, beharrte der Spanier, »… sie empfinden Lust, und ich begreife nicht wie … sie empfinden sie auch ohne uns.«

»Und wieso ist Euch das so wichtig?«

»Weil … sie uns etwas nehmen.«

»Diese Gänse?« Er wies auf die Leichen.

»Wenn sie auch ohne uns Lust empfinden können, können sie vielleicht noch mehr ohne uns …«

»Ich begreife nicht.«

»Stellt Euch vor, sie würden ohne uns schwanger … Immerhin, die Jungfrau Maria …«

»Märchen. Selbst die Pfaffen wissen, dass das eine Lüge ist.«

»Aber angenommen, es ist eine Metapher, angenommen, es ist ein Mythos, der eine andere Wahrheit erzählt…«

»Ich habe gehört, Ihr habt ein Kind gezeugt…«

Avicente senkte den Blick. Der Anatom musterte ihn prüfend.

»Wollt Ihr mich glauben machen, dass Eure Frau durch göttliche Fügung empfangen hat? Oder erzählt sie Euch das?«, grinste er.

Avicente funkelte ihn zornig an, und Töde hob entschuldigend eine Hand.

»Wie dem auch sei… Wenn also die Frauen ohne uns schwanger würden?«

»Stellt Euch eine Welt ohne Väter vor: Auf wen würden wir unsere Autorität ausüben?«

Geradezu beleidigend unverhohlen ließ Tödes Miene dessen Zweifel ob Avicente Iguelmanos Autorität erkennen, doch der scherte sich nicht darum.

»Wir wären der Willkür derer ausgeliefert, die die Kinder zur Welt bringen und erziehen… Und bald wäre auch das Geld in ihren Händen…«

Töde lachte. »Blickt Euch doch um. Diese Frauen sind tot. Und sie haben rein gar nichts verfügt oder befohlen. Ihr fantasiert.«

»Aber wenn Ihr mir hülfet, dieses Geheimnis zu durchschauen, würden wir berühmt und…«

Töde fischte Stücke menschlicher Arme aus einem Sack und ließ sie lautstark in ein Becken krachen. Avicente bedeckte die Nase mit seinem Mantel.

»Ich glaube nicht an Euer Vorhaben, Dottore. Wen interessiert schon das Geheimnis eines minderwertigen Wesens? Ein Tier tut das, was ihm aufgetragen wird, es gehorcht und folgt und empfindet das, was ihm zu empfinden vorgegeben wird. Ihr träumt von einer Welt, die das weibliche Gehirn wertschätzt?« Er deutete auf den Tisch. »Ihr Nervensystem?«

»Ich rede von der Seele …«

»Schon wieder. Diese südländischen Ideen … Doch wenn eine Frau, die mir gehört, versuchen wollte, ohne mich Lust zu empfinden …«, sagte er und blickte Avicente unverwandt an, »würde ich meinen, sie versuche es mit einem anderen …« Iguelmano klammerte sich an den Rand des Seziertisches. »… und in diesem Fall wüsste ich ganz genau, was ich täte.«

Töde kippte organische Flüssigkeit in eine Schüssel. Iguelmano schwieg. Würde er diesen Unbekannten bitten können, für ihn Rache zu üben?

Nach einer Weile hob der Anatom wieder zu sprechen an. »Und Ihr meint, die Seele empfindet beim Geschlechtsverkehr Vergnügen?«

Iguelmano zuckte die Schultern. »Empfindet Ihr etwa keines?«

»Noch nie passiert«, brummte Töde.

Das erklärte einiges, dachte Avicente. Hätte er selbst auch nie welches empfunden, hätte er jetzt nicht so viele Skrupel, seine besudelte Ehre zu rächen.

In dem tröstlichen Glauben an seine vermeintliche moralische Überlegenheit verbrachte er den ganzen Nachmittag mit dem Deutschen und erwärmte sich an der unausgesprochenen Möglichkeit des Mordes.

4

Der Juni war gekommen und mit ihm der Sommer, der Schirokko, die Bienen und Grillen. Weil es sich so geziemte und um sich der Öffentlichkeit glücklich zu präsentieren, beschloss Avicente am Abend nach dem Mittagsmahl bei Tonno, seine Frau ins Theater auszuführen, womit er alle – Don Ilario und Donna Dominga, die Diener und Mägde und selbst Lisario – glauben ließ, er wolle um Vergebung für den Mord an Gatito bitten, was die Schwiegereltern für eine angemessene Wiedergutmachung hielten und wodurch sie ihr Lächeln wiederfanden.

Einzig Lisario blieb auf der Hut, als würde sie ihren Mann und seine schlechten Absichten durchschauen. Um ihre Gesundheit nicht zu gefährden, war ihr verboten worden, das Haus zu verlassen, weshalb sie auch nicht mehr zur Höhle hatte zurückkehren können, andernfalls hätte sie noch klarer erkannt, welcher Gefahr sie sich aussetzte.

In Wirklichkeit hatte sich Avicente Iguelmano sehr genau über die Darbietung informiert, die im Theater der Florentiner am Largo delle Corregge gegeben wurde. Eine Komödie von Tirso da Molina, Kulissen, Bühnentechnik und Beleuchtung von Jacques Israël Colmar. Er befahl, seine Frau einpacken zu lassen wie eine Torte, in drei Schichten Schleier und mit doppelter Halskrause, und schob sie neben sich in die Kutsche.

Die Liederlichkeit der spanischen Schauspielerinnen war

bekannt, obschon die wirklich freizügigen Komödien in jenen Jahren in der Villa La Duchesca aufgeführt wurden, derweil in einer anderen, »Das Zimmer der Italiener« genannten Räumlichkeit ernstere und weniger anstößige Werke gespielt wurden. Dem Stadtadel und den Ordensleuten schmeckte es nicht, dass auf der Bühne getanzt wurde, wie es in den spanischen Komödien bisweilen vorgesehen war, und auch, dass die Spanierinnen vor dem Publikum breit grinsend mit den Brüsten wackelten, kam, so hieß es zumindest, nicht gut an. Frauen auf der Bühne waren eine Sache, aber Nutten waren zu viel des Guten. Mercedes de Los Angeles, die zu jener Zeit in Neapel berühmteste Aktrice und Lieblingsschauspielerin von Tirso da Molina, war an diesem Abend in der Rolle der verlassenen Dido zu sehen.

Während Avicente bei Lisario die hintersten intimen Winkel und das winzigste Zucken der Schleimhäute erkunden wollte, konnte er den Schwung und Esprit der Schauspielerinnen auch aus der Ferne genießen. Dennoch war auch dieser Theaterbesuch Teil seiner Forschungsarbeit: Vermochten die Darstellerinnen jene geheimnisvolle Woge glaubhaft zu simulieren, die bei Lisario so wahrhaftig und bei den Schlampen des Vizekönigs so falsch erschien? Und würde er selbst, Avicente Iguelmano, es wagen, Mercedes um eine wissenschaftliche Zusammenkunft zu bitten, auf die Gefahr hin, vom Degen des Theaterdirektors durchbohrt auf dem Seziertisch zu landen? Wie wilde Hummeln schwirrten die Gedanken durch seinen Kopf, während er mit seiner Frau vor der Bühne Platz nahm, er voll kühnem Stolz, am Finger einen riesigen Rubin, den ihm Señora di Mezzala geschenkt hatte, Lisario in ihrer übertriebenen Aufmachung befangen.

Die Mitglieder der Compagnia della Morte betraten das Theater, Neapolitaner von Rang oder Künstler, denen es nichts ausmachte, haufenweise Spanier abzumurksen, weshalb die Hidalgos misstrauisch die Hälse reckten. Beklommen musterte Avicente die Gesichter der Anwesenden, um potentielle Aufrührer oder Mörder auszumachen, aber vor allem suchte er den Franzosen. Und dort in einer Ecke war er, Colmar, ohne Stuhl, bescheiden gekleidet, das Gesicht vom Kerzenlicht erhellt.

Auch Lisario sah ihn, oder besser, sie spürte ihn wie die Katze die Gefahr: Sie blickte mal hierhin, mal dorthin, bis sie dasselbe Gesicht erspähte, das ihr Mann zu übersehen schien. Sie starrte Jacques so lang und durchdringend an, dass der Franzose nicht anders konnte, als zu ihr hinzusehen. Trotz des Schleiers erkannte er sie und fuhr zusammen. Im ersten Moment wollte er zu ihr eilen, doch Lisario hob warnend den Finger, eine winzige Geste, die jemand anders als ein kurzes Fächeln der Hand hätte deuten können, denn die Luft war stickig. Jacques war sofort wie gelähmt und überlegte verzweifelt, wie er dieses Verbot umgehen könnte.

Indessen hatte Mercedes de Los Angeles die Bühne betreten.

Jacques, der für die Beleuchtung zuständig war, bezog neben den Lampen Stellung. Zwischen flackernden Kerzen löste sich Mercedes mit üppigem Busen und finsterem Blick aus der Dunkelheit, sie trug ein Kleid, das einem antiken phönizischen Peplon nachempfunden und mit künstlichen Muscheln aus Holz verziert war. Aeneas, der Theaterdirektor und gleichzeitig Mercedes' Gatte, stand abseits, die Trennung war bereits gewiss. Hellblaue Stoffbahnen wogten, vom Blasebalg bewegt, und aus großen Terrakottavasen dröhnte der Sturm übers Mittelmeer.

Jacques hatte auch für einen Blitz gesorgt und eine Reisemaschine ersonnen, die hinter den Schauspielern die Orte ihrer Idylle vorbeiziehen ließ. Während Aeneas auf Spanisch deklamierte, brannte hinter ihm Troja, das Jacques in düster glühenden Farben in Öl auf eine riesige venezianische Leinwand gemalt hatte.

Als Dido ihrem Geliebten in die Augen blickte, sahen sich Lisario und Jacques über Stühle, Köpfe und Hüte hinweg an. Lisario lächelte ihm zu, und er blickte fahl zurück, fast so, als machte ihn das Meer, das auf der Bühne wogte, seekrank.

Avicente sah dem Bühnenmeister direkt ins Gesicht. Dann seiner Frau.

Lisario begegnete seinem Blick und wurde blass.

Ihre Hand glitt vom Rock; irritiert griff Avicente danach. Bei Aeneas und Dido nahm die Tragödie ihren Lauf und die Königin hob empört ihre Stimme. Avicente drückte Lisarios Hand, bis ihre Finger blau wurden. Die Haut zog sich von den weißen Nägeln zurück. Flehend blickte Lisario ihren Gatten an und starrte auf ihre nunmehr violette Hand. Didos Klage erfüllte den Saal. Aeneas war fort. Voller Entsetzen starrte Jacques zu Avicente hinüber. Während Lisario ihren Gatten noch immer leise keuchend mit den Augen anflehte, ihre Hand loszulassen, hatte dieser nur Ohren für Dido und schien alles um sich herum zu vergessen. Der Moment des Scheiterhaufens war gekommen. Jacques betätigte ein paar Hebel, und unter den bedauernden Ausrufen des Publikums tauchte aus der Unterbühne die Bahre der Königin auf.

Zu Lisarios Erleichterung ließ Avicente ihre Hand los, doch nur, um Señora di Mezzalas riesigen Rubin in die Handfläche zu drehen. Dann packte er erneut zu und drückte seiner Frau den spitzen Stein ins Fleisch.

Lisaro presste die Lippen zusammen.

Die falschen Holzscheite loderten in gemalten Flammen, und Feuerwerksfunken imitierten das Prasseln des Scheiterhaufens. Die Lampen wurden gedreht, sodass das Feuer nun gierig über die Wände leckte. Ohne Lisario loszulassen suchte Avicente mit der anderen Hand nach einem Taschentuch, um sich die Lippen zu tupfen. Blut rann aus den vereinten Handflächen und befleckte Signora Iguelmanos Festkleid. Lisario hielt den Blick auf die Stuhlbeine geheftet, klaglos, ohne Tränen, mit angehaltenem Atem. Jacques, der zu weit entfernt war, um ihr zu Hilfe zu eilen, sah, dass Lisario samt ihrer Seele geflohen war: Sie waren draußen auf dem Platz, weit weg, vielleicht saßen sie am Brunnen, vom Körper losgelöst.

Ein mächtiger blauer Bug tauchte mit geblähten Segeln zwischen den Sturzwellen auf, der im Fackelschein purpurrot erstrahlende Mond führte Aeneas von Karthago nach Rom. Das Licht und der Qualm der Kerzen stachen Jacques in den Augen. Begeisterter Beifall ging über Didos Leichnam nieder. Das Publikum pfiff, klatschte und johlte in verschiedenen Sprachen, und Jacques sausten die Ohren.

Nachdem der Theaterdirektor sich und seine Frau hatte beklatschen lassen, forderte er die Zuschauer auf, dem Bühnenmeister zu huldigen, doch Jacques klebte wie angewurzelt auf seinem Stuhl hinter der Bühne und musste sich mit geballten Fäusten und zusammengebissenen Zähnen von den Schauspielern auf die Bühne schleifen lassen.

Ungeachtet des jubelnden Gedränges war Avicente aufgestanden, und folgsam wie ein Hund tat seine Frau es ihm nach. Der Weg aus dem Saal führte an der Bühne vorbei, und der Spanier verließ das Theater in vollkommenem Schweigen, einem derart beredten Schweigen, dass Jacques meinte, von einer Steinschleuder getroffen zu werden. Er sprang auf, kletterte auf den Scheiterhaufen neben Dido, die gerade ihr Gewand in Ordnung brachte und Handküsse ins Publikum warf, und brüllte: »Ihr, die Ihr zugesehen habt, törichte Geliebte und eifersüchtige Ehemänner, bleibt stehen!«

Im Saal wurde es still, als ginge das Theaterstück weiter. Avicente hingegen blieb nicht stehen, sondern kämpfte sich weiter durch die Menge, und Lisario blieb mit gesenktem Kopf dicht hinter ihm.

»Wer nicht zu lieben weiß, ist des Lebens nicht würdig. So stirbt Dido, doch eigentlich müsste Aeneas sterben, findet Ihr nicht?«

Ein Murmeln erhob sich im Saal.

Der Theaterdirektor nahm Jacques beim Arm. »Gehen wir …«, raunte er, doch der Franzose war wie festgewachsen und ließ sich nicht vom Fleck bewegen.

»Und die Verbrecher, die ihre Frauen vergewaltigen, müssten eines langsamen und qualvollen Todes sterben!«

Jemand bemerkte, der Bühnenmeister hätte wohl einen über den Durst getrunken, der Theaterdirektor zerrte den taumelnden Jacques von der Bühne, doch sein ausgestreckter Arm und sein Zeigefinger deuteten auf Avicente.

Der Arzt drehte sich zu seiner Frau um und musterte sie für eine gefühlte Ewigkeit. Lisario indes wagte nicht zu atmen, vielleicht noch nicht einmal zu denken, wie Lots Weib war sie zur Salzsäule erstarrt. Das Blut ihrer Hand troff auf den Rock, jemand, der neben ihr stand, hatte es bemerkt und sagte: »Signora, um Himmels willen, seid Ihr verletzt?«

Mit leiser, kontrollierter Stimme, wie sie den Hochnäsigen und Unsicheren zu eigen ist, zischte Avicente dem Theaterdirektor zu: »Wir haben nur für eine Vorstellung bezahlt, aber wie ich sehe, wollt Ihr uns eine zweite bieten.«

Der Theaterdirektor setzte ein breites Lächeln auf, lupfte die Kappe, die er als Aeneas getragen hatte – sie sollte wie eine phrygische Mütze aussehen –, zog Jacques, der plötzlich weich wie Pudding war, mit einer beherzten Geste hinter die Kulissen, entschuldigte sich und verabschiedete sich dankend vom Publikum. Abermaliger Applaus brandete auf.

Ohne jeglichen Widerstand hatte sich Lisario vom Strom der Zuschauer auf die Straße spülen lassen, wo lärmend das Himmelfahrtsfest gefeiert wurde: Eine nächtliche Prozession schob sich über den Largo delle Corregge, Barfüßer trugen den schwankenden Baldachin der Madonna auf ihren Schultern.

»Feuer! Feuer!«, hörte man es plötzlich schreien.

Eine formlose Masse drängte sie vorwärts.

»Die Obsthandlung ist in Brand gesteckt worden!«

»Wer war das?!«, fragte Avicente.

»Das war dieser Scheißkerl von Naclerio, der nicht will, dass die Gabella abgeschafft wird…«, brüllte eine Alte völlig außer sich und drosch jedem, der ihr in die Quere kam, mit einem Bund frischem Sellerie auf den Rücken.

»Ach was! Das war Masaniello!«, rief ein kleiner, vielleicht achtjähriger Junge mit einem Stock in der Hand, den er den Leuten im Vorbeilaufen gegen die Knie schlug.

»He, Rotznase!«, brüllten ihm die Leute nach.

In all dem Durcheinander richtete Avicente Iguelmano nur ein einziges Mal das Wort an seine Frau: »Schreiben könnt Ihr wirklich gut.«

Lisario riss angstvoll die Augen auf. Sie hatten Mühe, sich zu ihrer Kutsche durchzukämpfen und nach Baia zurückzukehren. Soldaten, Obsthändler, Barfüßer und Lazzaroni versperrten die Straßen.

Die Himmelfahrtsmadonna schwankte über ihren Köpfen dahin wie eine Rah auf stürmischer See.

5

Zurück im Kastell von Baia ließ Avicente seine Frau zu Bett gehen und schlug seine Bücher auf. Das, was er suchte, hatte er bereits gelesen. Aber wo? Er ging die gesamte riesige Bibliothek durch, die er in den vergangenen Monaten zusammengesammelt hatte, und wurde schließlich fündig.

Man musste sie zunähen, mit doppeltem Faden, ganz fest. Man musste die beiden großen Lippen, die er monatelang beobachtet hatte, zunähen und nur ein winziges Loch für den Abfluss des Urins lassen. Ein kurzer Eingriff, und das Kapitel wäre ein für alle Male beendet. Und das Kind der Schande würde nie zur Welt kommen.

Er bereitete die Nadeln vor und besorgte sich Watte. Dann betrat er das Schlafgemach, in dem Lisario erschöpft schlief, die Hand notdürftig verbunden, und weckte sie mit einer Ohrfeige. Er, der Angst vor Blut hatte, der nie Chirurg hatte sein wollen, der nur Heiltränke und Mittelchen verschrieb, öffnete die Schenkel seiner Frau, riss ihr Nachthemd hoch und warf die Laken zu Boden. Er fädelte den Faden in die Nadel. Mit zwei Fingern fasste er das weiche Fleisch und hielt inne wie ein Dirigent, der seinen Sängern den Einsatz gibt. Auf den Auftakt wartete. Auf die Musik. Dann bohrte er die Nadel ins Fleisch, und ein einzelner Blutstropfen trat aus.

Er rannte zum Fenster und übergab sich.

6

Später in derselben Nacht, während Soldaten in der Stadt die Frau eines gewissen Tommaso Aniello verhafteten, weil sie vorgab, ein Kind im Arm zu tragen, das sich als ein Sack unversteuertes Mehl entpuppte, und ein Sommergewitter seine Blitze über dem Golf entlud, erhob sich Lisario benommen vom Schlag ihres Mannes aus dem Bett und ging von Übelkeit, Wut und unguten Vorahnungen gepeinigt in die Küche.

Schlurfende Schritte verfolgten sie, sie hörte, wie hinter ihr Türen geöffnet und wieder geschlossen wurden. Eine Klinge kreischte durch die Stille, als würde jemand ein Messer schärfen. Sie hatte Angst. In der Küche waren die Schritte so nah, dass sie keinen anderen Ausweg sah, als sich in die Anrichte zu flüchten. Sie musste sich liegend hineinzwängen, um ganz darin zu verschwinden. Ihr Körper war gut drei Schranktüren lang. Halbnackt – ihr Nachthemd war hochgerutscht – und mit angehaltenem Atem kauerte sie zwischen Käseformen, angesetztem Sauerteig, Eierschüsseln, Gläsern, Krügen und mit Schweinefett gewachsten Tischdecken und wartete.

Unterdessen schlich Avicente verschwitzt und erregt durch die Zimmer. Ab und zu stolperte er über irgendwelchen Hausrat.

Durch einen Spalt in der Anrichte konnte Lisario das aufblitzende Messer sehen, ein leuchtender Strahl, der sich mit dem Blitzen und Donnern über dem Meer vermischte und glassplitterförmige Lichtreflexe auf den Boden warf. Ihre nackten Beine, ihre Scham und ihr Gesäß froren, doch reglos wie eine antike Statue lag sie da, das Haar in der Wanne mit getrockneten Bohnen. Mehlmotten kitzelten ihre Haut, das Gurgeln ihrer Eingeweide drohte sie zu verraten. Sie rührte sich nicht, das hatte sie als Kind gelernt, vielleicht war es ihre Rettung: erstarren, mit der Umwelt verschmelzen wie manche Schmetterlinge, die auf den Winden saßen, oder wie die Stabinsekten auf den Baumrinden. Wie hatten ihr diese großen, völlig harmlosen Tiere früher Angst gemacht, aus lauter Ekel hatte sie sich nicht getraut, sie zu zerquetschen. Nur ein einziges Mal hatte sie die Gliedmaßen und den Kopf einer Eidechse mit dem Stößel zerhauen, den sie der Köchin stibitzt hatte, und dann wochenlang deswegen geweint und die Heilige Muttergottes um Vergebung gebeten.

Jetzt, eingeklemmt zwischen den Küchenvorräten, wartete Lisario nur darauf zu sterben. Der lange Schlaf, der sie vor der väterlichen Gewalt und den Beschimpfungen der Mutter bewahrt hatte, würde sie diese Nacht nicht retten. Dennoch war sie fast wieder eingeschlafen, als die Tür des Küchenschrankes sich auf einer Seite öffnete und eine von Avicentes Hand gehaltene Öllampe ihre Beine und ihre Scham beleuchtete.

Sie blieb reglos wie ein gejagtes Tier, das weiß, dass der Räuber es nicht sieht, wenn es sich nicht bewegt. Wie behext starrte Avicente auf das schwarze Dreieck ihrer Scham im glimmenden Licht der Lampe, während der Gestank nach verbranntem Docht sich mit den Dünsten aus dem aufgerissenen Küchenschrank mischte und ihn benommen machte. Dann ein dumpfes Klirren. Das Messer war ihm aus der Hand geglitten.

Durch den Spalt sah Lisario, wie die Kakerlaken, aufgeschreckt von der Klinge, die in der Mehlration für den morgigen Tag gelandet war, über den Fliesenboden huschten.

Avicente war auf die Knie gesunken, die Hände auf dem Boden.

Wie viele Monate hatte er das Mysterium beobachtet, und nun war es verschwunden und in das Bett eines anderen geflüchtet. Was hatte er bloß geglaubt? Dass er Gott in mechanischer Lust, in einem einzigen, unbedeutenden Detail erschauen könne? Rotz und Speichel troffen ihm von den Lippen, er weinte ohne zu schluchzen, wie ein Schwachsinniger.

Heimlich musterte Lisario ihren Mann: Er war barfuß – um die Burgwachen nicht zu wecken –, seine Hosen waren heruntergerutscht. Sein Glied, das ihr in den ersten Tagen ihrer Ehe begehrenswert erschienen war, hing schlaff herab, ein lebloser, knitteriger Hautbeutel. Leise wand sie sich aus dem Schrank. Avicente hielt sie nicht davon ab.

»Lauf«, sagte ihr eine Stimme, »lauf!«

Sie wusste nicht, ob es die Stimme Annellas, Immarellas oder Maruzzellas war, die die Szene heimlich mitverfolgten, oder die der Holdesten Jungfrau höchstselbst: Barfuß und im Nachthemd kehrte sie dem Kastell den Rücken, stürzte sich unbemerkt von den Soldaten, die der Sturm in die Kasematten gescheucht hatte, in den Regen, huschte über die Zugbrücke, die noch heruntergelassen war, weil die Wachen vom Gewitter überrascht worden waren, und irrte stundenlang durch den Wald, bis sie erschöpft zusammenbrach.

7

Den ganzen folgenden Tag suchten Don Ilario und Donna Dominga nach ihrer verschwundenen Tochter und gelangten schließlich zu der Überzeugung, dass ihr Gemahl sie umgebracht und versteckt hatte. Das Zimmer, das Avicente Iguelmano für seine Experimente und Studien benutzte, wurde nach Blutspuren der verschollenen Ehefrau durchkämmt: Welch ein Schock war es für das Ehepaar Morales und die Soldaten, als sie den Raum mit Vulven und Uteri tapeziert vorfanden. Sogleich wurden die spanischen Soldaten losgeschickt, in den Brunnen der Zitadelle und in den unterirdischen, von Vögeln und Ratten bewohnten Gängen zu suchen, von denen niemand wusste, wo sie hinführten.

»Ich habe doch gleich gesagt, er ist Katalane!«, schrie Donna Dominga und verfluchte den Schwiegersohn mit geballten Fäusten. »Eine einzige Tochter, und immer hat sie geschlafen!«, weinte sie. »Sie hat so viel geschlafen, dass dieser dreckige Schwindler sie hat verschwinden lassen können, ohne dass es jemand bemerkte!«

»Sie hat ganz fest geschlafen!«, bestätigten die pozzuolischen Mägde, um die Schuld auf Avicente zu lenken und die Flucht ihrer Herrin zu verheimlichen.

Schließlich interessierte sich sogar die Justiz für den Arzt, ebenso wie der Vizekönig, auch wenn der eigentlich an ganz andere Dinge zu denken hatte: Fünfhundert *Alarbi* dieses Tommaso Aniello, dessen Frau er in den Kerker geworfen hatte, hatten sich mit Knüppeln bewaffnet in den Krieg gegen die Spanier gestürzt, das Volk stürmte Häuser, und der Kardinal Filomarino, der zwischen den Parteien schlichten sollte, hetzte den Fischverkäufer Masaniello auf und verschwieg die Verschwörung, die der Adel gegen diesen im Schilde führte: Zwanzig Fässer mit Schießpulver in den Kloaken der Stadt, um die Lazzaroni in die Luft zu sprengen.

Und so blieb Avicente gar nichts anderes übrig, als Tonno d'Agnolo um Hilfe zu bitten und sich – die Gunst der Nacht nutzend, in welcher der aufständische Fischverkäufer die Neapolitaner aufgefordert hatte, sämtliche Lampen und Kerzen zu löschen und Neapel von den Karten des Kaiserreiches verschwinden zu lassen – in dessen Haus zu flüchten. Selbst vom Meer her war die Stadt nicht mehr zu sehen. Später hieß es, in jener Nacht hätten sich dreißig Schiffe unweit des Golfes verfahren, manche hätten in Ischia angelegt, andere in Gaeta, und wieder andere wären bis nach Salerno gefahren, weil dessen Lichter ihnen als das Funkeln der Perle des Vizekönigreiches deuchten. Kurz darauf ging die lichtlose Stadt in Flammen auf.

Während Avicente sich bei Tonno verkroch – der die Hosen gestrichen voll hatte, da er ein sicheres Angriffsziel des Volkes sein würde, das er ausraubte, statt es zu repräsentieren –, hatten sich die Lazzaroni und Händler ob der Nichteinhaltung des bereits durch Karl V. gewährten Privilegs, welches das Volk mit dem Adel gleichsetzte, geschlossen erhoben: Peppo Carafa hatte sich bereit erklärt, das Dokument, das die Zuerkennung der Sonderrechte bezeugte, zu überbringen, aber stattdessen ein falsches gebracht, ohne zu bedenken, dass alle ihn verabscheuten, hatte er sich doch stets mit den Spaniern gemeingemacht, Schutzgeld auf seine *guten Dienste* und aufs Kartenspiel eingestrichen und nach der Enthauptung des Fürsten von Sanza, der das Volk sehr wohl verteidigt hatte, mit dessen Kopf Fußball gespielt. Als Antwort hatte Masaniello angeordnet, die Palazzi in Brand zu setzen. Zuerst die der Neureichen, die ihr Geld damit verdienten, kleines Schwarzbrot statt großes Weißbrot zu backen, es aber zum gleichen Preis zu verkaufen: Der dicke Herzog von Caivano, der es vom Laufburschen zum reichen Herrn gebracht hatte, wohnte unweit von Tonno an der Kirche Spirito Santo. Von seinen Balkonen flogen Koffer und Schachteln, aus denen Laken, Tücher und Paramente, Gold, Damast und Silber quollen. Es wurde angeordnet, ihn Dreck fressen zu lassen: Nachdem die Lazzaroni seinen Palazzo angezündet hatten, zerrten sie ihn an den Haaren durch die Straßen. Einem Ratsherrn, der das Steueramtsgebäude wiedererrichten lassen wollte, wurde das Haus geplündert, Papiere und Lebensmittel und sogar Pferde und Maulesel in Brand gesetzt. Und so ging es Palazzo um Palazzo, bis zu den *Eletti del Popolo* – wobei sich Tonno, trotz voller Hosen, die Hände rieb, weil seine vom Volk verhassten Konkurrenten, die Kirchen und Arme plünderten und dabei den Rosenkranz beteten, einer nach dem anderen niedergemacht wurden: Die Lazzaroni brannten ihre Palazzi und die ihrer Kinder nieder, während diese auf Knien darum flehten, nicht aufgeknüpft zu werden. Und je weniger der Vizekönig Masaniello Gehör schenkte, desto mehr Palazzi wurden gestürmt und ihre Herren einer nach dem anderen abgemurkst.

Die ach so gerechte spanische Gerichtsbarkeit hatte also alle Hände voll zu tun: Wer hatte da Zeit, sich um einen Arzt zu kümmern, der vielleicht seine Frau ermordet und verscharrt hatte und nun gerade noch rechtzeitig Tonnos Haus verlassen konnte, um nicht ebenfalls aus dem Fenster zu segeln? Denn am Ende hatten die Aufgebrachten auch Tonno d'Agnolo geschnappt und ihn aus dem ersten Stock fliegen lassen, sodass er sich nur mühsam fortschleppen konnte, derweil die rasende Menge seinen Hausrat samt der hübschen Renaissance-Sessel, der Lederwaren und geknüpften Teppiche, die täglich von drei Mägden mit Hirsebesen ausgeklopft werden mussten, verbrannte, seine Keller und Vorratskammern plünderte, in denen genug Lebensmittel für eine ganze Armee lagerten, und gratis seine Huren durchvögelte, weil Vergewaltigungen bei einer Revolte nun mal an der Tagesordnung sind.

Panisch war Avicente zum Spital geflüchtet und hatte bei Johannes Töde angeklopft, der ihn feixend eingelassen hatte: Er wusste, dass der Arzt früher oder später vor der Tür stehen würde. Avicente hatte keine Zeit mehr, Lisario zu suchen, die er quicklebendig wähnte, obgleich – wer weiß, vielleicht hatten die Lazzaroni sie gefunden und aus ihr Hackfleisch gemacht, *quièn sabe*?

»Werdet Ihr länger bleiben, Dottore? Eine Leuchte wie Ihr hat uns im Krankenhaus noch gefehlt. Ihr seid herzlich willkommen«, empfing ihn Töde mit seiner schneidenden Stimme. »Die Luft wird heißer und der Strom der Leichen größer ...«

Avicente fächelte sich mit der Hand Luft zu, schob sich zwei Finger in den Kragen und röchelte: »Danke, danke. Bis ich meinen Schwiegereltern nicht bewiesen habe, dass dieses Elendsweib mit dem Bühnenmeister durchgebrannt ist, habe ich keinen Frieden! Sie sollen sterben, sterben!«

»Ach, Dottore, in diesen Zeiten braucht man gewisse Wünsche nicht einmal laut auszusprechen ...«, erwiderte der Anatom und ließ das Beil auf den Arm des Leichnams niedergehen, den er gerade sezierte.

8

»Der Winter deckt's auf, der Sommer bringt's ans Licht…«, murmelte Michael de Sweerts, die Schläfe gegen das Fenster gelehnt, von dem aus man Gaspar Roomers städtische Weinberge sehen konnte.

Er streckte die Hand nach dem Vorhang aus, der den *Raub der Sabinerinnen* mit seinen entblößten Frauen verdeckte. Sein Gastgeber erachtete dieses Bild als zu unverhohlen für die Dienerschaft, sein Weib und die drei Töchter.

»Er bringt Unglück ans Licht!« Nervös wanderte Roomer in Morgenmantel und Pantoffeln zwischen seinen Geldsäcken hin und her. »Man sollte besser verschwinden…«

Ein Sommergewitter war unvermutet losgebrochen – das zweite in zwei Tagen, trotz der Schwüle –, und die Fensterscheibe glich einer Wasserwand: Regengüsse rissen das Laub von Platanen und Zitronenbäumen und schüttelten die Weinreben.

»Wie viel besser ist doch der Winter, Cavaliere! Dieser Sommer mit seinen Bränden schürt nur Ängste…«

Roomer knetete sich die Hände und blieb stehen, um durch seine Scherenbrille die Kontobücher zu kontrollieren.

»Ehrlich gesagt hat der Regen des Südens nichts mit dem unsrigen gemein. Ich ziehe unsere Fröste diesen endlosen Duschen vor«, sagte Sweerts gelassen wie eine Katze, die sich den Bart leckt.

Roomer putzte sich geräuschvoll die Nase. Die Wolken

hatten sich über das Meer gesenkt, die oberen Stockwerke der Palazzi waren nicht mehr zu sehen. Je dunkler es wurde, desto mehr wurden Straßen und Gärten vom Regen verschluckt. Zwischen den Platanen hasteten ein paar letzte Diener, die draußen zu tun gehabt hatten, nach Hause und hielten sich mit der freien Hand die Strohhüte fest, die im Lichtkegel der Öllaternen gelb aufblitzten.

Michael ließ sich auf einen Stuhl fallen. Das Leder roch frisch gegerbt, die neuen Nägel quietschten leise. Diese kleinen Details verrieten, wie reich der Bankier war.

Sweerts schlief in der Kunstgalerie, die Roomer sich nach und nach aufgebaut hatte. Er hatte sich ein paar von Sweerts' Gemälden zeigen lassen und sie interessant gefunden. Er hatte gehofft, als Dank für die Gastfreundschaft würde der Maler ihm welche schenken, doch seine Hoffnungen wurden enttäuscht, denn der Geiz des Cavaliere stand dem des Bankiers in nichts nach. Es war an der Zeit, sich seiner zu entledigen.

»Was habt Ihr hier vor? Wie Ihr seht, ist die Stadt nicht gerade in bester Verfassung, um einem Künstler zu Ruhm zu verhelfen ... Wenn Ihr bleibt, riskiert Ihr, nie mehr zu arbeiten. Oder sogar zu sterben.«

Michael schloss die Lider, dann öffnete er sie wieder mit bedächtiger Langsamkeit. Der vom Kerzenleuchter geworfene Schatten malte ihm einen dunklen Fleck aufs Gesicht, aus dem seine blauen Augen hervorblitzten.

»Es gibt noch andere Gründe, um zu bleiben. Schließlich habe ich noch nie eine Revolution miterlebt ...«

Roomer schüttelte verängstigt den Kopf.

»Ein Krieg ist nicht schlecht, ein Krieg ist nützlich, an ihm kann man verdienen, aber eine Revolution ...«

Er ging zum Schreibtisch und befühlte seine Geldsäcke.

Der alte Sekretär auf Pantoffeln, der gerade danach greifen wollte, um sie mitzunehmen und sicher wegzuschließen, hielt inne und verließ rücklings das Zimmer.

»Eine Revolution«, fuhr Michael fort, »hat zahllose andere Vorteile. Sie wirft eine Menge Konventionen über den Haufen …«

Roomer nieste. »Ihr seid aus einem anderen Grund hier, mein Freund, und Ihr gebt mir zu denken …«

»Aus einem anderen Grund?«

»Dieser Freund von Euch, von dem Ihr mir erzählt habt, dieser Bühnenmeister …«

Der Cavaliere sprang auf, und die Schatten auf seinem Gesicht verwandelten sich in Ingrimm. Seine Augen funkelten wie bei einer hinterm Busch lauernden Katze.

»Der Bühnenmeister hat nichts mit mir und meiner Reise nach Neapel zu tun. Wie kommt Ihr drauf, ich könnte etwas mit einem einfachen Handwerker zu schaffen haben?«

Roomer griff sich den Kerzenleuchter und ging zur Tür.

»Schön, schön. Dann wünsche ich Euch eine gute Nacht. Ich bin müde, doch wenn Ihr noch aufbleiben wollt …« Er machte eine bedeutungsvolle Pause, die heißen sollte »fühlt Euch ganz wie zu Hause …«

»Ja«, murmelte Michael, den Blick auf den Regen geheftet, und überging das Ungesagte. »Ich bleibe noch, danke. Noch einen Moment.«

Mit Roomers Verschwinden wurde es im Zimmer dunkler.

Michael öffnete das Fenster, und der Wind blies die Kerzen aus, fuhr unter die Röcke der Sabinerinnen und brachte den Nippes durcheinander. Michael schien es, als würden die armen Jungfrauen vor Schreck aufstöhnen. Oder vor Lust.

9

Zwischen Mittwoch und Samstag jener Woche, die wegen der Taten des inzwischen zum General ernannten Masaniello in die Geschichte eingehen sollte, dachten Jacques Israël Colmar und Avicente Iguelmano immerzu an Lisario Morales. Keiner der beiden hatte von ihr gehört, beide wähnten sie tot – ihr Verschwinden hatte in der Stadt die Runde gemacht wie jedes Gerücht, das die Spanier und das Gesetz betraf –, und beide sehnten sich aus unterschiedlichen Gründen nach ihr. Auch Michael de Sweerts suchte vergeblich nach seinem Geliebten – mehrmals war er in Riberas Atelier zurückgekehrt, doch umsonst –, und Lisario wiederum suchte nach einem Weg, um zu Jacques zu gelangen, ohne die leiseste Ahnung zu haben, wo er sich aufhielt.

Am Mittwoch marschierte die Revolutionsarmee zum Castel Nuovo, wo sich der neapolitanische Adel verschanzt hatte, um sich vor den Aggressionen, die die Nichterfüllung von Masaniellos schriftlichen Forderungen nach anderer Besteuerung und neuen Rechten ausgelöst hatten, zu schützen. Die Armee zog an Jacques vorbei, der auf dem Weg zu Riberas Atelier und Wohnung auf dem Pizzofalcone war. Auf den Piken staken als Kriegsbeute das abgeschnittene Glied eines Verschwörers, eine blonde Perücke, mit der sich ein anderer Verschwörer als Frau verkleidet hatte, um dem Tod zu entkommen, ein Arm und ein Brokatgewand.

»Der Kardinal hat sie von der Niederbrennung weiterer

sechsunddreißig Häuser abbringen können«, schnaubte Ribera, der auf einem kaputten Schemel hockte. »Aber so kann man nicht mehr arbeiten ...«

»Meister, ich suche meine Geliebte ...«

»*Esa estúpida idea*! Es gibt mehr als genug Frauen!«, seufzte Ribera und blickte zu seiner Frau und den vier Töchtern in die Küche hinüber.

»Man hält sie für tot. Aber ich weiß, dass sie noch lebt ...«

Ribera musterte den Franzosen. »Dummes Verliebtengeschwätz. Jetzt werdet Ihr mir sagen, dass Ihr nicht mehr ohne sie leben könnt, und mir wird den ganzen Tag übel davon sein, sodass ich nicht mal einen wurmstichigen Apfel auf die Leinwand bringe.«

»Ihr Mann will sie töten.«

»Das ist ja mal etwas ganz Neues!«

Ein unmenschlicher Schrei drang von der Straße herein. Ribera und Jacques stürzten hinaus. Das Volk rannte in Richtung der neuen Via Toledo.

»Was ist los?«

»Don Peppos Stündlein hat geschlagen! Jetzt wird Gerechtigkeit geübt!«

Ribera und Jacques sahen einander an. Der Spanier verriegelte das Atelier. Als sie sich dem Palazzo Maddaloni näherten, hatte sich die Sache bereits erledigt und eine tobende Menge trug Don Peppos bärtigen Kopf auf der Pike vor sich her. Ein paar Kinder erzählten, was vorgefallen war:

»Der hat gesagt: ›Ich bin Peppo Carafa!‹ und dieser fette Hüne hat geantwortet: ›Und ich bin Aniello, der Metzger.‹ Und dann hat er ihm den Kopf abgeschnitten!«

»Jetzt wird es kein Halten mehr geben«, murmelte Ribera und zog den Hut in die Stirn.

»He! Sogar den Sklaven haben sie geschnappt, der heißt

Mustafa, und sie haben aus ihm rausgekitzelt, wo das Geld steckt …«

»Sfella hat gesagt, sie hätten von seinen Schenkeln gegessen: einen ganzen Bissen!«

»Der Fischverkäufergeneral hat gesagt, jetzt werden keine Umhänge mehr getragen, jetzt werden Beine und Degen gezeigt …«

Instinktiv hob Ribera seinen langen Mantel. Jacques warf ihm einen verwunderten Blick zu.

»Dann werden wir wie die Rotzlöffel in kurzen Hosen gehen, aber wenigstens retten wir unseren Kopf… Hört auf mich, Colmar, vergesst diese Frau, es ist nicht der richtige Moment. Sonst riskiert Ihr noch, sie im Jenseits wiederzusehen.«

Er wollte gerade gehen, als eine große, dunkle Frau sich zwischen die Lazzaroni stürzte und darum flehte, Don Peppos Kopf und seinen Rumpf wiederzubekommen, und sei es in Einzelteilen. Jacques glaubte sofort, sie vor den Mördern verteidigen zu müssen, doch niemand rührte sie an. Alle wichen zur Seite, als wäre sie ansteckend.

»Wer ist das?«, fragte er Ribera.

Ehe der Spanier antworten konnte, hörte man die ehrerbietige Stimme einer alten Frau: »Bella 'Mbriana hat ihre Behausung verlassen …«

Das Haar war tränennass, die Schminke zerlaufen, das Wangenrot verschmiert. Die tiefe Stimme flehte um Carafas Kopf, das Kleid war herabgerutscht und gab die flache, busenlose Brust frei.

»Aber das ist ja ein Mann!«, rief Jacques verblüfft.

»Sieh mal einer an, Carafa, der reiche Sack …«, bemerkte ein fetter, schieläugiger Lazzarone hinter ihm. »Prahlt herum, dabei fickt er lieber Ärsche als Mösen!«

Im Gegensatz zu den Männern, die Bella 'Mbriana nicht

angerührt hatten, eilten die Frauen in Scharen herbei, um sie zu stützen: Ihr Körper verschwand im Gewühl, und Jacques verlor sie aus dem Blick.

Die beiden Jungen, die vom Palazzo Maddaloni und Don Peppo erzählt hatten, stellten sich ihnen mit vorgehaltenen Messern in den Weg. »Halt! Seid Ihr Maler?«

Jacques und Ribera tauschten einen Blick. Ribera antwortete in Dialekt. »Was schert's euch?«

»Der General hat angeordnet, dass alle Häuser ein ›V‹ wie Volk auf der Tür stehen haben müssen …«

Ribera seufzte spöttisch. »Und der Engel des Herrn schritt an den Häusern der Juden vorüber, deren Türpfosten mit Lämmerblut bestrichen waren …«

»Macht keine Zicken, folgt uns!«, drängten die Jungen.

Doch bei der ersten Gasse gab Ribera Colmar ein Zeichen, und sie verschwanden im Dunkeln. Das Gebrüll der Jungen gellte ihnen nach.

Als sie sich trennten, fiel Ribera noch etwas ein: »Ah, Colmar! Der Holländer hat wieder nach Euch gefragt. Er kam ins Atelier …«

»Sollte er nochmals auftauchen, habt Ihr mich weder heute noch in letzter Zeit gesehen.«

Ribera nickte und ging an der Kirche Sant' Anna di Palazzo vorbei davon. Auf halbem Wege drehte er sich um: Jacques Colmar fragte eine Magd, dann einen Schuhmacher, dann einen Tischler. Ribera wusste, nach wem er fragte. Er zuckte die Schultern und versuchte sich vergeblich an die Zeit zu erinnern, in der er seine Frau so geliebt hatte.

Damit niemand entkommen konnte und man alle im Blick behielt, ordnete Masaniello in jener Nacht das Gegenteil dessen an, was er in den Tagen zuvor befohlen hatte: Die ganze Stadt sollte hell erleuchtet bleiben.

Auf den Landkarten des Reiches flammte Neapel wieder auf, funkelnd wie ein Sternenhimmel.

Briefe an die Allerseligste Muttergottes der siebenstrahligen Krone Hochreine und Ewige Jungfrau Maria

O holdeste Jungfrau,
dieses Blatt habe ich aus einer Bibel ausgerissen, die ich bei dem Buchdrucker gefunden habe, welcher mir heute Nacht zwischen seinen Werkzeugen Unterschlupf gewährt hat … Wie Du weißt, befindet sich mein schönes Heft nun in den Händen meines Mannes und ist bei meiner überstürzten Flucht auf der Burg zurückgeblieben, ebenso wie die Novellen des Signor de Zerbantes und sämtliche meiner heißgeliebten Bücher. Wie grauenvoll war es festzustellen, dass er alles gelesen hatte! Wäre es nicht um Deinetwillen gewesen, Heiligste! Und um des Kindes willen, das ich im Leib trage und das mich an der Flucht nicht hindert! Du hast mich von dort oben durch den finsteren Wald bis in die Stadt geleitet. Ich glaubte mich bereits des Todes! Doch Du hast mir den Weg geebnet, mir Hilfe gesandt: Frauen mit Körben voller Kirschen und einen alten Hirten mit einem Gewand und dann einen Wagen und niemand, der mich töten oder vergewaltigen wollte: Allen hast Du gesagt, dass ich stumm und dazu schwanger bin, und so hatten sie großes Mitleid mit mir!

Heute habe ich heftigste Zerstörungen gesehen und Dinge erlebt, die sich nicht einmal in Meister Ariosts kühnsten Versen ausmalen ließen: Ich war auf der Straße zum Markt, als mir eine goldverzierte, mit silbernen Quasten und Behängen geschmückte Kutsche entgegenkam, gezogen von Ochsen!

Mehrmals musste ich mir die Augen reiben, weil ich es

einfach nicht glauben mochte! In den schäbigen Häusern entlang der Straße habe ich schmutzige, liederliche Weiber gesehen, die in perlenbestickten Kleidern, goldenen Gürteln und mit Ringen und Halsketten angetan Fisch brieten. Weil sie mich für eine Bettlerin hielten, warfen sie mir ein Stück zu und riefen: »Zum Teufel mit den schlitzohrigen Schmarotzern!« In den Höfen der Palazzi habe ich Brunnen gesehen, in denen sich das niedere Volk den Hintern gewaschen hat, andere haben sich mit seidenen Vorhängen die Füße bandagiert, und wieder andere gingen mit Monstranzen auf den Schultern spazieren oder warfen abgenagte Knochen in die marmornen Tränken …

Steht die Welt Kopf?

O Holdeste,
vergib mir, dass ich meinen letzten Brief so unterbrach und ihn nun auf diesem notdürftigen Blatt fortsetze, doch mitten in der Nacht sind die Aufständischen in die Druckerei meines gütigen Gastgebers eingedrungen, und Flammen und Geschrei haben mich aus dem Schlaf gerissen. Auf Knien habe ich mich hinausgeschleppt und mit nichts als diesem Brief an Dich Zuflucht in einer Kirche gesucht. Ich schlief auf dem Marmor zwischen den Bänken, bis die Messe begann, dann bin ich gegangen. Ich, die ich nie die Welt gesehen habe und nicht wusste, wie sie ist, wanderte stundenlang mutterseelenallein ziellos umher und dachte an meinen armen toten Gatito, an meinen Franzosen, der mich gewiss ermordet oder verschollen glaubt, an den entsetzlichen Hass und Irrsinn meines Mannes und an all die turbulenten Ereignisse, als plötzlich alles gut wurde! Ich hatte wirklich nicht mehr geglaubt, dass es geschehen könnte!

Hungrig strich ich durch die Via Toledo, da sah ich vor dem Königspalast eine große Menschenmenge stehen und näherte mich. Am Fenster des Vizekönigs stand ein wie ein Herzog gekleideter Lazzarone, dessen Rede alle zum Weinen brachte. Und als der Vizekönig den Lazzarone umarmte, weinten sie noch mehr! Staunend stand ich da und sah zu, als mich jemand bei den Schultern fasste: Ich fuhr herum, fest überzeugt, mich verteidigen oder davonlaufen zu müssen, doch stattdessen … Mein Franzose blickte mich an, wie ich Dein Bild anblicke, o Holdeste, und sagte mir Dinge, die ich im wirren Lärm der Menge kaum verstand; noch nie habe ich einen Mann weinen sehen, doch Jacques weinte, dort auf dem Platz, und drückte mich an sich. Glückselig schloss ich die Augen, denn wir lagen uns in den Armen, und niemand scherte sich drum.

Der herzoglich gekleidete Lazzarone auf dem Balkon hat gesagt, es fehle tausendfach an Maravedí, um die Bedürfnisse des Volkes zu erfüllen, und er hat vorgeschlagen, die Einrichtungen der Kirchen zu veräußern: »Wieso müssen sie aus Gold sein? Um die Messe zu lesen, genügt ein hölzerner Becher …« Der Vizekönig hat nichts gesagt, und eine Unruhe ging durch die Barfüßer und Lazzaroni um uns herum, manch einer war nicht einverstanden, die Ordensbrüder in der Menge sahen einander an. Doch Jacques hat mich fortgebracht, wir sind lange gelaufen, Hand in Hand, bis wir an ein Haus ganz oben am Caponapoli kamen, in einer Gasse mit dem Namen Settimo Cielo – Siebter Himmel –, wo die drückende Luft der Kühle wich.

Vor dem Haus standen ein wunderschöner Birnbaum und eine Hecke von duftendem Jasmin. Eine Alte öffnete die Tür und ließ uns in ein Schlafzimmer ein. Es gab einen Bottich, an dem ich mich waschen konnte, und endlich etwas zu essen. Ich habe mich von oben bis unten gewaschen, Holdeste! Ich hatte die Nase voll von meinem Gestank! Wir haben uns aufs Bett gelegt, draußen ist die Nacht heraufgezogen, und Jacques hat gesagt: »Jetzt sind wir beide verheiratet. Und wir müssen niemandem mehr Rechenschaft ablegen.«

Wie habe ich geschlafen, Holdeste! Noch nie in meinem Leben habe ich schönere, blauere Träume gehabt. Morgen schreibe ich Dir wieder, die Stunden in meinem neuen Zuhause fliegen nur so dahin, und meine Bücher fehlen mir kaum. Ich konnte dieses Blatt an ein neues Heft nähen, ein klares Zeichen für ein neues Leben und eine neue Zeit!

Danke, o Holdeste, danke!

Deine Ergebene

DER VERSTAND IST SACHE DER CHEMIE

1

Während Masaniellos Niedergang seinen Anfang nahm, ohne dass dieser es bemerkte, da der Vizekönig ihn doch wie einen Adeligen empfangen hatte und seine gesamte verlotterte Sippschaft aus der Via Lavinaio sich im Himmel wähnte – so regiert man: den Freunden kleine Gefallen, den Feinden goldgepflasterte Straßen –, war auch Jacques und Lisario auf dem Palastvorplatz etwas entgangen: das vor Eifersucht entstellte Gesicht von Michael de Sweerts.

Während der zunehmend verängstigte Roomer im Einverständnis mit seinem Bankiersfreund Vandeneyden mehrere Wagenladungen voller Bilder und Statuen auf den Weg nach Den Haag geschickt und andere, nicht zu transportierende Werke in Don Peppo Carafas bereits überfallenen, geplünderten und für die Lazzaroni daher nunmehr uninteressanten Palazzo geschafft hatte, schlich Michael ängstlich durch die Stadt und war drauf und dran, auf dem schnellsten Wege nach Rom zurückzukehren.

Doch die Vorstellung, Jacques Colmar nicht mehr zu suchen, quälte ihn: Und so hatte er, stehend gegen eine Säule gelehnt, der Begegnung der beiden Liebenden in gänzlicher Fassungslosigkeit beigewohnt.

Was Michael von Colmar und Lisario trennte, waren die Kötervisagen der Lazzaroni mit ihren kläffend aufgerissenen Mäulern. Sie fläzten sich vor dem vizeköniglichen Palast. Ihre Weiber sahen genauso aus, mit kohlschwarzen Augen und buschigen Brauen. Die harmloseren unter ihnen, die in den Klöstern oder in den Souterrains der Palazzi arbeiteten, hatten einfältige Gesichter und triefelige Kuhaugen, ein Erbe der Griechen und Alexandriner.

Doch nicht nur sie waren an jenem Morgen dort: Auch die Musik- und Kunstlehrer sowie die Schüler der vier Konservatorien, die als Schulen, Waisenhäuser und Armentafel für die Straßenkinder dienten, waren gekommen. Alle hingen an den Lippen des Fischverkäufergenerals, einzig Michael war von einer Szene in Beschlag genommen, auf die niemand achtete.

Wer war die Frau? Ein offenbar blutjunges Mädchen, und unübersehbar schwanger obendrein. Er war den beiden in einigem Abstand bis zum Kloster San Gaudioso gefolgt, auf dessen gegenüberliegender Seite, an der Ecke Vico Pero, Via Settimo Cielo, ein von Jasmin überwachsenes Haus stand.

Während des Mittagessens, zu dem die Nonnen von San Gaudioso ihn eingeladen hatten, konnte Michael die mittelalterlichen Häuser, die jenseits des nagelneuen, reich verzierten barocken Klosterportals standen, eingehend in Augenschein nehmen. Der hohe Birnbaum, der vor dem Haus der Liebenden aufragte, regte seine Fantasie an, er war von Elstern und Eichelhähern bevölkert, und ab und zu fielen Blätter herab, so groß wie Laken. Unter seinem schönen Laub tauchte immer wieder eine hässliche, zerschundene Alte auf, um ihre Wäsche aufzuhängen. Und außerdem konnte man sehr gut sehen, was im Haus vonstattenging.

Das dunkelhaarige Mädchen, das Jacques mitgebracht hatte, legte der ärmlichen Kleidung zum Trotz ein äußerst elegantes Gebaren an den Tag. Zahllose Visionen schwirrten Michael durch den Kopf: Wie gern hätte er sie als Modell für eine Madonna oder die Heilige Maria von Ägypten genommen. Als Maler sublimierte er seinen Zorn und schwelgte in

Farben und Posen, derweil Jacques die Unbekannte an sich drückte.

Obendrein küssten sie sich. Hass und Eifersucht bemächtigten sich seiner wie eine tödliche Krankheit. Kaum war eine Woge vorüber, rollte die nächste heran, es war gefährlich, weiterhin zuzusehen, es glich einer nicht enden wollenden Halluzination. Er wollte in Jacques' Armen liegen und die Frau sein, die sich von ihm küssen ließ.

Grußlos verließ Michael das Kloster, was die Nonnen ihm sehr übel nahmen. Auf der Straße wich er einer Prozession aus, die Masaniello seligsprach, kehrte in den Palazzo Carafa zurück und warf sich schlaflos aufs Bett.

2

Ja: Die Unsterblichkeit war gekommen.

Jetzt konnte Jacques Israël Colmar die ganze Welt mit neuen Augen sehen, voller Glück über das, was ihm geschah. Die Unsterblichkeit beseelte die Bühnenentwürfe des Kerzenlichtmeisters, und es kümmerte ihn nicht mehr wie in früheren Tagen, als er kaum seine Zeichnungen fertigstellen konnte, gequält von der Frage, ob sein Ruhm seinem Talent, seiner Fertigkeit, seinem Ruf oder seinem Reichtum geschuldet wäre, es war ihm gleich, ob sein Name bleiben und über andere triumphieren würde. Jetzt war er unsterblich, denn er hatte die Wahrheit berührt.

Da er wegen der Revolution keine Theaterstücke mehr auf die Bühne bringen konnte, verlegte er sich aufs Malen, kleine Bilder, auf denen von Kerzenlicht erhellte Details zu sehen waren. In den folgenden Tagen besuchten einige Maler der Bruderschaften das Haus unter dem Birnbaum: Sie sahen, dass die Bilder gut waren, doch neidisch und missgünstig, wie sie waren, rümpften sie die Nasen wie alte Vetteln: »Du gibst dich also mit kleinen Bildchen zufrieden …«

»Die sind mir mehr als genug. Nachts schläft die Ewigkeit neben mir«, entgegnete der Franzose gelassen und blickte zu Lisario, die in einer Ecke des Zimmers saß und nähte. Sie hatte gelernt, auf eine neue Art zu erröten, und wenn dies geschah, pflegte Jacques seinen Gästen zu sagen: »Seht her, Lisarios Seele ist gekommen, um uns guten Tag zu sagen …« Sie hob drohend den Arm, tat so, als hätte sie anderes zu tun, und zog sich zufrieden lächelnd ins Nebenzimmer zurück.

Sobald die Maler das Haus verlassen hatten, zogen sie mit leidenschaftlicher Verachtung – der einzigen Waffe ohnmächtiger Wut – über den Franzosen her. Eine Woge übler Gesinnung verließ das Haus im Vico Pero und ergoss sich über Neapel, ohne dass Jacques etwas davon merkte.

Unterdessen hatte der arglose Verliebte die Idee, das Haus unterm Birnbaum in ein Atelier zu verwandeln, ungeachtet der Tatsache, dass sich ein rechtmäßiger und eifersüchtiger Ehemann in der Stadt befand, eine Militärfamilie nach ihrer verschwundenen Tochter suchte und der Moment zahllose andere Gefahren bot. Je länger er darüber nachdachte, desto mehr nahm die Idee Gestalt an.

Doch er brauchte ein Darlehen. Es war Ribera, der ihm sagte, Roomer habe sich in den Palazzo Carafa geflüchtet, ihn solle er um Geld bitten.

Und so hatte sich Jacques am Samstagmorgen auf den Weg gemacht, war Raufereien, Soldatentrupps und Scharen von Lazzaroni mit geplünderten goldenen Vasen und Teppichen im Schlepptau ausgewichen, und hatte den verwaisten Palazzo aufgesucht.

Der große Garten, ein wahrer Wald voller Nutzgärten und Weinhänge, die sich bis zum Kloster von San Martino hinaufzogen, lag verlassen. Weder Dienerschaft noch Gärtner waren zu sehen. Langsam durchquerte Jacques den »Belgioiello« genannten Park und hielt nach den Pfauen und seltenen Vögeln Ausschau, die ihn angeblich bevölkerten. Er stieß auf den kleinen griechischen Tempel, in dem besondere Vergrößerungsgläser aufbewahrt wurden, ein Geschenk des Fürsten von Tarsia, mit denen man in klaren Nächten die Bewohner des Mondes beobachten konnte. Als Peppo Carafa noch lebte, ging er am Strand von Mergellina mit einem Löwen an der Leine spazieren. Jetzt, da der Belgioiello verlassen wie ein Feengarten dalag, die Lazzaroni auf Raubzügen unterwegs waren und die Pachtbauern keine lodernden Stoppelbrände mehr entzündeten, um die Wiesen in Ordnung zu halten, fühlte Jacques sich berechtigt, in das Treppenhaus des Palazzos vorzudringen.

Unter hohen Bögen befanden sich Fenster so groß wie Betten und kunstvoll verzierte Türen. Aus dem Inneren waren Stimmen zu hören, und er folgte ihnen und wich zerbrochenem Hausrat und zerfetzten Draperien aus. Aus einem Korridor drang der Geruch nach Leinöl. Auf dem Tisch im letzten Zimmer thronte eine Lampe: In ihrem schwachen Licht war das schmale, jungenhafte und dennoch blasierte Gesicht Michael de Sweerts' zu sehen, das ihn verblüfft anstarrte. Hinter Cavaliere Suàrs oder dem, was von ihm noch übrig war – federlos, mit ungepflegtem Bart und vor Angst oder Hunger fahlen Wangen –, hockte ein in einen grünen Umhang gehüllter Alter mit großem Schlapphut: der Hausherr, Gaspar Roomer.

»Signore … *Monsieur* … wer seid Ihr?«

»Ein Maler.«

»Seid Ihr nicht einer der aufständischen Mörder, die dort draußen herumschleichen?«

»Nein, das ist er nicht«, warf Michael ein.

Eine seltsame Stille folgte, und der verwirrte Roomer blickte von einem zum anderen. »Offenbar kennt Ihr Euch … nun gut, Signore, bitte verzeiht diesem armen, bescheiden hausenden Alten … Natürlich würde ich Euch lieber in meiner Villa in Barra empfangen, doch angeblich ist man zurzeit auf den Straßen des Reiches besser nicht unterwegs … Straßensperren, Hinterhalte … In was für einer Welt leben wir!

Aber ich werde mich dennoch dorthin begeben, koste es, was es wolle ... O ja! Ich habe bereits die Hälfte meiner Sammlung nach Den Haag verschickt ...«

»Ich wusste nicht, dass du in Neapel bist«, log Cavaliere Suàrs, an Jacques Colmar gewandt, als wäre Roomer gar nicht da. »Seit wann wohnst du hier?«

»Seit einem Jahr.«

»Und lebst du allein?«

»Was meinst du?«

»Hast du dir eine Frau genommen? Kinder gezeugt? Diese Stadt ist wie dafür gemacht, eine Familie zu gründen ...« Er verzog die Lippen zu einem säuerlichen Lächeln.

»Aber sicher, natürlich!«, feixte Jacques. »Es ist ja auch so friedlich auf den Straßen! Hast du den Krieg nicht mitbekommen? Achtung, dein Gastgeber bricht auf ...«

Unermüdlich hatte Gaspar Roomer Hausrat zusammengesammelt. Zwei Diener kamen, beladen mit Schachteln, Koffern und in Stoff und Seilwerk gewickelten Statuen die Treppe herunter, und der Bankier verabschiedete sich und ließ Michael die Adresse der Villa in Barra da.

»Eccelenza, ich war gekommen, um Euch um ein Darlehen für ein Atelier zu bitten ...«, hob Jacques vorsichtig an.

Roomer musterte ihn, als sei er verrückt geworden. »Macht Ihr Witze? Adieu, adieu ...« Und schon war er auf den Stufen des Palazzo Carafa verschwunden.

Michael, der sich bemüßigt fühlte, mondän und großzügig zu erscheinen, eilte ihm nach. »Hört ihn doch an, Roomer ... Jacques Colmar malt Theaterprospekte ...«

»Ah, sehr schön, sehr schön ...«, rief Roomer und stieg in die Kutsche.

»Und auch Bilder«, fügte Jacques hinzu und rannte hinterher. »Stillleben mit Kerze ...«

»Mit einer Kerze? Interessant, interessant …«, rief Roomer zurück, während sich die Pferde bereits in Bewegung gesetzt hatten.

Michael de Sweerts winkte zum Abschied mit einem Taschentuch, das er um das Handgelenk geknotet trug, der einzigen Eitelkeit an seinem ansonsten verlotterten Aufzug.

»Du lässt wohl nie von deinen kriecherischen Angewohnheiten ab, was?«

Colmar war voller Verachtung.

»Was denn, ich versuche dir beim besten Sammler Neapels Gehör zu verschaffen, und du beschwerst dich? Du solltest mir dankbar sein …«

Jacques machte sich ebenfalls auf den Weg. »Deine Hilfe hat ihren Preis, und deine Aufmerksamkeiten gehen mir auf die Nerven. Soll ich dir einen Rat geben?«

»Ich kann's kaum erwarten …«

»Sieh zu, dass du möglichst schnell aus Neapel verschwindest, ehe dir irgendein Lazzarone die Gurgel durchschneidet. Alles Gute und adieu.«

Mit diesen Worten trat er auf die Straße hinaus und ging schnellen Schrittes die Via di Toledo hinunter davon.

Cavaliere Suàrs blieb einen Moment lang an der Brüstung der monumentalen Freitreppe stehen. »Hau ab, hau bloß ab … Jetzt weiß ich ja, wo du steckst …«, rief er, obwohl Jacques ihn nicht mehr hörte. Dann löste er das Taschentuch vom Handgelenk und hielt es sich, angewidert vom Gestank, der aus den schwarzen Pfützen stieg, vor die Nase.

»Früher oder später bricht in dieser Stadt noch die Pest aus«, murmelte er verärgert und zog sich in die verlassenen Zimmer voller zerborstener Rahmen und zerrissener Tapisserien zurück.

3

An jenem Nachmittag hatte sich Michael auf die Lauer gelegt wie ein Fuchs hinter den Hühnerstall. Er hatte gewartet, bis Jacques das Haus verließ, und sich versichert, dass er zu Ribera ging. Am Abend war Jacques noch nicht wieder zurück, und Lisario wanderte unruhig auf der Veranda des Hauses auf und ab.

Michael trat auf sie zu. Stumm bewunderte Lisario seine elegante Aufmachung, die Feder auf dem Hut: Er hatte sich festlich herausgeputzt.

»Ich bringe Euch Neuigkeiten von Eurem Gemahl.«

Besorgt lehnte sich Lisario über die Brüstung.

»Leider ist er in einem Unfall… die Lazzaroni… Ich glaube, er ist tot, Signora.«

Lisario wurde bleich, schlug die Hände vors Gesicht und taumelte.

Sogleich sprang Michael ihr bei und stützte sie. Lisario legte ihren Scheitel gegen Michaels Wange und weinte lautlose Tränen.

»Weint nicht, meine kleine Freundin… Was soll schon sein?«, wisperte er. »Euer Jacques kehrt nicht zurück? Was zählt schon das Leben… Die Liebe vergeht…« Und weil er sehr gut informiert war über die ihm lästige Konkurrentin, fügte er hinzu: »Komm: Ich bringe dich nach Hause zu deinen Eltern… zu deinem Mann…«

Bei diesen Worten riss Lisario die Augen auf, Michaels

Umarmung, in die sie sich hatte sinken lassen, wurde hart, sie wand sich los und floh. Sie rannte davon, die Gassen hinunter, schlitterte mit schlammverschmutzten Füßen durch Obstschalen und Urinpfützen und stolperte über Unkrautbüschel, die am Straßenrand wuchsen. Michael sah sie im Dunkel verschwinden.

Als er sicher war, dass die Spanierin nicht zurückkommen würde, jauchzte er erleichtert auf. Am liebsten hätte er sich das Hemd vom Leib gerissen, um seinem Herzen mehr Luft zu machen: Wenn das Weib nicht zurückkehrte und ein Gauner es an einer Straßenecke meuchelte, würde er seinen Geliebten zurückbekommen. Sollten sich die Frau und ihr ungeborener Bastard doch in den verdorbenen Winkeln der Stadt verlieren!

Schaudernd vor Abscheu und Begierde stellte er sich Horden von Lazzaroni vor, die sie vierteilten und ins Meer warfen, und Jacques, der sie vergeblich suchte, und sich selbst, der seinen verzweifelten Freund mit denselben Worten tröstete, die er gerade an Lisario gerichtet hatte: »Was ist schon das Leben? Die Liebe?« Und er würde hinzufügen: »Wir sind der Kunst verschrieben … die Kunst verbindet auserwählte Wesen … du und ich, wir verstehen uns, lass dieses behinderte Mädchen ziehen, es ist dir nur ein Klotz am Bein und hält dich durch Kinder und Schulden davon ab, Maler zu sein …«.

Bis zum Morgengrauen harrte Michael vor dem Haus unterm Birnbaum aus, doch Jacques kehrte nicht zurück. Schließlich schlug ihn ein vorüberziehender Trupp Knüppel und Hellebarden schwingender Lazzaroni, die er als Mörder seiner Rivalin beschworen hatte, in die Flucht.

Es war bereits Tag, als Lisario den Weg zurück nach Hause fand und in der Tür ihren vor Sorge kranken Mann erblickte, der auf sie wartete. Da sie sich nicht erklären konnte, weinte sie, bis sie einschlief.

4

»Was ist? Brennt dir die Ritze?« Die Alte lugte zwischen Lisarios Schenkel, sie war es gewohnt, Genitalerkrankungen und Entzündungen des Perineums bei Landfrauen zu behandeln, die sich weigerten, beim Reiten Unterhosen zu tragen. Lisario hatte Schmerzen, es stand eine Fehlgeburt zu befürchten. Jacques tigerte schwitzend im Zimmer auf und ab.

Es war der Tag des Wahnsinns, zumindest würden ihn alle als solchen erinnern, denn der von Lacryma Christi besoffene Masaniello wurde vor den Augen dreißigtausend Schaulustiger auf dem Schiff nach Posillipo gebracht – er, der niemals einen Fisch gefangen, sondern nur unter der Hand verkauft hatte. Auf der Magdalenenbrücke hatte er, wahnsinnig wie Hamlet, Othello, Richard oder sonst eine der Figuren dieses englischen Meisters, den Lisario heimlich auf der Burg gelesen hatte, zu den Pferden geredet. Unterdessen bestach der Vizekönig Verräter, die den verschrienen General umbringen sollten, derweil er den Großzügigen markierte und die herausgeputzten Lavinaio-Weiber, Masaniellos Frau, die schon bald den Spottnamen »die Sardinen-Herzogin« weghatte, seine Schwester, die Schwägerinnen sowie den ganzen arglosen, in Höflinge verwandelten Lotterhaufen in den Räumen des Palastes empfing. Lazzaroni im Königspalast, von der Politik gründlich weichgekocht.

Der Unterzeichner des Schuldscheins für den Verrat war Marco Vitale, vorgeblicher Anwalt, Masaniellos offizieller Sekretär, Freund des alten Genoino, schwarze Seele der Revolution und Sodomit, der Töde und dem nach wie vor im Spital, in der Wohnung des Anatoms lebenden Avicente gegen Geld einen höchst begehrten Leichnam ins Haus gebracht hatte.

Und während Lisario sich den Leib untersuchen ließ, betrachtete Avicente einen äußerst interessanten Körper, welcher der Blutrunst der Lazzaroni nicht restlos zum Opfer gefallen war: Auf dem Tisch lag in ungewohnt hellem Kerzenlicht Bella 'Mbriana, die beim vergeblichen Flehen um Peppos Leiche hatte dran glauben müssen. Der zerquetschte nackte Leib ließ nie gewachsene Hoden erahnen, ein winziges, fast unsichtbares Glied, ähnlich einer zu groß geratenen Klitoris, und die dürre Brust, auf der ein Polster aus Heu und Federn, das die Metzelei auf dem Platz überstanden hatte, Brüste vorzutäuschen versuchte.

»Und Ihr wart Kunde?«, wollte Avicente von Vitale wissen, der den Leichnam soeben Töde übergeben hatte.

»Wie viele andere auch, aber ich ziehe echte Männer vor.«

»Und was ist der Unterschied?«

Vitale wischte sich die Stirn. Er hatte helles Haar und das Gesicht eines Normannen. »Sie konnte nicht …«

Töde unterbrach ihn.

»Schon gut, schon gut … Mein Freund begleitet Euch zur Armenbank, das Papier ist bereits unterschrieben, Ihr müsst nur das Geld entgegennehmen. Aber Ihr wisst ja nur zu gut, wie das geht, nicht wahr?«

Vitale verzog das Gesicht, er hatte dem Anatom schon viele Leichen beschafft, dann ging er, gefolgt von Avicente, der den Blick von Bella 'Mbriana nicht losreißen konnte, derweil Töde sich anschickte, sie mit seinen Instrumenten zu öffnen.

Die Via del Tribunale war von Sonnenlicht, Fliegen und drückender Hitze erfüllt.

»Ich war noch nie in der Bank«, bemerkte Avicente.

Vitale überhörte ihn nervös. Er blickte sich um, als fürchtete er, im nächsten Moment überfallen zu werden.

An der im sommerlichen Licht gleißenden Hoffassade des Gebäudes, in dem die Bank untergebracht war, befand sich eine Sonnenuhr. Die unzeitgemäß engen Treppen führten in eine Flucht von Zimmern und Fluren mit freskengeschmückten Gewölben und gestampftem Lehmboden. Auf langen Holzbänken standen Pandekten und Hauptbücher, einige davon in so gewaltigen Einbänden, dass sie aussahen wie von Skoliose verkrümmte Frauenrücken. Über den Köpfen der Bankangestellten baumelten die mit Reißnägeln befestigten Zettelschnüre eingelöster Kreditscheine wie Würste von der Decke, um sie auf diese Weise vor Mäusefraß zu schützen.

Der Buchhalter warf ihnen einen verstohlenen Blick zu, ohne von den Büchern aufzusehen. »Bitte?«

»Eine Zahlung auf den Namen Johannes Töde für Marco Vitale.« Er zeigte den Beleg vor.

»Avvocato ...«, grüßte ihn ein älterer Buchhalter ehrerbietig, »die Zahlung über fünftausend Zechinen, die Ihr für den Bankier Roomer unterzeichnet habt ...«

»Ja, ja ...«, schnitt ihm Vitale das Wort ab, um vor Avicente nicht darüber reden zu müssen.

»Nur, damit Ihr Bescheid wisst, dass das Geld bereitliegt, Ihr könnt es haben, wann immer Ihr wollt. Wenn der General meint ...«

»Darüber reden wir später!«, blaffte Vitale. »Zunächst einmal«, sagte er sanfter, »möchte ich Euch den berühmten Arzt Dottor Iguelmano vorstellen ...«

Der Buchhalter verbeugte sich, und hinter ihm tauchte ein hübscher, extravagant gekleideter junger Mann auf. »Verzeiht, wenn ich mich einmische … Ich habe zufällig Euren Namen gehört …«

Der Buchhalter stellte die beiden einander vor: »Cavaliere Suàrs, berühmter Maler … Dottor Iguelmano … wenn ich richtig verstanden habe.«

Avicente nickte und erkannte in dem Maler einen der Mittagsgäste bei Tonno d'Agnolo wieder.

Der Buchhalter fuhr fort, diesmal an Vitale gewandt: »Wo wir gerade von Roomer reden, der Cavaliere hier hat soeben eine Zahlung für ein großartiges Gemälde erhalten, auf das wir alle höchst gespannt sind, und welches ihm von niemand anderem als unserem Bankier in Auftrag gegeben wurde …«

Vitale tat interessiert. »Ach ja, und zu welchem Thema?«

»Mörder und Propheten«, entgegnete Michael. »Eine Begegnung zweier großer Verräter, Herodes und Judas.«

Vitale schluckte trocken. »Seltsames Sujet … ungewöhnlich …«

»Weniger ungewöhnlich als man glaubt«, bemerkte der Buchhalter und warf ihm einen vernichtenden Blick zu. Dann fügte er entschuldigend hinzu: »… im Leben, meine ich. Vitale, wenn Ihr mir nun folgen möchtet?«

Sweerts und Iguelmano blieben allein zwischen den baumelnden, nach Tinte riechenden Zettelschnüren zurück. Avicente trommelte mit den Fingern auf eines der Hauptbücher, in Gedanken noch bei Bella 'Mbriana.

»Verzeiht, Dottore«, hob der Cavaliere an, »ich muss mit Euch über eine äußerst private Angelegenheit sprechen, wo könnten wir uns …«

Sie zogen sich in eine durch einen Vorhang abgetrennte Kammer zurück, in der weitere Zettelschnüre von der Decke hingen und zahllose Bände archiviert waren, deren Farbschnitt die jeweils zuständige Bank anzeigte.

»Ihr habt eine Frau verloren und sucht sie.«

Avicente fuhr zusammen. »Wenn Ihr gekommen seid, um mir zu drohen, Signore …«

Michael hob beschwichtigend die Hand. »Ganz im Gegenteil. Ich weiß, wo sie ist. Und auch, wo ihr Liebhaber steckt. Sie leben zusammen, in einer Gasse namens Vico del Pero. Ich bin fast jeden Tag dort, um sie zu beschatten.«

»Und aus welchem Grund …«

»Wollt Ihr sie tot?«

»Es reicht, wenn er stirbt!«

»Ich würde mich dazu bereit erklären. Doch Ihr müsstet mir helfen.«

»Aber aus welchem Anlass …«

»Private Gründe. Malerrivalitäten … Es ist eine Spielschuld«, fügte er hinzu, um glaubwürdiger zu klingen.

Avicente knetete sein Kinn. »Könnt Ihr mit dem Degen umgehen?«

»Ich habe schon so einige niedergestreckt. Dutzende«, log Michael.

»Was braucht Ihr?«

Hier musste die Unterhaltung vertagt werden, da der oberste Buchhalter den Vorhang zur Seite schob und die beiden Verschwörer mit fragend erhobener Augenbraue ansah.

Schweigend begaben sich die drei Männer ins Krankenhaus, wo Bella 'Mbrianas Leichnam inzwischen komplett zerlegt worden war, derweil sich die alte Hebamme von den beiden Liebenden im Vico del Pero verabschiedete und sie beschwichtigte: »Die Ritze brennt, aber das ist harmlos. Dem Kindchen geht es gut.«

5

Der Schweißgestank aus dem Leim gegangener, haariger Körper verpestete die Luft.

Töde und Michael musterten den spanischen Arzt, der erst gelb, dann grün und schließlich blau wurde. Seine Nasenlöcher bebten wie die eines erschöpften Rennpferdes.

»*Está demasiado caliente* … Gehen wir?«

Vor der Thermalhöhle von Baia tauchten sie die Füße in den kalten Teich. Ein großer Zierkarpfen schillerte rosarot im Wasser und kam mit anderen Fischen herangeschwommen, um die Beine der drei Männer – der eine groß und schön, der andere weiß und kalt, der dritte krumm und halbtot vor Erschöpfung – von Hautschuppen und Flaum zu befreien.

Michaels ästhetisches Empfinden hatte einen Dämpfer bekommen. »Ich dachte, die antiken Thermen wären von jungen Männern frequentiert …«

Avicente japste nach Luft. So etwas passiert einem Arzt nicht, sagte er sich immer wieder, derweil in seiner Brust ein Muskel krampfte. Und ob ihm das passiert, sagte die ferne Stimme seines Vaters streng und verächtlich wie damals, als Avicente noch ein Kind war. Selbst Ärzte fürchten sich, krank zu werden oder zu sterben, jeden Tag ihres Lebens. Auch deshalb hatte er versucht, seiner Frau das Geheimnis der Lust zu entreißen, weil es ihm als einziges Bollwerk gegen den Tod erschienen war.

»Die Alten haben's nötig«, murmelte Töde. »Und für ein diskretes Gespräch ist dieser Ort ausgezeichnet. War doch eine gute Wahl, oder, Dottore?«, fügte er hinzu und klopfte Iguelmano leutselig auf den Rücken, sodass dieser in die Knie ging.

In dem Moment kamen eine zahnlose Alte und ihr schielender Sohn am Teich vorbei, die Körbe voller Trauben. »Siehst du die drei?«, sagte die Alte zu ihrem Spross. »Das sind drei Sünder, der eine ist ein Lustmolch, der andere ist verkehrtherum und… Nein… Sieh her, sieh deine Mutter an.« Der Schieläugige gab sich redlich Mühe. »… der dritte macht die Leute kalt… Sieh bloß zu, dass du nicht so wirst wie einer von denen…«

Sie spuckte auf den Boden. Töde mit schweißglänzendem Schädel, der dadurch umso mehr einem Totenkopf glich, winkte die Alte heran, doch die schlug sich die Hand vor den Mund, ließ fast den Korb mit Trauben fallen, bekreuzigte sich und hastete davon.

Töde lachte und bleckte die Zähne. »Was für ein schreckhaftes Volk«, bemerkte er.

Unterdessen war heftiger Wind aufgekommen. Sie hatten sich einen stürmischen Tag ausgesucht: Das Meer von Cumae vor der Therme bewegte sich wie eine riesige, grün schillernde Hand. Von weither rollten die Wogen heran, von Miseno, von Ischia, von Sardinien und von noch weiter her, aus Spanien, sodass man meinen konnte, Philipp IV. hätte diesen Sturm geschickt, um die Lazzaroni und ihren General zu bestrafen. Doch schon bald brach sich das Grün in der weißen Gischt, die den Strand verschlang, während die spanischen Schiffe, die im Golf ankerten, mit schwankenden Rahen und flatternden Flaggen von den Sturzwellen geschüttelt wurden und wie Papierschiffchen in einem Brunnen zu kentern drohten. Die jüngeren Matrosen übergaben sich, und die älteren schluckten ihre Angst, hier vor Anker zu sterben, hinunter; man machte die Anker los, derweil Sturmböen auf den Hafen und die Mühle an der Spitze des Golfes, über Scalandrone und Capri niedergingen und der Julihimmel wie ein Schwert aus Toledo blitzte.

Die Bauersleute duckten sich zu Boden, um nicht fortgerissen zu werden, und jammerten den Dingen hinterher, die über die Häuser davonflogen: zum Trocknen aufgehängte Wäsche, ausgelegter Dörrfisch für den Winter, Hüte, Krüge, Strohdächer und Dachziegel, sogar Gesimse und Gipsfiguren. Ärmliche Kirchlein wurden abgedeckt, Fenster zerbrochen, selbst die mit französischem Email verzierten Kathedralenfenster. Den Buchhaltern, die die permanente Ausbeutung durch die Spanier sekundiert hatten, wurden die Brillen von den Nasen gerissen, Knochen, Boote und in den Wäldern und Häusern zurückgelassene Tote wurden vom tobenden Meer ans Ufer gespült.

»Gehen wir in Deckung«, schlug Töde vor, und der Holländer und der Spanier folgten ihm. Vom Gewölbe des antiken Tempels, in dem die fliehende Lisario geschlafen hatte, hallte dröhnend der Sturm wider. Regengüsse stürzten ins *Impluvium* und wühlten die Oberfläche des von Karpfen bewohnten Wasserbeckens auf.

»Ich garantiere Euch zweihundert Zechinen, sämtliche Klingen, die Ihr braucht, und einen Schutzbrief für Holland, solltet Ihr je entdeckt werden«, sagte Iguelmano zu Sweerts.

In der Therme hatten sie eine doppelte Neuigkeit erfahren: Sowohl der General als auch Marco Vitale waren getötet worden, der General von seinen eigenen Freunden einschließlich Genoino, weil sie dem Verrückten nicht mehr glaubten, denn schließlich war klar, dass der Vizekönig sie samt und sonders auslöschen würde. Mit einem Sündenbock allerdings bestand die Chance, ungeschoren davonzukommen. Die Idee dazu hatte der wiedererstandene Tonno d'Agnolo gehabt, der sich nach seiner überstürzten Flucht vor der Stürmung des Palazzo Bagnara wieder in den Sattel und in die Gunst des Vizekönigs gebracht hatte.

»Der Plan sieht ihm ähnlich«, hatte Töde bemerkt.

Mit Vitale hingegen hatten die spanischen Soldaten kurzen Prozess gemacht, schließlich war er »nur ein kleiner Fisch«, wie Tonno stets zu sagen pflegte.

»Ihn will ich tot, sie hingegen bringt mir unversehrt, einschließlich des Kindes. Wenn sie vor Schreck eine Fehlgeburt erleidet und stirbt, ist mir das Kind völlig gleich, doch Ihr bezahlt mit Eurem Leben.«

»Gewiss, gewiss«, sagte Sweerts, und seine Augen funkelten.

Ein Blitz ging ganz in der Nähe nieder und ließ den antiken Putz erzittern.

»Und so was nennt sich Sommer?«, jammerte der Arzt.

Die Hügel, die handtuchgroßen Gemüsegärten, die Häuser mit den von einem Ast gehaltenen Strohveranden – alles war dem Sturm zum Opfer gefallen. Ein Sonnenstrahl lockte nun die Bauern wieder ins Freie, um den zerstörten Hausrat instand zu setzen und die Viehherden und Milchkühe wieder auf ihre vom Wind verwüsteten Weiden zu führen.

Töde hob ein herabgefallenes Nest auf. Eine Gruppe Fischverkäufer kehrte vom Markt in Pozzuoli zurück, die Körbe wegen des Unwetters leer. Die Gruppe bestand, wie so häufig, aus einem Lahmen, einem Verwachsenen, einem Idioten und einem Haufen rachitischer Kinder. Eine Schar Hühner, die der Idiot mit einer Rute vor sich her scheuchte, flatterte pickend um sie herum.

»Die Erhellung des Verstandes ist Sache der Chemie«, murmelte der Anatom. »Es ist der Wille Gottes«, entgegnete Sweerts, der selbst als angehender Mörder das religiöse Gebaren seiner Mutter nicht ablegen konnte.

»Ist es der Wille Gottes, dass ein Mensch als Krüppel oder Schwachsinniger geboren wird?«

Ein Kind mit krummen Beinchen und strammen Waden kam auf Töde zu und lugte in eines der Becken mit Schwefelwasser, die vor der Grotte lagen. Seine Mutter, eine der Fischverkäuferinnen, eilte ihm nach.

»Komm her!«, rief sie barsch. Ein Hund, der hinter der Gruppe her trottete, gesellte sich zu dem Kind, das ihm ein Stück trockenes Brot vor die Nase hielt. Der Hund schnappte gierig zu.

»Und welchen Unterschied seht Ihr zwischen diesen beiden?«, fragte Töde, an Sweerts gewandt.

»Wollt Ihr einen Hund mit einem Kind vergleichen?«

Töde betrachtete das Nest in seinen Händen. »Malt Ihr Körper, Cavaliere?«

»Natürlich. Was soll die Frage?«

»Und malt Ihr Reiche und Arme, Junge und Alte?«

»Arme sehr oft.«

»Ach, die Mode... Und wenn Ihr einen Alten malt, habt Ihr Euch je gefragt, wieso der Verstand nicht wie der Körper altert? Und welche Qual es ist, genauso klug und voller Verlangen zu bleiben wie in jungen Jahren, während das Fleisch sich allmählich in sein eigenes Grab verwandelt?«

Sweerts zuckte die Schultern. »Ich wette, Ihr habt eine Erklärung, Herr Anatom...«

»In dem Hund wie auch in dem Kind und dem welken

Fleisch jenes Alten«, er deutete auf einen Fischverkäufer, der sich kaum auf den Beinen halten konnte, »sehe ich das gleiche Licht, das auch Euch erhellt, die Ihr Euch soeben für den Mord an Euresgleichen bereit erklärt habt.«

Iguelmano tat so, als hörte er nicht. Sweerts fuhr aus der Haut. »Wollt Ihr damit sagen, ich sei unwürdig?«

»Oh, ich bitte Euch! Wer seinen Verstand gebraucht, zeigt vor dem Körper keine Demut. Und wer von Seele redet, ziert sich niemals, einem anderen den Körper zu nehmen, glaubt er doch, er ebne ihm damit den Weg zum Himmel. Wie dem auch sei, ich bin gern bereit, die Zweifel mit dem Messer auszuräumen.«

Während Sweerts die Zornesröte ins Gesicht schoss, warf Töde behände das Nest fort, griff nach dem Schwert, das der Holländer neben seinen Brokatkleidern abgelegt und aus Eitelkeit nicht, wie das Gesetz es vorschrieb, in der Scheide gesichert hatte, und schlug einem Huhn den Kopf ab. Der Idiot, der die Hühner führte, kreischte auf.

»Ihr könnt es heute Abend kochen, wo Ihr doch keinen Fisch habt«, sagte Töde zu der Mutter, die ihr Kind schützend hinter sich gedrängt hatte.

Verschreckt wich die Prozession zurück.

Der kreischende Idiot verlangte Geld für das tote Huhn.

Der Hund bellte.

Hastig raffte Sweerts seine Sachen und dachte an seine soeben ausgesprochene Lüge: Niemals würde er seinen Jacques umbringen, sondern Lisario und das Kind, und dann würde er mit dem Mann, den er liebte, weit fortgehen. Beim Ankleiden klammerte er sich an diesen Gedanken. Gelb und zitternd zog Avicente sich ebenfalls an und zuletzt Töde.

Während Michael, Avicente und Töde sich entfernten, wagte niemand, das tote Huhn anzufassen.

Schließlich hob die Fischverkäuferin es auf, das verstummte Gezeter brach von neuem los, und der Verwachsene, der Lahme, der Idiot und die Fischer auf ihren Karren setzten ihren Weg fort, als wäre nichts geschehen.

6

Worauf hatte er sich eingelassen? Jetzt, da er allein war, quälte Michael sich. Die Vollkommenheit des Körpers und der Seele, die täglichen Gebete, wo führten sie hin? Zu Mord. Und es war leicht gesagt, er wolle sich Jacques zurückholen, ohne die Frau und das Kind umzubringen. – Zurückholen: ein vorschnell verwendetes Wort, denn, wenn man es recht besah, wann hatte Colmar ihm je gehört?

Die Hände über der Klinge seines Schwertes gefaltet, das auf seinen Schenkeln lag und ihm noch nie so schwer und kalt erschienen war, saß er in der Kirche Sant' Anna. Um ihn herum saßen leise wispernde Gebetsgrüppchen unter den verhüllten Fenstern, deren Vorhänge von der Zugluft gegen die Scheiben gedrückt wurden.

Auch Neapel war in all dem Aufruhr hin und her geworfen: Jetzt, da der General tot war, entdeckte das Volk ihn neu und wetterte gegen Genoino, der für den Mord ebenso verantwortlich gemacht wurde wie der Vizekönig. Rings um den Brunnen auf dem Largo di Sant' Anna wurden Versammlungen abgehalten, die Stimme eines alten Mütterchens war bis in die Kirche zu hören: »Die Sardinen-Herzogin! Sie haben sie in den Palazzo geschleift, mit nackten Titten!«

»Wen?«

»Die Frau von Masaniello.«

»Durch den Dreck haben sie sie gezogen?«

»Ja doch, aus reinem Neid! Aus purem Neid!«

Einen Moment lang wurde das Gerede der Alten von einem sieben- oder achtjährigen Lazzarone, der sich ein Vergnügen daraus machte, ihr Gezeter nachzuäffen, lautstark in die Kirche getragen.

Verängstigt ob der unverständlichen Worte drehte sich Michael um und erblickte in der Kirchentür ein kleines Mädchen, das ein noch kleineres Mädchen auf dem Arm trug. Das Bild von Lisario, ihr Gesicht, das er bereits kannte, selbst die Erinnerung an ihre Tränen und ihren Geruch, den er im Haus unter dem Birnbaum wahrgenommen hatte, in der Hoffnung, ihr ihren Jacques zu rauben, überkamen ihn mit aller Macht.

Die verbrauchte Luft in der alten Kirche war ihm plötzlich unerträglich, er stand auf, wobei das Schwert klirrend zu Boden fiel und die betenden Gläubigen herumfahren ließ. Ein marmornes Altarretabel in der Seitenkapelle stellte die Kreuzigung dar, Magdalena war nur von hinten zu sehen, ihr Haar wallte in gewundenen Locken herab. Schwitzend blickte er nach links: Ein weiteres weißes Retabel zeigte Jesu Geburt, die Heiligen aus dem Morgenland kamen auf Kamelen über den Hügel, und der Stall war nicht mehr als ein von einem Ast gehaltener Vorhang: Da war er, der Ast, der den Vorhang vor Riberas Atelier hielt, unter dem Jacques hervortrat. Er wich zurück, stolperte. Keuchend hastete er durch die Kirche bis zu einer Kapelle neben dem Altar, wo Statuen aus Terracotta von menschlicher Größe und Lebendigkeit den Tod des Heilands beweinten. Des Erlösers, der so tot war, wie auch er bald sein würde, und seine Seele erst recht, bei dem, was er vorhatte, oder vielleicht war sie es schon, wegen der brennenden Gewissensbisse, die ihn quälten. Er war in der Falle: Er musste sofort nach Rom verschwinden und viele Meilen zwischen sich und das Verbrechen bringen.

Als er aus der Kirche hastete, um seine Habseligkeiten zu

packen, lief er Töde in die Arme. Von dem mit Szenen des Martyriums geschmückten Torbogen grinste der in Stein gemeißelte Folterknecht, der dem Heiligen Bartholomäus die Haut abzog, herab.

»Wo rennt Ihr hin, verehrter Maler?«

Michael stammelte etwas Sinnloses. Töde packte ihn beim Arm und zog ihn in eine schummrige Nische der Kirche zurück.

»Ich war mir sicher, dass Ihr Euch nicht trauen würdet. Ihr braucht mich, einen Fachmann. Wir teilen uns die Belohnung, ich bin hier in Neapel sowieso fertig und auf dem Sprung.«

»Fertig ... mit was?«, stotterte Michael auf Holländisch.

Wie selbstverständlich antwortete Töde ihm in derselben Sprache: »Die Revolution ist vorbei, ihre Hauptfigur tot. Der Vizekönig ist mit meinen Diensten zufrieden. Und Ihr werdet es auch sein.« Er zeigte ihm den Beleg von Vitales Wechsel und zerriss ihn vor seinen Augen.

»Zwei Morde zum Preis von einem. Bei Euch könnte ich auch bescheidener sein: Im Grunde sind's gleich drei, die über die Klinge springen ...«

7

»Junge, die Sache ist unrettbar verloren. Was haben wir in seinem Traum noch zu schaffen?«

»Ach, Johannes, hoffst du denn nie, dass eine verlorene Sache sich noch wendet?«

»Welche könnte verlorener sein als diese?«

Die anderen drei Theatiner pflichteten Johannes bei und sagten fast im Chor: »Er hat seine Frau missbraucht, und jetzt lässt er sie und den, der sie geschwängert hat, auch noch umbringen …«

»Da sollen sich die ein Stockwerk tiefer drum kümmern, dafür sind wir nicht mehr zuständig …«, schloss Johannes.

»Komm schon, lasst es uns versuchen … Vielleicht brauchen wir nur ein bisschen Hilfe, vielleicht liegt's an der Sprache …«

Auf sein Zeichen hin erschien an einem sechsten Fenster ein hochgewachsener, finster und streng dreinblickender Mann.

»Uh, da ist Ignatius … Den hab ich noch nie leiden können …«, zischte Johannes einem Ordensbruder zu, und abermals wies Kajetan ihn zurecht.

Hinten im Hof blickte Avicente aus seinem gewohnten Bett zu seinem Landsmann hinauf: »*Que el Senor sea contigo, hermano.* Kennst du die Regeln der Liebe? Antworte.«

Avicente schüttelte den Kopf.

»Die erste Regel lautet: Lass die Liebe eher durch Werke,

denn durch Worte sprechen. Die zweite lautet: Liebe besteht in gegenseitigem Einverständnis, der Liebende gebe und lasse den Geliebten Anteil haben an dem, was er hat und kann: Beherrscht er die Wissenschaft, so gebe er sie dem, der sie nicht beherrscht, und desgleichen mit seinen Reichtümern und Verdiensten …«

»Da hat er aber weit ausgeholt …«, murmelte Johannes, doch der heilige Ignatius von Loyola überging seine Bemerkung. »Man soll Skrupel haben, jedoch echte, nicht falsche. Und man soll die Sünde erkennen …«

»Ignà, der Kerl ist ein gottloser Frevler!«

»Ruhe!«, befahl der heilige Kajetan. »Zeigt ein wenig Respekt! Mal sehen, ob die Gegenwart unseres ehrwürdigen Ordensbruders Wirkung zeitigt …«

Doch Avicente hockte dort unten auf seinem Bett, lud eine beim spanischen Heer gebräuchliche kurze Pistole und begann, auf die Heiligen zu schießen, die schreiend gen Himmel flohen.

Briefe an die Allerseligste Muttergottes der siebenstrahligen Krone Hochreine und Ewige Jungfrau Maria

O Holdeste,
Dein Konterfei, das mir die Herrin des Hauses unterm Birnbaum schenkte, ist fast gänzlich abgenutzt: Beim Beten habe ich den Daumen so oft auf das Bild gedrückt, welches Dich in Schmerz und Glanz umwölkt von Hoffnung zeigt, dass er in das schöne, fein ausgeschnittene Papier beinahe ein Loch gerieben hat. Ein weiterer Schreck, und ich wäre tot, eine weitere Nacht in den Wäldern, und ich hätte um Hilfe geschrien. Doch Du hast meine lange Reise, auf der ich mehrmals um mein Leben und um das des Kindes in mir fürchten musste, mit Deinem Lächeln begleitet und hast uns auf Deinem Mantel aus dem Vizekönigreich ins Land des Heiligen Vaters getragen. Wie Du weißt, sind wir in Pitigliano, unter dem Schutz des Grafen Orsini.

Eigentlich sind wir geduldete Gäste von Eleazar Fucini, einem Goldschmied und Cousin von Juan Do, der uns bis hierher ins Getto begleitet hat. Es wäre eine große Lüge, wenn ich behauptete, die geräumige Zitadelle oder das jasminduftende Haus im Vico Settimo Cielo würden mir nicht fehlen. Wir wohnen in einem niedrigen Stall, der auf einen Steilhang hinausgeht. Als ich vom Heiligtum der Madonna delle Grazie aus zum ersten Mal Pitigliano erblickte, ist es mir wie eine aus dem Erdboden brechende, steinerne Krallenhand erschienen, die nach den Häusern greift. Ein riesiger Aquädukt durchzieht das Tal, und die glasklare blaue Luft hat mich begreifen lassen, dass Du, Heilige Jungfrau, mir hier auf geheimnisvolle Weise näher bist.

Das Bett ist bescheiden, Holdeste, wir schlafen auf einem Sack Mais. Wir haben einen Krug, eine Truhe voller Tücher, die mir Eleazars Frau Yacova waschen hilft, allerdings nicht immer, denn ein wenig bin ich ihr zuwider, weil ich nicht Jüdin bin.

Derweil wird mir der Rücken jeden Tag schwerer, und so nutzen wir Yacovas und des Goldschmieds Küche, die vor schwarzäugigen Kindern wimmelt. Nach zwei Tagen hat Juan Do sich von uns verabschiedet, uns alles Gute gewünscht und Jacques fest umarmt: Du wirst ihn heil nach Hause bringen, nicht wahr? An Eleazars Tisch habe ich eine Träne in Jacques' Augen gesehen: Wir aßen Fleisch und Linsen, und er hat gesagt: »Dies ist die Suppe Esaus, das Lieblingsgericht meines Vaters«. Ein anderes Mal haben wir Lammkeule gegessen, »Cianchetto«, *wie Eleazar und seine Leute es nennen, und Jacques hat mehrmals und mit unendlicher Wehmut das Wort »Gigot« vor sich hin gemurmelt. Dann, als hätte er die Frage verstanden, die ich nicht stellen konnte, hat er mich angesehen und gesagt: »Ich habe meinen Vater nie wirklich geliebt.«*

Meine Königin,
Jacques hat Arbeit als Handlanger gefunden, ab und zu hilft er auch den Hirten mit den Schafen, dann wieder entwirft er Schnallen und Schmuck für Eleazar, der ihn nicht bezahlt, uns dafür aber Kost und Logis gewährt. Manchmal denke ich über unsere überstürzte Flucht nach und frage mich, wohin sie uns wohl führen wird. Ich bin froh, meinen Gemahl so weit entfernt von mir zu wissen, doch zugleich ist mir, als wollte

Jacques mir die wahren Gründe für unsere Flucht nicht verraten.

Oft betrachte ich die nackten Hinterbacken meines Geliebten. Sie sehen aus wie die eines Jünglings, fest und muskulös. Letzte Nacht habe ich sie lang gestreichelt, doch Jacques' Schlaf war so tief, dass er nichts davon spürte. Später habe ich ihr Bild im Spiegel gemustert, den wir an die Stallwand gehängt haben, und beobachtet, wie sie sich rhythmisch zusammenzogen, während er mich nahm.

O Holdeste, Du weißt, dass männliche Hinterteile lächerlich sind, selbst die der Götter und Helden auf den Deckengemälden, immer sehen sie aus wie Affenpopos. Doch an Jacques gefällt mir alles, ausnahmslos. Manchmal, o Holdeste, ehe der Bauch mir zu dick wurde und ich, anders als jetzt, meine Fußspitzen noch sehen konnte, betrachtete ich mich zwischen den Schenkeln. Ich weiß nicht, ob ich dieses Kind von Jacques wirklich wollte. Mir kommen auch seltsame Gedanken: Ohne Dach über dem Kopf, ohne Geld, umgeben von Krieg und Revolution, mit einem Mann, der mich umbringen will – wie soll ich da ein Kind großziehen? Was wollen die Männer? Den Frauen zwischen die Schenkel glotzen? Und wenn ich jetzt einen Jungen zur Welt bringe, wird er mich für ein Paar Schenkel halten, die ihn geboren haben? Was erwartet mich? Ein Kind gebären und mich selbst vergessen, alt werden, sterben? Ist das das Leben?

Jacques' Liebe wärmt mich, doch Jacques ist so sehr mit Malen und Entwerfen beschäftigt … Wieso scheinen die Männer immer etwas zu tun zu haben, und die Frauen müssen still sein und warten?

Jacques pflegt zu sagen: »Weil ihr bereits alles wisst, ohne es erst entdecken zu müssen. Ihr seid das fleischgewordene Mysterium.«

Ich ziehe ihm eins mit dem Pantoffel über, wenn er das sagt, und er lacht, obwohl der Korkpantoffel schwer ist. Für solche Antworten reichen mir ein Priester oder die Nonnen im Kloster von Santa Patrizia, wer weiß, was sie jetzt tun oder von mir denken, weil ich sie nicht mehr besuchen komme.

O Holdeste, verzeih mir, ich weiß, dass Du froh bist, so zu sein, doch herumzusitzen wie das fleischgewordene Mysterium ist nichts für mich.

Gnädigste,
Jacques hat nicht aufgehört zu malen: kleine Bilder, die er Eleazar nicht zeigt, mit einer Kerze als Licht. Er nimmt mich häufig als Modell, und da ich offenbar immer irgendeinem Mann Modell stehen muss, lasse ich mich malen, doch ich zeige ihm den Pantoffel, damit er weiß, dass er den zu spüren kriegt, wenn er mich zu lang stillsitzen lässt. Es ist schön, einen Mann lachen zu sehen.

Diese Woche haben wir dem Fürsten Orsini unsere Aufwartung gemacht. Er empfing uns an einem mit geschnitzten Monden und Widdern verzierten Tisch und lächelte mir zu, dann hat er uns die Bilder gezeigt, die die Wände des alten Grafenschlosses bedecken: Die Kerzen lassen einen glauben, das gemalte Gold sei echt, die leuchtenden Punkte seien wirkliche Juwelen und die nackten Figuren lustvolle Frauen. Der Graf hat uns gesagt, er kaufe nur Bilder, die ihn glauben lassen, er könne Gott und die Heiligen in seinen eigenen vier Wänden schauen, und er altere nicht, weil ein Bild seinen Besitzer um Jahrhunderte überlebt. Eines der Bilder zeigt ihn in voller Blüte, mit seiner dicken Gemahlin neben sich, Zeichen dafür, dass ihm Krieg und Hungersnöte nichts anhaben können und Pest, Typhus, Cholera ihn völlig kaltlassen. Dazu strotzen die Bilder des Fürsten vor Essen: Essen ist ein Traum, den sich nur wenige erfüllen können, das weiß ich jetzt, alle anderen sehnen sich vergeblich danach. Selbst wer Dukaten und Maravedis besitzt, ist mager, blass und kränklich und himmelt die in Öl gemalten rosigen, derben, runden, beleibten Gottheiten an. Pralle Trauben quellen aus den Gemälden dieser niederländischen Blumenmaler. Also hat Jacques dem Fürsten seine kleinen Kerzenbilder gezeigt: Ein Junge, der eine kreischende Fledermaus bei den Füßen hält, ein Mädchen (ich!), die sich bei Kerzenschein entlaust, ein Kind, das vergeblich versucht, die Flamme auszublasen, ein Korb mit Früchten unter blauen Tulpen im Kerzenlicht, ein Tisch voller Fische und Zwiebeln.

Der Fürst hat sie sehr gelobt und Geld geboten, um sie zu kaufen. Auch das Bild einer Eidechse, die reglos auf einem Tisch sitzt und in das tödliche Feuer starrt, wollte er haben. Doch da hat Jacques gesagt, nein, das könne er nicht verkaufen, denn die Eidechse heiße Lisario. Dann hat er meine Hand genommen, und wir sind in unseren Stall zurückgekehrt.

Heiligste,
ich werde das Kind hier oder im Haus des Juden Eleazar zur Welt bringen, wenn sie mich lassen, denn sie meinen, die Niederkunft einer Christin in ihrem Haus mache das Zimmer unrein. Heilige Muttergottes, ich weiß, dass ich unrein bin, denn trotz der Jahre und der Leiden bin ich Kaninchen, Hund, Katze und Storch. Und ich liebe Jacques, weil er begriffen hat, dass er mich nicht wie eine x-beliebige Ehefrau behandeln darf, sonst schlafe ich sofort wieder! Im Leben geht es ein wenig ungerechter zu als in den Novellen, Holdeste.

Doch ich füge mich drein und ertrage die Mühsal, solange es nötig ist: Im Gegenzug habe ich dieses große Glück, das mir zulächelt und das gelernt hat, mit eigenwilligem Akzent auf Spanisch zu sagen: »Te quiero.«

Te amo, demasiado Jacques.

Holdeste,
wir aßen gerade eines der bei Eleazar und seiner Frau üblichen Gerichte aus diesem kleinen Korn, das Couscous heißt, mit zerstampftem Kürbis, als ein mit Wein getränkter Ricotta auf den Tisch gebracht wurde, den die Kinder begeistert beklatschten und »betrunken« nannten, und da wurde Jacques blass. Er ist aufgestanden und bis spät in die Nacht nicht in den Stall zurückgekehrt. Voller Furcht und mit eisigen Füßen bin ich wach geblieben. Ob es wieder eine Erinnerung an den Vater war?

Der Herbst steht vor der Tür, die Blätter werden rot, und der nächtliche Reif lässt die Brunnenleitungen zufrieren. Als er zurückkehrte, war es fast Morgen, ich hoffte, er würde mir alles erklären, doch er hat mich nur fest umarmt und ist eingeschlafen wie ein Kind. Ich weiß nicht, worum ich Dich bitten soll, Süßeste. Wie gern hätte ich meine Stimme wieder, um Fragen zu stellen. Ich fasse mir an die Kehle. Ich weiß, dass Frauen während der Geburt schreien und ich es nicht können werde. Das Kindchen, das zur Welt kommt, wird für mich mitweinen. Was hat er bloß, was hat mein Maler nur?

PITIGLIANO

1

Wenige Wochen nach der Ankunft in Pitigliano wurde Jacques vom Diakon des Dorfes und engem Freund des Goldschmieds Eleazar gebeten, die Wände der Via Cava, eine von zahlreichen etruskischen Straßen, die als Herdenweg zwischen Pitigliano und der Stadt Sovana dienten, mit Heiligenbildern zu bemalen. Einem alten Brauch folgend, von dem die Bewohner nicht wussten, wie lange es ihn schon gab, führten häufig Prozessionen durch die Via Cava, im Frühling und im Sommer und, wenn das Winterwetter es erlaubte, auch zu Weihnachten.

Jacques hatte begonnen, ganze Tage in den Wäldern zu verbringen, die die erloschenen Vulkane der Gegend umgaben. Bei Morgengrauen stieg er zu den Höhlen der Via Cava hinauf und zählte die Schatten der Sommereichen, die krumm am Wegesrand standen. Oft legte er das Ohr an die Bäume und meinte, den aus der Erde gesaugten Pflanzensaft aufsteigen zu hören. Im Wald flogen Grasmücken und Gartenbaumläufer, Ringeltauben, Spechte, Eichelhäher und Sperber. Auf dem Rückweg zwischen Dämmerung und Abend hörte er die Eulen rufen und sah jagende Käuzchen. Tagsüber, während er auf einer Obstleiter stehend malte, krabbelten zu seinen Füßen Skarabäen, Tausendfüßler, Eidechsen, Äskulapnattern, Schlingnattern und Schnecken, im Unterholz raschelten Haselmäuse und Dachse, Marder, Wildschweine und Igel. Schmetterlinge taumelten vorbei, schnelle Hasen und scheue

Rehe ließen die Zweige knacken. Kohlmeisen saßen auf den Kornelkirschen, und Mäusebussarde kreisten am Himmel über dem Krater.

Wenn die Dunkelheit sich ins Geäst rund um Pitigliano senkte – dieselbe Dunkelheit, die durch die Spitalfenster in Neapel drang, wo eine junge Pestkranke zwischen den betenden Nonnen ihr Leben aushauchte, oder ins Kastell von Baia, wo sich Avicente Iguelmano Traktate lesend die Hände knetete –, kehrte Jacques glücklich nach Hause zurück, denn er liebte den Wald um vieles mehr, als er je die Stadt hätte lieben können: Oft träumte er, wie der Wind über die Felder zu stürmen, ohne Beine, nur Flügel und Nase, und den Duft von Myrte und Rosmarin in seine Lungen zu saugen. Rings um ihn herum war jede Jahreszeit schön, ob Mohn, Wildrosen und Mastixsträucher, Margeriten und Löwenzahn blühten oder ob, wie jetzt, mit dem Herbst vor der Tür, jedes Blatt sich rot verfärbte.

Doch so, wie er beim Essen von *Hummus* und Matze in Eleazars Haus die Stimme seines Vaters Levi Colmar gehört hatte, kam ihm unaufhörlich das verzweifelte Gesicht von Michael de Sweerts aus jener Nacht in den Sinn, als er »Du gehörst mir! Du darfst mich nicht verlassen!« geschrien und ein Faustschlag einen Ricotta mit Blut bespritzt hatte.

Er war sich sicher, dass Sweerts ihn, wenn sie in Neapel geblieben wären, weitergesucht hätte und auch Avicente Iguelmano seine Frau weitersuchen würde. Selbst jetzt, da sie so weit weg und gut versteckt waren, ließ ihn diese Sorge nicht los. Bestimmt spürte Lisario seine Unruhe, und da er sie nicht beunruhigen wollte, war er froh, den ganzen Tag fern von ihr im Wald zu verbringen.

So vergingen die Monate, und schließlich näherte sich das Weihnachtsfest. Dauerregen prasselte auf die Hügel, die

Bäche verwandelten sich in reißende Flüsse, in denen ganze Schafherden ertranken, hungrige Wildschweine näherten sich den Häusern und raubten die Hühner, und die Wolken gefroren am Himmel, fernen Segelschiffen gleich.

Als auch die letzte Blume verblüht war und die Adler auf die Lämmer niederstürzten, näherte Lisarios Schwangerschaft sich dem Ende, und die Vorbereitungen für die Weihnachtsprozession durch die Via Cava waren so gut wie abgeschlossen.

Jacques hatte die Heiligenbilder fertiggestellt und nähte nun Baldachine und Girlanden, um für den Diakon die feierlichste Szenerie zu entwerfen, die das Dorf je gesehen hatte. Engel in leuchtenden Seidenkleidern mit gelben, blauen und zinnoberroten Flügeln umflatterten die hölzerne Madonna unter ihrem grünsamtenen Baldachin; zu Füßen der Heiligsten hockte ein roter Teufel mit Drachengesicht und abstoßend violettem Affenhinterteil und verjagte Stofffledermäuse mit Dachshaarflügeln. Verdammte und Errettete schlugen sich, in Trauer gekleidet, auf die Brust und reckten hinter auf Rollen bewegten oder getragenen Tafeln die Mysterien in die Höhe, zwölf insgesamt, die die Dorfbewohner ehrfürchtig und sich bekreuzigend bestaunten. In ihren alkoholvernebelten Träumen tummelten sich Jacques' Figuren. Alle fieberten Weihnachten entgegen, um deftige Zenturien, unkeusche Magdalenen und dramatische Madonnen auf den Schultern tragen zu können.

Am Heiligen Abend um zehn Uhr machte Jacques sich auf, der Prozession zu folgen und sicherzustellen, dass seine heilige Maschinerie funktionierte. Er küsste Lisario, mahnte sie, nicht aufzustehen, deckte sie mit zwei Decken zu und ging.

Seit dem Morgen fiel dichter Schnee. Lisario schlummerte ein, dann wachte sie bei Dunkelheit voller Tatendrang auf, schlug Jacques' Mahnungen in den Wind und ging hinaus, um Yacova einen Besuch abzustatten, die jedoch nicht zu Hause, sondern in der Synagoge war. Sie schlenderte durch die verlassenen Straßen des Gettos bis zum Grafenpalast, in der Hoffnung, Jacques noch dort anzutreffen. Die Prozession war soeben erst losgezogen, man konnte die Gebetschöre hören, die aus dem Tal heraufklangen. Kein Mensch war zu sehen, und Lisario wollte schon umkehren, als Hufschlag vor dem Hoftor sie herumfahren ließ.

Sie konnte einen Federhut erkennen. Der Mann zu Pferde, der der Prozession folgte – Kerzen- und Feuerschein im Tal, die sich in Richtung Via Cava bewegten, waren gut zu sehen –, war zweifelsohne derselbe, der zum Haus unterm Birnbaum gekommen war, um ihr zu sagen, Jacques sei tot. Ein zweiter Mann, den sie noch nie gesehen hatte, folgte ihm ebenfalls zu Pferde. Es mochte am Schnee liegen, der die Umrisse der Dinge verwischte, oder an der Angst oder der Erschöpfung wegen der Schwangerschaft, dass Lisario glaubte, dies sei der Sensenmann.

Statt nach Hause zurückzukehren, beschloss sie, den beiden durch den fallenden Schnee zu folgen, und während sie die Flamme der Heiligen Muttergottes, die ein Jude festlich gewandet hatte und Katholiken auf ihren Schultern trugen, fest im Blick behielt, näherte sie sich dem dichten Wald.

2

Sie erreichte die Mündung der Via Cava. Die Etrusker hatten entlang der Straße Gräber in den Fels gehauen, die die Schafhirten als Unterschlupf für ihre Herden oder als vorübergehende Nachtlager nutzten. Von der Prozession war nichts mehr zu sehen, nur von ferne hallten die vom gedämpften Knirschen der Schritte im Schnee begleiteten Gebete durchs Geäst. Die beiden Reiter schienen indes in der Nacht verschwunden zu sein. Stolpernd und rutschend kämpfte sich Lisario voran. Bei jeder Kurve meinte sie, ganz nahe zu sein, bei jedem geraden, von hohen Stufen gebildeten Wegstück fühlte sie sich meilenweit entfernt.

Sie erreichte die erste von Jacques' gemalten Tafeln und betete zur Holdesten: Im Schein einer Fackel, die die Betenden bereits vor einiger Zeit dort zurückgelassen hatten und die fast heruntergebrannt und vom Schneefall arg in Mitleidenschaft gezogen war, lächelte das Bild ihr sanft zu. Die Kälte machte Lisario müde und schläfrig. Sie hatte keine Ahnung, wie viel weiter die Prozession inzwischen war. Doch sie durfte nicht stehen bleiben.

Ein Graben am Straßenrand kündigte den Beginn eines tiefen Hohlwegs an: Die Straße war tief in den Felsen geschnitten, und von den Zweigen der Bäume, die sich über die Ränder neigten, fielen Klumpen frischen Schnees auf die Passanten, sobald ein Nachtvogel sich darauf niederließ. Das Licht des Mondes, der hin und wieder durch die Wolken blinzelte, reichte nicht bis hierher, die Nacht war sternlos, und nur das schwache Leuchten des Schnees ließ die Umrisse eines Steins oder einer Pflanze erkennen.

Endlich erschien die Prozession in weiter Ferne, weitab von der Straße. Ach, hätte sie doch schreien können! Hätte sie doch Jacques' Namen rufen können! Plötzlich klang Hufgetrappel durch die Stille, zwei Schemen stürzten sich auf sie, und ein Schlag auf den Kopf ließ sie besinnungslos niedersinken.

3

Benommen lag die Frau im Schafstall. Eine mit getrocknetem Kot verkrustete Tür verschloss den Raum. Töde hatte eine brennende Lampe neben das Stroh gestellt. Michael verbarg sich hinter der Tür, um sich vor ihr und sich selbst zu verstecken.

Jetzt kam ihm die Stimme seiner nach Waschlauge, Senf und Trockenblumen riechenden Mutter Martina Ballu wieder in den Sinn: »Michja, lass los, du erdrückst mich noch! Hör auf, mich zu umarmen, du bist doch kein kleines Mädchen.«

Sein Leben war eine einzige, riesige Lüge, ein herrliches Bild, schön anzusehen, aber falsch. Das Gefühl, nicht akzeptiert, geliebt und gelobt zu werden, war ein eitriges Geschwür, eine riesige, schwärende Wunde. O ja, er war ein guter Christ, besser noch, ein wahrer Prophet. Die auf der Leinwand verborgene Heiligkeit. Hätte er nur die Männlichkeit und das Durchsetzungsvermögen besessen, die seine Mutter an ihm vermisste. Auch die Stimme seines Vaters hatte sich Bahn gebrochen, die Verachtung für den Sohn, den Versager. Im Laufschritt würde er ins Dorf zurückeilen und beichten, all seine Schuld gestehen, jede böse Absicht. Doch der Dolch, den Töde ihm gelassen hatte, wog schwer an seiner Hüfte. Nachdem er Michael geholfen hatte, Lisario in den Stall zu schleifen, war er in die Nacht geritten, um die Tat zu vollenden. An ihm war es, Jacques zu töten.

Michael hatte sich Tausende Arten überlegt, wie er den

Deutschen loswerden könnte – ihn vor ihrem Eintreffen in Pitigliano umbringen, ihn kaufen und davon abbringen, den Mann, den er liebte, zu töten –, doch für nichts hatte er den Mut gefunden. Und jetzt ritt der Sensenmann zu Jacques, und er selbst sollte die Gebärende erdolchen.

Lisario rührte sich, ein Zucken, und der Rock wurde nass. Zitternd drückte sich Michael gegen die Tür. Jetzt war Lisario wach und blickte sich benommen um. Sie griff sich zwischen die Beine, dorthin, wo das Wasser ausgetreten war. Dann blickte sie den Mann, der sie gefangen hielt, mit panischen, angstvollen Augen an.

Eine Steintafel im Felsen über Lisarios Kopf zeigte eine doppelschwänzige Frau. Michael verzog die Lippen zu einem feigen, zitternden Lächeln.

»*Dicen ques on unos monstruos …*«, sagte er auf Spanisch, um das Mädchen zu beruhigen, doch Lisario riss nur den Mund auf und reckte, von einem Krampf geschüttelt, der sie von Kopf bis Fuß durchschauderte und ihr das Rückgrat durchbog, die Arme.

Entsetzt wich Michael zurück.

Jetzt keuchte Lisario. Die Geburt hatte begonnen. Plötzlich glich die Frau der in Stein gehauenen doppelschwänzigen Sirene, die Schenkel gespreizt, der Rock durch krampfhaftes Pressen hochgerutscht. Er hielt sich die Augen zu vor dieser aufgeblähten, vom Schmerz entstellten menschlichen Krabbe, die mit Händen und Füßen wie wild über das Holz scharrte. Sie jappte, als wollte sie die Luft verschlingen. Zwischen seinen Fingern hindurch konnte Michael dennoch die entsetzliche Gegenwart der Gebärenden wahrnehmen, ihre trotz der Kälte schweißglänzenden Schenkel, den Rock, der sich wie ein Zelt über ihrem riesigen Bauch blähte, der vor Anstrengung angespannte Hals, die haarverklebte Stirn, das von den

Schultern gerutschte Kleid, die aufgerissenen, schmerzblinden Augen, die zusammengepresste, aber schon milchpralle Brust, das Röcheln. Michael fürchtete sich vor dem Austreten des »Dings«, vor der Geburt, angeekelt vom weiblichen Geschlechtsteil, aus dem jetzt Blut strömte und in dem gleich darauf ein Kopf zum Vorschein kam. Jetzt hatte das Wesen zwei Köpfe: den der Mutter und den des Kindes, weder Tier noch Gegenstand, ein Monstrum der Natur.

»Die stirbt schon von allein«, hoffte er und erinnerte sich mit einem Mal an das Schwert an seiner Seite, das wie ein nutzloses Glied zu Boden hing. Ihn überfiel die verheerende Scham der Feigheit, weil er eine Frau in einem Schafstall gefangen hielt, der er weder zu helfen noch ihr den Garaus zu machen imstande war und die halsstarrig und stumm ihr Kind gebar. Wimmernd verkroch er sich in eine Ecke und sah zu, wie sein törichtes Streben nach Vollkommenheit auf die vollkommene Unvollkommenheit des Lebens prallte.

Verzweifelt hielt er sich die Ohren zu, um sich selbst und das Röcheln der Gebärenden nicht hören zu müssen, und betete, dass es bald vorüber sein möge oder dass auch er ein Kind bekäme, entstanden aus dem Samen des heißbegehrten Jacques, ein Kind, das ihm aus dem Bein oder dem Kopf wüchse wie bei den alten Göttern, oder das er ausscheiden möge, dieses Kind der Schuld, oder ausspeien. Doch trotz der Angst bebte sein ganzer Körper im Gleichtakt mit Lisario, versank im unablässigen Krampf, kämpfte um das Leben und tastete blind nach einem Halt, um wieder aufzusteigen.

Schließlich brachte Lisario das Kind zur Welt, und das kleine schreiende Bündel fing an sich zu regen. Es war eine schnelle, von Panik bestimmte Niederkunft gewesen, und unter anderen Umständen wäre diese Schnelligkeit Grund zur Freude gewesen; doch Michael war die Zeit dennoch so ewig erschienen wie die Entstehung der Sterne und die göttliche Schöpfung.

Zitternd öffnete Michael die Augen. Lisario hielt das schreiende Kind in den Armen und deutete auf etwas an seiner Seite. Er brauchte eine Weile, ehe er verstand.

»*L'espadón?*«, fragte er.

Die Mutter nickte. Was wollte sie tun? Das kaum geborene Kind töten? In dem Fall würde er ihr die Waffe sofort geben müssen, doch Lisario griff danach und schnitt die Schnur durch, die zwischen ihren Beinen hing, machte einen Knoten hinein, wie Yacova es ihr in den Wochen zuvor erklärt hatte, stieß die Plazenta ab und fiel in Ohnmacht.

Was blieb zu tun? Der schwertlose Michael ergriff seinen samtenen Federhut und schlich auf allen vieren, wie das Tier, zu dem er geworden war, in die Dunkelheit hinaus. Hinter ihm fiel die brennende Lampe um, die am Boden stand, und setzte das Stroh in Brand. Michael sah das Feuer, doch er kehrte nicht um, sondern hastete noch schneller in die Richtung, in der er Töde zu finden hoffte. Das Pferd, dessen Halfter zerrissen war, trottete durch den Schnee hinter ihm her. Aufgeschreckt vom Weinen des Neugeborenen und von den Flammen eilten kurz darauf drei Bauern herbei und rissen Lisario aus dem Feuer.

4

Im gleichen Augenblick, in dem Lisario ihr Kind zur Welt gebracht hatte, war die Prozession durch das heranstiebende Pferd ins Wanken geraten. Jacques, der den Baldachin der Madonna auf der rechten Schulter trug, wandte mühsam den Kopf. Schreie hallten durch die Via Cava, Bauern und Handwerker, Frauen und Kinder fielen in den frischen Schnee oder stürzten in die etruskischen Gräber.

Der von einem langen schwarzen Mantel umwallte Bewaffnete stieß das Schwert zweimal gegen Jacques, der abwehrend den Arm hochriss. Der Baldachin stürzte ein und riss krachend und splitternd das nächste Mysterium mit sich – den Heiligen Erzengel Michael, der den Drachen tötete. Jacques sah nur die hellbauen Glasaugen des Erzengels, das rosige Gesicht, das ihm entgegenstürzte, und dahinter einen lippenlosen Schädel mit gebleckten Zähnen – der Anatom Töde –, der sich auf ihn warf, um ihn zu töten. Er stolperte, griff mit einer Hand nach dem Mörder und zerriss ihm den Mantel.

Die befreite Lisario rannte über die Felder. Hätte sie doch nur einmal ihre Stimme hören können, ehe sie sterben musste: Wie klang die Stimme der Liebe? Der Schnee und die Berge antworteten: Sie ist stumm, sie ist stumm.

Während Jacques schreiend die Schlucht hinab auf den tief unten fließenden Bach zustürzte, sah er, wie der Erzengel Michael sich um die eigene Achse drehte, mit seinem Schwert den Mörder durchbohrte und mitsamt dem daran baumelnden schwarzen Toten an einen Baum prallte. Doch der Fall war tief und kein rettender Halt in Sicht.

Also schloss er die Augen, und es wurde dunkel.

FRAU, STANDBILD, LEICHNAM

1

Ihr habt Eure Frau zurück, der Mann, der Euch gehörnt hat, ist tot, und Ihr habt sogar die Frucht der Schuld in Euer Haus aufgenommen: Wer könnte Euch je verurteilen? Außerdem wird man Euch für einen frommen, großherzigen Mann halten, der nicht, wie so viele, den Weg der Gewalt gewählt hat, um Gerechtigkeit zu üben, sondern dem die Göttliche Vorsehung aus der Bedrängnis geholfen hat …«

Señora di Mezzala schnäuzte sich zum sechsten Mal, seit Avicente ihr seinen Besuch abstattete, hohlwangig und mit eingefallenen Augen. Selbst sein Haar war weißer, als es sein sollte. Dottor Iguelmano schien um mindestens zehn Jahre gealtert zu sein. Hätte er sich jetzt mit jenem Soldaten verglichen, dessen Zustand ihm bei seiner Ankunft in der Burg von Baia vor wenigen Jahren so kläglich erschienen war, er hätte zweifellos den Kürzeren gezogen. Er war nicht durch Pockennarben entstellt, hatte auch noch ein paar Zähne im Mund und parfümierte sich den Atem, doch mehr als die Zeit hatte das Leid ihn gebeugt und ihm den Bauch aufgeschwemmt, den er ständig mit Wein füllte.

»Jetzt werdet Ihr diese Schande schön für Euch behalten! War die Familie ihr denn völlig gleichgültig? Wusste sie, dass, während sie die Verschollene spielte, ihr Vater gestorben ist?«

Avicente schüttelte den Kopf und lenkte seine Aufmerksamkeit auf den Ara der Señora: Er schien auch kurz vor dem Ende zu sein, der Schnabel war verkrustet, das Federkleid ausgeblichen, und er war seltsam kurzatmig, röchelte fast. Nur eine Kralle war wie immer am Metalltablett angekettet.

»Und ihre Tochter! War ja klar, dass sie ein Mädchen gebären würde! Besser für Euch: Ein kleines Flittchen mehr wird Euch weniger Scherereien machen als ein rachedurstiger Knabe!«

In Wirklichkeit rächte Teodora sich bereits: Seit sie und Lisario der Familie von Eleazar Fucini gewaltsam entrissen worden waren und man die Kleine getauft hatte, hatte sie keine Nacht mehr geschlafen. Sie weinte mit zwei Stimmen, mit der eigenen und mit der, die ihrer Mutter fehlte. Seit sie von Jacques' Tod erfahren hatte, war Lisario totenblass geworden, und da sie noch nicht einmal einen Leichnam hatte, den sie bestatten konnte – das Tal unterhalb der Via Cava hatte ihn nicht zurückgegeben –, war sie nur noch ein Schatten ihrer selbst.

Doch das Schlimmste war nicht bekannt, noch nicht. Deshalb befand sich Avicente jetzt bei Señora di Mezzala, damit die Nachricht geheim und in den Händen derer blieb, die sie am besten hüten konnten.

»Die Sache ist … Verzeiht, ein Schwindel …«

»Bringt dem Dottore was zu trinken!«, rief die Señora besorgt.

Avicente stürzte das Glas Tempranillo hinunter. Ständig bekam die Señora Lacryma von den Weinbergen Pozzuolis geschenkt, doch wie üblich verschmähte sie jedwedes Lebensmittel oder Textil, das dem Vizekönigreich entstammte, und trank ausschließlich Wein aus Navarra.

»*Gracias* … Die Sache ist, Señora, dass meine Frau …«

»*Esa perra* … dieses Flittchen …«

»… schläft.«

»Was sagt Ihr da?«

»Sie schläft wieder. Und es ist unmöglich, sie zu wecken.«

Die Señora sank sprachlos gegen die Rückenlehne ihres Stuhls. »Und seit wann?«

»Seit sechs Tagen. Sie war eine Woche zurück und kümmerte sich nur um das Kind, als ich sie eines Morgens schlafend fand. Und es war unmöglich, sie zu wecken. Wie damals isst und trinkt sie, wenn man sie füttert, und sie hat die Milch nicht verloren. Legt man ihr Teodora an die Brust, stillt sie sie.«

»Aber das ist ein Skandal! Eine Schande! Avicente ...«, es war seltsam, von der Señora beim Vornamen genannt zu werden, es zeigte ihre aufrichtige Bestürzung, »... ich muss Euch um Verzeihung bitten: Seit ich Euch nach Baia schickte, ist Euer Leben ein einziges Unglück gewesen!«

Tatsächlich schien sie kurz davor, in Tränen auszubrechen. Verdattert starrte Iguelmano auf das Taschentuch, in das sie hineingeniest hatte. Zum Glück fing sich die Alte sofort wieder und nieste abermals, statt zu weinen. Das Niesen hatte sie erfrischt, sie war ganz aufgekratzt. »Über all das darf kein Wort verloren werden. Die Nachricht muss verheimlicht, die Dienerschaft eingeschüchtert, die Wachen müssen bezahlt werden ...«

»Aus diesem Grund bin ich hier, um Euch um Hilfe zu bitten.«

»Und dann müsst Ihr sie aufwecken, wie Ihr es damals getan habt. Es ist gleich, ob Ihr zwei Monate oder ein Jahr dafür braucht, aber dieser Skandal ...«

In zerknirschter Verzweiflung stierte Avicente auf seine Hände. Abgesehen von Lisario wusste niemand, wie er sie das erste Mal geweckt hatte. Und um die Wahrheit zu sagen, war sich der Doktor in einem verborgenen Winkel seiner kläglichen Seele sicher, dass es dieses Mal nicht wirken und dass der Mord an dem Mann, der Lisario geschwängert hatte, sie ihm nicht wieder näherbringen würde. Zum Glück hatte er weder dem Holländer noch dem Deutschen getraut. Überdies war es Töde gewesen, der ihn nach der Abmachung in den Thermen hatte wissen lassen, dass Cavaliere Suàrs tatkräftige Unterstützung brauchte. Dem Doktor war das als eine gute Idee erschienen, auch weil er sich vor dem Anatomen fürchtete; je weiter dieser von Neapel fort war, desto besser ging es auch ihm selbst.

Außerdem hatte besagte Abmachung es ihm erlaubt, in die Burg zurückzukehren und den Schwiegereltern die Aufzeichnungen zu zeigen, mit denen sich Lisario als Ehebrecherin bekannt hatte – die anderen hatte er ihnen tunlichst vorenthalten –, und Sweerts als Zeugen beizubringen, der ausführlich von dem Haus unterm Birnbaum und den beiden Liebenden berichtet und gegen Belohnung sogar die Hausherrin der beiden Flüchtigen vorgeführt hatte. Es zählte wenig, dass Don Ilario gleich darauf erkrankte und vor Kummer starb, denn es hatte Monate und nicht nur Wochen gebraucht, um die Flüchtigen zu finden. Am Ende war es auch ein Gutes gewesen, dass Töde verreckt und der Cavaliere spurlos verschwunden war. Avicente hatte sich darauf beschränken können, Frau und Tochter nach Hause zu bringen, aber in welchem Zustand: Die Lisario, die in der Nacht geflohen war, als er sie mit dem Messer verfolgte, war ein Kind gewesen. Diese von der Geburt geschwächte, vom Schmerz um den Tod des Geliebten gepeinigte, verängstigte und zornige Frau hingegen war eine Erinnye.

Man hatte sie fesseln müssen, um sie in die Kutsche zu bekommen. Sie hatte ihn keines einzigen Blickes gewürdigt, nicht zugehört, keinerlei Anzeichen gegeben zu verstehen. Als man sie im Kastell in ihre Gemächer brachte, hatte sie sich eingeschlossen, umringt von den üblichen drei neapolitanischen Dienerinnen. Sie hatte die Mutter nicht sehen wollen, und die Nachricht vom Tod des Vaters hatte ihr kaum den Blick getrübt. Sie hatte das Kind gestillt und so gut wie nichts gegessen, nur so viel, um das Mädchen nicht sterben zu lassen. Der Vorschlag, Teodora einer Amme zu überlassen, hatte einen Tobsuchtsanfall ausgelöst, sie hatte Geschirr und Vasen an die Wand geschleudert, bis man den Vorschlag zurücknahm. Wie ein Hund hatte sie in der Ecke gehockt und sich um das Kind gekümmert, das nicht weinte, solange es in den Armen der Mutter lag, doch sobald es des Abends in seine Wiege im Zimmer neben Iguelmanos gelegt wurde, schrie es bis zum Morgengrauen. An eine Fortführung seiner Experimente war gar nicht zu denken: Wie gern hätte er das getan, zumal er jetzt eine Wöchnerin hatte, an der er forschen konnte! Aber das musste eine Weile warten.

Dann hatte sie an den Strand gehen wollen, und er wusste, was sie dort suchte. Sie hatte die Grotte betreten und sie leer vorgefunden. Einen einzigen Blick hatte Lisario ihrem Mann zugeworfen, und der war so hasserfüllt und unheilvoll gewesen, so voll rasender Wut, dass Avicente zurückgewichen war. Und dann war sie von einem Augenblick zum nächsten in den Schlaf gefallen. Man hatte sie in das große Zimmer gebracht, wo er sie zum ersten Mal schlafend erblickt hatte, sie gewaschen, angekleidet und ins Bett gelegt. Die Dienerinnen wussten genau, was zu tun war. Avicente wachte neben ihrem Bett. Hin und wieder griff er nach der leblosen Hand seiner Frau und legte sie sich an die Leisten, dann wieder rieb er sich an ihrem Schenkel. Nur selten führten diese niederen Versuche zu einem willkürlichen, wütenden Samenerguss: Die Natur verweigerte sich, Gott hatte ihm den Rücken zugekehrt, seine wiedergekehrte Frau war verschwunden.

Also hatte er trotz seiner Furcht vor den Folgen beschlossen, es dennoch zu versuchen, und angeordnet, dass niemand das Zimmer seiner Frau betreten durfte, solange er darin war. Dominga hatte sich zu einem vierzigstündigen Gebet zurückgezogen, auf dass der Herrgott dem Schwiegersohn helfe, die vom Teufel besessene Tochter zu wecken, und Avicente hatte sich schwitzend neben das Bett seiner Frau gesetzt. Er hatte ihre Röcke hochgeschoben und die Hand dorthin gelegt, wo einst seine kranke Neugier geweckt worden war. Doch das einzige Ergebnis war eine rote, blasige Entzündung, als wüsste Lisarios Körper, wem die Hand, die sie berührte, gehörte, und hätte, statt sich zu öffnen, eine lokale Pestilenz entwickelt, um den Ungewollten zu verjagen und ihm seine Abscheu zu zeigen. Er hatte den Dienerinnen Spülungen befohlen und verweilte fortan nicht mehr allein mit Lisario im Zimmer.

Das Leben erschien ihm nunmehr sinnlos: Es nutzte nichts, dass seine üblichen Kunden, als die Schrecken der Revolution vorüber waren, sich mit allem Eifer an ihn wandten und ihn um seine berühmten Kügelchen, Pillen und rosa Kompressen baten, die der Arzt mit Rohrzucker und irgendwelchen Kräutern füllte und die äußerst beliebte und für ihn äußerst lukrative Placebos waren. Es kümmerte ihn nicht einmal mehr, ob die Kräuter gegen das Leiden taugten, so sicher war er sich der gewünschten Wirkung. Die jugendliche Arroganz war stillem Dünkel gewichen, der sich jedoch an Lisarios und Teodoras Gegenwart rieb und durch sie stumm infrage gestellt wurde.

Was für ein undankbares, kaltes, fühlloses Weib! Unter den Büchern, die Avicentes schlaflose, von Teodoras zornigem Geschrei erfüllte Nächte begleiteten, war ein Band italienischer Novellen. Eine erzählte von einem Mann, der sich aus Liebe zu einer entflohenen Frau umgebracht hatte und dessen Geist die Ärmste Nacht für Nacht unerbittlich verfolgte, bis sie in einem Pinienwald von Hunden zerrissen wurde. Wie hatte ihm diese Geschichte gefallen! Er hatte das Gleiche sogar von Lisario geträumt: Die Nieren wurden ihr aus dem Rücken gerissen, die Eingeweide, das Herz, die Leber. Zum Schluss war ihr Körper leer gewesen wie eine hohle Muschel, und mit den Augen hatte er nach ihrem Geschlecht gesucht, doch umsonst: Selbst zerfetzt von den Hunden hatte es nicht das winzigste Geheimnis preisgegeben, es war nur verdorbenes Fleisch.

»Dieses grausame Weib frisst Euch noch auf!«, bemerkte die Señora. Überrascht, wie sehr die Worte seiner Gönnerin denen der Novelle ähnelten, fuhr Avicente aus seinen Erinnerungen und Tagträumen auf. »Was gedenkt Ihr zu tun?«

Iguelmano erhob sich, den Hut in den Händen. »Abwarten, etwas anderes bleibt mir nicht übrig. Ich warte ab und werde zu einer Erkenntnis kommen.«

2

»Avicente? Avicé?«

»Nun sieh sich einer den an: Hört nix und rührt sich nicht…«

»Dottò? Heiliger Bimbam, der ratzt aber…«

»Ach was! Ein so durchtriebenes Schlitzohr schläft nie, der kriegt kein Auge mehr zu.«

Die üblichen fünf Theatiner standen an den Fenstern zum dunklen Hof. In jedem Fenster einer, mit einer Kerze in der Hand. Doch am sechsten Fenster stand diesmal eine wunderschöne Frau in einem himmelblauen Kleid mit vom Wind bewegtem Haar.

»Ich bin die Orgel, die die Erneuerung der Welt anstimmt! Ich hab's euch gesagt!«, hatte sie mit tönender Stimme gerufen und war dann wie zu Stein erstarrt, während aus ihren geschlossenen Lippen nurmehr eine leise, gedämpfte, hohe und ferne Melodie drang.

»Wer ist denn die?«

»Ruhe, seid still, das ist die, die sogar noch geduftet hat, als sie längst tot war…«

»Ui, Ursula Benincasa! Die Hochheilige?«

»Psssst!!! Haltet den Mund, wenn die mitkriegt, dass man sie erkannt hat, kommt die aus dem Quasseln nicht mehr raus…«

»Wie redest du denn, Kajetan!«

»Und du erst mal, Johannes! Bist Venezianer und schwätzt Neapolitanisch…«

»Ich hab's euch gesagt!«

»Herrje … die lässt nicht locker!«

Die Frau hatte sich aus ihrer Versteinerung gerührt und beugte sich nun höchst menschlich und händeringend aus dem Fenster. »Ganz recht! Ich lasse nicht locker, na und weshalb? Ich lag ja wohl richtig, als ich sagte, wenn Neapel sich nicht bessert und niemand unser Kloster fertigbaut, würde es ein Unglück geben! Die Revolution … Hatte ich das prophezeit oder nicht?«

»Hattest du, hattest du … Sag schon ja, sonst kommen wir hier nie mehr weg! Tu ihr den Gefallen!«

»Und hab ich nicht immer Schiffe mit Getreide geschickt, als das Volk 1585 den *Eletto* Starace abgemurkst hat und alle nach einem Wunder verlangten?«

»Ja, ja … Heiliger Bimbam, die findet ja kein Ende …«

»Und so, wie auch ich ohne Krankheit gestorben bin und sie wochenlang an mir geschnuppert haben, weil ich noch warm war, als wäre ich lebendig, und das Blut mir aus der Nase schoss, rot wie eine Blume, ist auch dieses spanische Mädchen heilig! Wie würde sie wohl singen, wenn sie die Stimme dazu hätte … Und dieser Arzt, den ihr erretten wollt, ist verloren! Sie ist heilig, und er ist verdammt!«

»Jetzt hab dich doch nicht so, Ursula!«

»Die hat sechsundsechzig Weiber lebendig begraben …«

»Wer?«

»Na, sie: sechsundsechzig Nonnen in ewiger Klausur! Dass der Heilige Petrus ihr bloß nicht den Schlüssel gibt … dann sind wir am Arsch!«

»Na schön, Ursula, hör zu: Wir sind Theatiner, wusstest du das nicht?«

»Klar wusste ich das. Ihr seid männliche Heilige, euch hat man geholfen; ich bin eine weibliche Heilige, sogar die Erbin der Heiligen Katharina von Siena, aber bevor sie mich heiligsprachen, wollten sie mich sterben sehen. Trotzdem sind sie zu euch gekommen, um nach der Erlaubnis für das heilige Abendmahl und die Einsiedeleien zu fragen!«

»Immer dieses Theater mit den Weibern! Das nervt, oder? Da können sie noch so heilig sein!«

»Ich wollte sagen, weil wir schon so lange in Neapel wohnen und unser Orden aus angesehenen, vornehmen Menschen besteht…«

»Und was, bitte, bin ich? Eine durchgedrehte Idiotin?«

»… bitte ich inständigst, den hier anwesenden Dottore unter unsere Fittiche zu nehmen, hegt er doch die wenn auch vielleicht nur noch vage Hoffnung, dass…«

Bei diesen Worten hatte sich Ursula schreiend in die Luft erhoben, und die fünf Theatiner hatten sich eiligst an ihren Rocksaum geklammert: »Warte… warte… Komm wieder runter! Haltet sie fest!«

Doch Ursula hatte über dem Hof schwebend losgewettert: »Dieser abscheuliche, lasterhafte, mordende, lüsterne, unfähige, betrügerische, feige…«

»Heeeeehh!!!!«

»Den wollt ihr unter euren Schutz stellen? Dann nehme ich diese arme Mutter, die, wie ich als Kind, mit der Heiligen Muttergottes höchstpersönlich spricht, unter meine Fittiche! Mit wem redest du, Theatiner? Mit dem Beelzebub?«

»Jetzt reicht's aber!«

»Wasser, macht ihn nass!«

Eine regenschwere Wolke ergoss ihren gesamten Inhalt über dem Hof und durchnässte Avicente Iguelmano bis auf die Knochen, so wie es die Heilige Ursula befohlen hatte, derweil diese, durch die zusammengebissenen Lippen trompetend wie ein Pfau, mit den fünf unaufhörlich aufeinander herumhackenden Theatinern im Schlepptau hinauf in den mondbeschienenen Himmel schwebte.

»Dottò? Wacht auf!«

Sie war himmelblau gekleidet, doch es war nicht die Heilige Ursula: Annella musterte den Arzt aus nächster Nähe. Avicente war aus dem Bett hochgefahren. Er war tatsächlich vollkommen durchnässt.

»Verzeiht, aber Ihr habt geschrien wie ein Wahnsinniger, da habe ich den Krug genommen und gedacht…«

»Raus! Raus!«, brüllte Avicente.

»In Ordnung, aber seid ruhig… Ihr habt die ganze Burg geweckt!«, erwiderte Annella leicht verschüchtert, während sie mit aufgelöstem Haar rückwärts aus dem Zimmer wich und nicht ohne eine gewisse Genugtuung den Krug auf dem Tisch abstellte, den sie ihrem Herrn über den Kopf gegossen hatte.

»Soll ich Euch das nasse Bett abziehen?«, fragte sie noch im Hinausgehen.

»Das mach ich selbst!«, brüllte Avicente.

Als er allein war, zog er das durchnässte Nachthemd und die Nachtmütze aus, riss die Laken vom Bett, setzte sich in Unterhosen auf einen Schemel und ließ den Traum Revue passieren. Ganz offensichtlich waren die Männer auf seiner Seite und die Heilige auf der seiner Frau. Geräuschvoll durchwühlte Iguelmano eine Schublade nach einem frischen Nachthemd. »Braucht Ihr Hilfe, Herr?«, war es von hinter der Tür zu hören.

Schon wieder Annella und bestimmt auch Maruzzella und Immarella.

»Verpisst euch!«, schrie Avicente, einen der wenigen dialektalen Ausdrücke verwendend, die er hatte lernen müssen, um Bettler, Plagegeister, fliegende Händler und allzu eilfertige, neugierige Hausmägde zu verjagen. Leise Schritte entfernten sich wie trappelnde Mäuse von der Tür und verhallten in den Gängen der Burg.

Er versuchte sich zu erinnern, was er von dieser Heiligen wusste, die ihn ganz offensichtlich nicht leiden konnte. Man hatte ihm von ihr erzählt, aber was? Sie geriet in Ekstase und blieb stundenlang wie zu Stein erstarrt, die Arme ließen sich nicht vom Körper lösen, sie reagierte weder auf krabbelnde Fliegen noch auf Kerzenflammen auf der Haut, sämtliche Ärzte waren ratlos geblieben, sie verwandelte sich in Gott und konnte fliegen, sie hörte Stimmen und sang, ohne die Lippen zu bewegen. Und als man sie nach ihrem Tod obduzierte, hatte man kein Herz mehr gefunden, denn das göttliche Feuer hatte es aufgezehrt. »*Incendio resoluta*« hatten die Ärzte konstatiert und sich bekreuzigt. Aber warum suchte diese Besessene ihn heim? Hätte er diesen Leichnam damals, im Jahre 1618, bloß inspizieren können … Und während ein Gecko vorsichtig über die Decke huschte, zu der Avicente hinaufstarrte, kam ihm die erleuchtende Idee.

Lisario verstecken? Weshalb denn? Sie zeigen! Und sie als lebendes Untersuchungsobjekt für die Wissenschaft benutzen! Fieberhafte Erregung überkam ihn, er konnte nicht mehr schlafen und schrieb Briefe bis zum Morgengrauen. Schreibend und in Unterhosen trafen ihn am Morgen auch die Mägde an, die sich heimlich in die Seite stießen und sich mit den Fingern an die Stirn tippten, um sich gegenseitig zu verstehen zu geben, dass ihr Herr nicht mehr bei Trost war.

3

Er hatte den bedeutendsten medizinischen Universitäten Spaniens geschrieben, an die Fakultät von Padua, an das Krankenhaus von Genua, sogar nach London. Alle würden sein einzigartiges Wunder sehen, seine außergewöhnliche medizinische Gabe, die es einer Toten ermöglichte, ihr Kind zu stillen. Solange das Wunder anhielt, musste man es ausnutzen, und deshalb legte er ein Datum fest, ließ im Spital eine öffentliche Bahre aufstellen und wartete, dass das Ereignis eintrat.

In Gegenwart des Vizekönigs, seiner Gemahlin und des gesamten Hofes sowie Tonno d'Agnolos, Genoinos und sämtlicher Angehöriger des Stadtadels wurde eine schreiende Teodora an die entblößte Brust Lisarios gelegt, die angetan war wie die letzte Königin eines uralten Geschlechts, in ein prächtiges Gewand aus Gold, Perlen und Samt gehüllt. Die Vizekönigin deutete mit dem Fächer auf die roten Pobacken des nackten Kindes, der Vizekönig musterte interessiert den durchscheinend blassen Busen der lebenden Statue, die blauen Adern, die lila Brustwarze. Alle beugten sich neugierig vor, um besser sehen zu können.

Teodora nuckelte beruhigt. Als die Aufmerksamkeit eines jeden Spaniers, Neapolitaners, Franzosen und Holländers gebannt war, riss Lisario plötzlich die Augen auf. Schreie, Gekreisch, sofortige Ohnmacht, Tumulte. Doch blieben die Augen nur einen winzigen Augenblick geöffnet, derweil entsetztes, ungläubiges Gemurmel den Saal erfüllte.

»*Engaño*! Sie lebt! Sie ist nicht tot, sie lebt!«

Iguelmano griff nach einer langen Nadel und durchbohrte den Arm der Toten: Blut troff heraus, doch der Körper blieb reglos.

»Seht, das ist das Wunder der Wissenschaft, das ich Euch zeigen wollte! Ich bin in der Lage, sie zwischen Leben und Tod zu halten! Ihre Tochter nährt sich, das Blut fließt, sie selbst ernährt sich, doch sie ist nicht am Leben!«, log er öffentlich.

Der Vizekönig nickte verdattert, die geladenen Ärzte wollten Untersuchungen anstellen, viele fertigten Skizzen an und machten sich Notizen, genau wie Avicente einst. Zum Nutzen der Wissenschaft wurde die Darbietung verlängert.

Doch auch das gemeine Volk begann Anteil zu nehmen: Die Hoffnung auf Gnade, die diese lebende Statue, die neue Heilige Ursula mit sich brachte, verbreitete sich rasch in den Gassen und Straßen. »Die stillende Madonna« hieß es. Und alle brachten ihre Neugeborenen und Kinder, ob gesund oder krank, und beteten in einem fort. Aus den nahegelegenen Universitäten und den entlegendsten Provinzen des Vizekönigreichs pilgerten Bittsteller und Betende heran: Um die Bahre häuften sich Körbe voller Zitronen, Papierrosen, getrocknete Kürbisse, Amphoren, Süßigkeiten. Schon bald geschahen die ersten Wunder, und es folgten die Votivgaben: Im Dämmerlicht um Lisarios Bahre hingen jetzt silberne Füße, Beine, Rümpfe, Gesichter, Hände und Nasen. Es hieß, bald werde dem angebeteten Leichnam ein gesegneter Baum entwachsen, von dessen Früchten jeder nehmen dürfe, um Hunger und Durst zu stillen und Krankheiten zu heilen. Der Baum des Brotes, der Zitronen, der Zechinen murmelten die Lazzaroni, Barfüßer und Krämer hinter vorgehaltener Hand, und manch einer legte der Statue einen Samen, ein Kränzchen, eine Blume oder ein Geldstück auf den Bauch.

Die Mütter aus den Spanischen Vierteln kamen und boten der Heiligen ihre *Santolilli* dar, jene Kinder, die bereits wie Heilige verehrt wurden, weil ihre bettelarmen Familien sie diesem oder jenem Schutzheiligen unterstellt hatten, und die fast immer einer Vergewaltigung durch spanische Soldaten entsprungen waren. Es kamen Maler, einschließlich der kleine Ribera und der ernste Do, um zu beobachten und zu zeichnen. Die beiden Spanier allerdings standen mit grimmig verschränkten Armen da und dachten an Jacques Colmar. Es kamen die Vertreter der heiligen Orden: Für die Kamaldulenser kam sogar Père Olivier de Saint-Thomas, der mit langer Leidensmiene vom Teufel und den Schrecken des Exorzismus sprach, wobei man diese Hexen- und Teufelsgeschichten in Neapel mit Vorsicht genoss, denn zu viele kursierten davon schon in der Stadt, die allesamt älter waren als das Symbol des Kreuzes. Dann kamen die Schmierenkomödianten, und sogar ein weiblicher Pulcinella war dabei, der die Aufmerksamkeit für ein Weilchen von der lebenden Statue ablenken konnte. Pulcinella kletterte hinter die Bahre und legte los: »Ah! In dieser Stadt voller Leichen und Verletzter, in der niemand bezahlen muss, was er zerstört, bin ich Pulcinella, die Henne aus dem Meer, und ich pinkle euch auf den Kopf und bringe euch zum Lachen! Meine Damen und Herren, hört mich an: Die Revolution muss gemacht werden, aber damit wird's erst was werden, wenn die Welt sich auf den Kopf stellt und die Frauen oben und die Männer unten liegen!«

Natürlich wurde Pulcinella unter dem Gezeter der Wäscherinnen, Bettelweiber und Mägde, die sie bei sich behalten wollten, von den Spaniern verhaftet, und man hörte nie wieder etwas von ihr. Doch hatte der Zwischenfall die Stimmung nicht etwa abgekühlt, im Gegenteil, nun wurden Opfer gebracht: Die Frauen brachten Hühner, die Männer Zicklein, Schafe und schwarze Ferkel. Manche schlachteten sie gleich dort und folgten uralten heidnischen Riten, bis die Kirche davon erfuhr und Kardinal Filomarino schickte, der nicht weniger prächtig als die Heilige Tote – von Silber und Heiligkeit umstrahlt und mit dem triefäugigen Blick reizbarer Greise – erschien, um sich zu vergewissern, dass die Frau die Religion nicht beleidigte.

Alle traten zur Seite, wie damals, als er mal für, mal gegen Masaniello Partei ergriffen hatte und mächtiger gewesen war als der Vizekönig selbst. Mit zwei von Ziegenleder behandschuhten Fingern berührte er die Brust der Aufgebahrten, um den Herzschlag zu fühlen – sofort wurde geraunt, er wolle sie erwecken –, dann hob er seufzend die Braue, drehte sich segnend zu den Anwesenden um und grüßte schließlich Iguelmano, der müßig hinter einem Vorhang lehnte. In dem Augenblick ging von Lisarios Körper ein Geräusch aus, ein benommenes, trauriges Klagen, wie Pfauengesang oder das Vibrieren von Orgelpfeifen: Ihr Mund war fest verschlossen, der Körper wie aus Marmor, doch das Geräusch kam von ihr. Wieder legte der Kardinal ihr zwei Finger auf den Brustkorb. Dann breitete er die Arme aus. Die Anwesenden bekreuzigten sich und riefen:

»Wie bei Ursula! Wie bei der Heiligen Ursula!«

»Die Pest wird kommen!«

»Es gibt wieder Revolution!«

Doch selbst die ergriffensten Rufer verstummten und fielen auf die Knie, weil Lisarios Körper einen Ton von sich gab, der nicht von ihren auf ewig geschädigten Stimmbändern stammen konnte, sondern seltsamerweise aus ihrem Magen, aus ihrem Bauch zu kommen schien. Panisch trat Avicente näher. Dann bemerkte er, dass Teodora, die für gewöhnlich schrie, wenn sie nicht gestillt wurde, ihren Mund auf den Bauch der Mutter gepresst hatte: Sie war es, die dieses eindrucksvolle Geräusch verursachte. Ein Geräusch, das unmöglich dem Körper eines so kleinen Kindes entspringen konnte. Wenige Augenblicke später verstummte es.

Es bedurfte staatlicher Gewalt, um das Spital zu räumen. Der Kardinal gab dem Doktor ein Zeichen, ihm zu einem Gespräch unter vier Augen zu folgen.

»Dieser Zustand ist nicht länger haltbar, versteht Ihr mich?«

»Exzellenz …«

»Ihr müsst Eure Frau unter irgendeinem Vorwand fortbringen, ich sichere Euch jegliche Hilfe und Unterstützung zu. Es fehlt gerade noch, dass diese Stadt ein neues Wunder erlebt: Uns reichen schon die, die wir unter Kontrolle haben, doch das Eurer Frau und ihrer Tochter übersteigt unsere Kompetenzen. Wenn Ihr mit dem Vizekönig redet, werdet Ihr feststellen, dass er der gleichen Meinung ist. Eine Revolution ist ausgeschlossen. Es darf nicht dazu kommen. Niemals. Und Bezeigungen wie diese befeuern eine solche, auch wenn wir nicht genau wissen, wie wir dergleichen verhindern können. Also?«

»Zu Euren Diensten …«, stammelte Avicente.

»Bringt sie fort, gemäß öffentlichem Befehl und mit einem würdigen Ziel …« Der Kardinal strich sich übers Kinn.

Avicente kam eine Erleuchtung. »Eine namhafte Universität … Wäre eine spanische Universität genehm? Man hat mir aus Salamanca geschrieben …«

»Wunderbar! Wie es der Zufall will, ist just diese Woche ein Schoner zum Auslaufen bereit, der – was für ein göttliches Zeichen – *Salamanca* heißt! Mit der richtigen Ladung werden wir ihn auf Kurs bringen. Seid so gut und bereitet alles vor.

Folgt Eurer Frau und Eurer Tochter und kehrt erst wieder, wenn ich es Euch gestatte.«

Dann wandte er dem mehr toten als lebendigen Avicente Iguelmano den bemäntelten Rücken zu und rauschte, von bewaffneten Wachen gefolgt, davon.

4

An einem strahlenden Julimorgen 1648, während in Neapel noch die Revolution nachhallte, lief die *Salamanca* Richtung Spanien aus und machte in Sizilien Zwischenhalt, um Cagliari und Sardinien zu umgehen, wo, wie man seit jeher fürchtete, angeblich die Pest schlummerte, die dann tatsächlich im Jahr 1656 in Neapel von Bord gehen sollte.

Als Dominga erfuhr, dass sie ihre Tochter vielleicht niemals wiedersehen würde, hatte sie nach Neapel kommen und, blind, wie sie war, die Bahre betasten und die Enkelin, die sich rebellisch wie immer mit Fäusten wehrte, in den Armen halten wollen. Während auf der Straße jemand Tamburin spielte, ergriff die Blinde – voll der seit jeher für den Schwiegersohn empfundenen Verachtung – Lisarios Hand. Bei der Berührung schossen ihr die Tränen in die Augen, und die Dienerinnen eilten herbei, um sie zu stützen.

Schließlich stand sie auf, den Finger gegen den zurückweichenden Iguelmano gereckt. »*Yo te maldigo*«, zischte sie leise. Sie wiederholte den Fluch mit kreischender Stimme, bis die Dienerinnen sie aus dem Saal zerrten. »*Yo te maldigo! Yo te maldigoooooo!!!!*«

Annella kehrte mit finsterer Miene zurück und drückte Iguelmano die kleine Teodora in die Arme. Sofort musste er sie an die Mutter weiterreichen: Die Kleine hatte ihm so heftig in die Nase gekniffen, als wollte sie sie abreißen. Linkisch und unbeholfen lächelte er zu den indignierten Abgesandten des Kardinals hinüber, die gekommen waren, um die Abfahrtsvorbereitungen zu überprüfen.

Ein paar letzte Dinge wurden geregelt, und schon fand sich Avicente Iguelmano mitsamt seinen Habseligkeiten auf dem Steg wieder, der von der Mole auf eine der schönsten Galeeren des Reiches führte.

Die *Salamanca* stand unter dem Kommando von Expedito Nacar, einem hochgewachsenen, strengen Spanier mit lang herabhängendem Schnurrbart, der sein ebenso langes Kinn einrahmte. Wortkarg und auf die Ausführung jeder seiner Befehle bedacht, hatte er den Arzt seit dem Auslaufen pünktlich zu jedem Mittag- und Abendessen an einem kleinen ovalen Tisch empfangen, derweil ein junger Musiker auf der Viola spielte und ein an einer Silberkette gehaltener Affe traurig auf einem Stuhl hockte.

Avicente hatte die Stadt seines Glücks am Horizont verschwinden sehen: Sämtliche Ereignisse der letzten Jahre kamen ihm mit quälender Deutlichkeit ins Gedächtnis zurück. Während der Mahlzeiten fragte Expedito Nacar ihn nie nach der Schlafenden und ihrer Tochter, die Mittagessen waren kurz, und die Abendessen verliefen schweigend, gedankenversunken lauschten die beiden Männer der Recercata für Viola da Gamba von Diego Ortiz. Am dritten Reisetag, während der Vollmond über dem Mittelmeer strahlte und kein Land in Sicht war, wagte Iguelmano, um auf andere Gedanken zu kommen, den Kapitän zu fragen, wie lange er schon als solcher zur See fahre. Expedito Nacar antwortete unerwartet ehrlich.

»Mir wurde ein Kommando übergeben, ich hatte keinerlei Entscheidungsgewalt. Ich bin dem Willen meines Vaters gefolgt und habe meinen jung verstorbenen und sehr viel fähigeren Bruder ersetzt. Ich bin niemals frei gewesen. Und Ihr, Dottore, seid Ihr Herr über Euer Leben?«

»Hmm …«, stammelte Iguelmano verlegen, »Tja …«, und dann, nachdem er eingehend nachgedacht hatte, antwortete er: »Mein Vater war ebenfalls Arzt.«

»Verstehe«, erwiderte Nacar und trank einen Schluck. »Meine Mutter wurde meinem Vater ohne Liebe zur Frau gegeben und ihrer Heimatinsel entrissen. Vergangenes Jahr habe ich sie beerdigt, sie war über neunzig Jahre alt und hat mich dennoch immerfort gebeten, sie nach Hause zu bringen.«

Iguelmano runzelte die Brauen. »Sie war eine Frau, Frauen …«

»Haben keine Wahl? Und wir?«

Ein langes Schweigen folgte, und die Viola da Gamba, die der seltsamen Unterhaltung beigewohnt hatte, fing wieder zu spielen an.

Die zweite Recercata endete, und Nacar fügte hinzu: »Ich muss auf meine Männer achten, ich muss auf die Reise achten, ich muss auf Euch und Eure Frau achten. Die Reise anderer hat stets Vorrang vor der meinen. Lieber hätte ich selbst entschieden, welchen Kurs ich nehme.«

Iguelmano seufzte. »Und welchen hättet Ihr eingeschlagen, wenn Ihr die Wahl gehabt hättet?«

»Ich hätte musiziert«, lächelte Nacar zum ersten und einzigen Mal und deutete auf den Jungen mit der Viola. »Ich hätte Musik studiert.«

»Ihr könnt doch trotzdem aus Vergnügen musizieren …«, flüsterte Avicente.

»Was glaubt Ihr, wie viele Füchse in ein Fangeisen treten? Ich habe mich nicht entschieden, und das war ein Fehler.« Dann blickte er Iguelmano direkt in die Augen. »Seit Ihr auf diesem Schiff seid, will ich Euch Folgendes sagen: Überlegt Euch gut, was Ihr tut. Ihr mögt in Eurem Leben Fehler begangen haben, manche argen und manche weniger argen. Diese Frau und Eure Tochter, ich weiß nicht, was Ihr mit ihnen vorhabt, aber …«

»Sie ist nicht meine Tochter!«, brach es wütend aus Iguelmano hervor.

Nacar senkte den Blick. Der junge Violinist brach verdattert ab. Der Affe hüpfte schreiend auf und nieder.

Expedito Nacar lächelte. »Sie ist dennoch eine Tochter.«

Dann stand er auf, Avicente erhob sich ebenfalls, die beiden verabschiedeten sich, und das Vollmondessen war vorüber. Iguelmano ging zu Bett, fand jedoch keinen Schlaf. Der Viola nach zu urteilen, die für Stunden die vollkommene Stille über dem Meer erfüllte, blieb auch Expedito Nacar noch lange wach.

Im Morgengrauen erfüllte sich Donna Domingas Fluch.

Als sie aufstanden, herrschte Flaute: Kein Windhauch, nicht eine Wolke am Himmel, nicht eine Meereswelle. Das Schiff schaukelte friedlich auf offener See. Vier Tage brütender Hitze und vollkommener Reglosigkeit verbrauchten die Süßwasserreserven, die in Palermo wieder aufgefüllt werden sollten, doch weder von Sizilien noch von Sardinien war der winzigste Felsen zu sehen. Trotz Expedito Nacars strenger Führung flammten an Bord Streitereien auf; es stellte sich heraus, dass ein paar Fässer mit Lebensmitteln auf dem Grund verfault waren, nachdem ein Teil daraus bereits gegessen worden war. Einige übergaben sich, andere beklagten sich über Schmerzen, und ausgerechnet der Kapitän zeigte die ersten Symptome: rasch ansteigendes Fieber, Delirium. Weil er darüber gelesen hatte, erkannte Avicente Iguelmano die Anzeichen von Typhus. Doch er hatte nicht die leiseste Ahnung, wie man die Krankheit behandelte: Ihm fehlten seine rosa Pillen aus Oblaten und Zucker, und ein Mittel gegen den echten

Tod hatte er nicht. Trotz aller Vorsichtsmaßnahmen hatte die Epidemie binnen zweier Tage um sich gegriffen, und am dritten Tag gab es die ersten Toten. Derweil hielt die Flaute an.

Ein winziger Lufthauch hatte bei allen an Bord die falsche Hoffnung geweckt, man könne weiter. Ein Möwenschwarm landete neben ihnen und dümpelte auf dem Wasser wie Enten auf einem Teich. Einige deuteten ihr Auftauchen als Indiz dafür, dass das Festland nicht fern war, doch gegen Abend glich das Meer wieder einem riesigen silbrigen See, die Möwen hatten sich davongemacht, und der wolkenlose Himmel wölbte sich makellos über der *Salamanca* wie der Schutzmantel der Muttergottes, der Lisario im Schlaf behütete.

Um jeglichen Kontakt mit den Matrosen zu vermeiden, befahl Avicente mit Nacars Einvernehmen, seine Frau nebst Tochter zu isolieren. Lieber sollten sie Hungers sterben, als an Typhus krepieren; sollten sie je überleben, hing sein Erfolg als Arzt in der Heimat einzig und allein von ihnen ab.

Doch der Typhus scherte sich nicht darum, es mit einem Arzt zu tun zu haben, und befiel auch Avicente. Nach einer Woche endlich hatte die Flaute ein Ende, und heftiger Wind kam auf. Da niemand mehr da war, der die *Salamanca* manövrieren konnte, driftete sie ab.

In jener Nacht erschienen die heiligen Theatiner zum allerletzten Mal in Avicente Iguelmanos Traum. Diesmal waren die fünf Fenster von Kerzenschein erhellt. Iguelmano stand auf seinem Bett und schrie, doch seine Stimme war nicht zu hören. Die Theatiner musterten ihn wie ein unter einem Glas gefangenes Insekt. Es war das erste Mal, dass er sich ebenso fühlte wie Lisario, stumm und ungehört.

»Na schön, dann soll er halt nach oben kommen«, sagte ein bärtiger Theatiner.

»Wenn's vorbei ist, ist's vorbei. Na los, lasst uns gehen, das ewige Leben wartet…«, sagte ein anderer und reckte sich müde.

»Auf den wartet die Hölle«, notierte einer in sein Heft.

»Noch einer, der in Schall und Rauch aufgeht…«, seufzte ein Vierter und zündete einen Böller.

»Kommt, Brüder, wir kehren nach Neapel zurück, dort braucht man uns dringender…«, schloss Kajetan weise.

Singend waren sie aus den Fenstern verschwunden und hatten die Kerzen mitgenommen.

Avicente schrie, doch umsonst: Er brachte keinen Ton heraus.

5

Es war noch kein Land in Sicht, als Lisario erwachte. Das Wetter war umgeschlagen: Aus der Flaute war ein selten heftiger Sturm geworden.

Wie Iguelmano hatte auch Lisario geträumt: Ihre holdeste Muttergottes hatte sie gerufen – »Wach auf!« – und ihr die tote Tochter gezeigt. Schlagartig hatte sie die Augen aufgerissen. Alles war dunkel und modrig, und es polterte gegen die Wände. Wo war sie? Ihr drehte sich der Magen um. Wo war sie? Ihre Hände griffen nach der Last auf ihrem Bauch: Ihr Kind lag reglos da, von Hunger und Durst entkräftet. Sie riss den Mund auf, um zu schreien: War sie tot, wie der Traum verheißen hatte? Waren sie beide tot? Die Arme, den Hals und vor allem die Beine nach monatelanger Bewegungslosigkeit zu regen, war eine Qual. Sie brauchte eine ganze Weile, bis sie in der Dunkelheit ertastet hatte, wo sie war: auf einem Schiff. Die heftigen Schläge des Meeres gegen das Holz verursachten den Lärm: Sturm, Wellen.

Sie konnte sich beim besten Willen nicht auf den Beinen halten. Auf allen vieren kroch sie zur Tür: Sie war verschlossen. Ihr wurde schwindelig, sie versuchte, Teodora an ihre Brust zu legen, doch das Kind rührte sich nicht. Wie sollte sie sich ohne Stimme Gehör verschaffen? Schwach, wie sie war, hätten auch Faustschläge und Tritte nicht geholfen. Verzweifelt kauerte sie sich mit dem Kind im Arm gegen die Tür, die unverhofft nachgab. Der Letzte, der gekommen war, um ihr

Essen zu bringen, musste so krank gewesen sein, dass er vergessen hatte, die Kette vorzulegen. Mühsam schleppte sie sich an Deck, um Luft zu schnappen. Ein Paar Beine lugte unter der Treppe hervor: zerrissene Strümpfe, Gestank. Je höher sie kam, desto heftiger wurde er. Um ihm zu entkommen, hatten sich viele Kranke an die frische Luft geflüchtet. Das von den Wogen umtoste und ständig überspülte Deck war mit Leichen übersät. Schlangenartiges Tauwerk schlug gegen die zerfetzten Segel und peitschte aufs Oberdeck. Irgendjemand hatte versucht, aufs Meer zu fliehen, wer weiß, wo er jetzt war: Ein Beiboot fehlte. Das Steuer war verwaist.

Lisario fand ein offenes Fass, in dem sich ein wenig Regenwasser gesammelt hatte, doch sie hütete sich, davon zu trinken. Etwas Schlimmes war geschehen; was, wusste sie nicht, doch der Instinkt hielt sie zurück. Sie stieg zum Achterdeck hinauf. In der Kapitänskajüte fand sie weitere Leichen, einschließlich die von Expedito Nacar, dem Einzigen, der Haltung und Anstand gewahrt hatte und ernst wirkte wie ein Standbild. Weiter unten fand sie auch ihren Gemahl. Grün im Gesicht, mit schwachem Atem und verschränkten Armen lag er am Boden. Geronnene Lachen von Erbrochenem und andere Pfützen umgaben ihn.

Als er jemanden bei sich spürte, hob Avicente Iguelmano mühsam die Lider und versuchte den Blick auf Lisario und Teodora zu richten. Offenbar glaubte er, eine Erscheinung zu haben, denn er verzog lediglich das Gesicht und schloss die Augen wieder. Lisario versetzte ihm einen leichten Tritt, und Avicente blinzelte abermals, dann fuhr er zusammen und versuchte vergeblich, sich aufzusetzen. Lisario musterte ihn, und während ihr zahllose Fragen durch den Kopf gingen, konnte sie doch nur einen klaren Gedanken fassen: Niemand würde ihr auf diesem Schiff helfen, und schon gar nicht ihr Mann.

»*A…gua…*«, stammelte Avicente.

Im Dunkeln konnte Lisario eine schmutzige, gefüllte Tasse ausmachen. Sie war kurz davor, sie umzustoßen und davonzugehen, schob sie ihm dann aber mit der Fußspitze zu. Das von Sturzwellen geschüttelte Schiff schlingerte, Lisario presste Teodora an sich und versuchte, dem Sterbenden nicht zu nahe zu kommen.

»Hilf mir…«, nuschelte Avicente und versuchte die Hand zu heben.

Lisario schüttelte langsam den Kopf, sie konnte ihm nicht helfen. Mit der freien Hand bekreuzigte sie sich und ging hinaus. »Hilf mir!«, rief Avicente Iguelmano ihr noch mit letzter Kraft nach, während sie sich auf den Weg zum Deck begab.

Sie erreichte das Steuer. Was war zu tun? Unterdessen gab Teodora zaghafte Lebenszeichen von sich, sie hatte gemerkt, dass die Mutter wach war. Lisario versuchte abermals, sie an die Brust zu legen, diesmal offenbar mit Erfolg, denn das Mädchen begann zu saugen. Am Horizont, dort, wohin das führerlose Schiff getrieben wurde, war Land zu sehen. Es schienen Inseln zu sein. Wie musste man das Steuer halten, um sich ihnen zu nähern? Lisario versuchte es und betete zu ihrer Holdesten, ihr zu helfen. Der Mast, der wie ein Kreuz vor ihr aufragte, hatte etwas Beruhigendes, doch die Segel waren beschädigt, zerrissen oder nie gehisst worden: Unmöglich zu wissen, ob das Schiff in diesem Zustand irgendeinem Kurs folgen würde.

Am Steuer des riesigen Schiffes fühlte Lisario sich winzig, einsam und ohnmächtig. Doch nach einigen Stunden kam das Land näher. Vielleicht nicht nah genug. Ihr Blick fiel auf das letzte verbliebene Beiboot. Herablassen konnte sie es nicht allein. Sie fand einen Säbel und kappte die Taue. Das Boot stürzte ins Wasser und verlor die Ruder. Lisario zog sich das Kleid aus, drückte Teodora fest an sich und sprang hinterher. Sie hatte am Fuß des Kastells schwimmen gelernt, allerdings nur in seichtem Wasser. Sie mühte sich ab, um Teodora ja nicht zu verlieren: Sie durften nicht ertrinken. Erschöpft erreichte sie das Boot, warf Teodora hinein und versuchte sich an Bord zu ziehen. Vergebens. Mit den Händen klammerte sie sich am Rand des Bootes fest, das von der Strömung mitgerissen wurde.

6

Goldene Schellen klimperten an den Fesseln der Mädchen. Eine ferne Erinnerung: Don Ilario, wie er Donna Dominga vom Griechen Odysseus erzählt, der nackt und vom Sturm entkräftet auf einer Insel strandet. Zehn in Weiß gekleidete junge Mädchen mit goldenen Glöckchen an den Füßen. Die schönste von ihnen, Prinzessin Nausikaa, geht dem Schiffbrüchigen entgegen. Und an dieser Stelle schlägt sich Donna Dominga, die mit ihren kurzen Beinchen auf einer Truhe sitzt, verschämt lachend die Hände vors Gesicht und steht auf. Durch die Stäbe ihres hölzernen Gitterbettchens sieht Lisario sie kichernd davongehen. Ihr Vater läuft ihr nach und zieht die Tür hinter sich zu. Wieder goldene Schellen und Schuhe. Dazu Stimmen. Und Arme.

»Nehmt sie!«, hört sie.

Sie wird hochgehoben. Strahlendes Licht, zerrissene Wolken am Himmel. Ein Berg flimmert hinter dem Schatten, der sie hochhebt. Möwen.

»Lisario!«, hört sie rufen. Es ist seine Stimme. Das ist nicht möglich. Ich bin tot, denkt sie.

»Lisario!«

Jacques' Augen blicken sie an. Ringsherum klingeln die Glöckchen: Jetzt sieht sie sie, es sind Zigeunerinnen. Und das Gesicht, das sie aus nächster Nähe anblickt, ist tatsächlich seines. Mein Herz. *Mi alma*. Jacques. Jacques Israël Colmar.

Salzige Tropfen. Sie leckt. Sind es Tränen? Weinst du, Geliebter? Wie müde du bist: Du siehst alt aus, sehr alt. Was ist dir geschehen? Du warst tot, und jetzt bist du am Leben, jedoch gealtert.

»Wach auf, wach auf!«, brüllt sie der Franzose an.

Sie legen sie auf – einen Tisch? Ein Bett? Sie vermag es nicht zu sagen. Sie hört Weinen: Teodora. Sie hört Männerstimmen, einen Dialekt, den sie nicht kennt.

Sie beginnt heftig zu zittern.

»Du bist bei mir«, sagt Jacques. »Du bist bei mir, du bist nach Favignana gekommen.« Und dann, weil er Lisarios Angst begreift: »Ich lebe, ich bin kein Geist.«

Sie spürt, wie er sie an sich drückt, und schließt einen Moment lang wieder die Augen, während alle um sie herum rufen und das Meer grollt und Teodora ihren Hunger herausschreit.

»*Te quiero, Lisario, te quiero …*«, flüstert ihr Jacques ins Ohr, ehe sie mit erschöpftem, verdrecktem Gesicht und haltlos fließenden Tränen in den Schlaf fällt. Sie schließt erneut die Augen, doch dieses Mal wird sie nur ein Weilchen schlafen: Das schwört sie. Sie ist glücklich.

An seine Exzellenz Angelo Pallavicino, Graf von Favignana, in seiner Residenz in Genua

Teuerster und hochverehrter Graf,
ich hatte mir geschworen, Euch nicht vor Eurem Besuch zu schreiben, der, wie wir wissen, unmittelbar bevorsteht, doch hielt ich es für richtig, Euch von einem Ereignis zu berichten, welches sich kurz vor meiner jüngsten Reise von Erice nach Favignana zugetragen hat. Nach einem fürchterlichen Unwetter, das fünf unserer Schiffe zerstört hat, haben die Steinbrecher auf der Insel zwei Schiffbrüchige aufgenommen, die offenbar dem Untergang eines Schoners aus Neapel entkommen sind, der *Salamanca*, von der uns die Kunde erreicht hat.

Es handelt sich um eine stumme, spanische Frau und ihre Tochter, ein Kind von weniger als einem Jahr. Die Steinbrecher berichteten, dass die Schiffbrüchigen nach mehreren Sturmnächten in einer Azzurra genannten Bucht gestrandet seien: Die Zigeunersklavinnen, die man auf Euer Geheiß aus Ägypten hierhergeschafft hat, waren am Ufer, um Wäsche zu waschen, als sie die Überreste eines Bootes und den reglosen Körper der Mutter entdeckten. Der Vorarbeiter, der gerade auf einem Esel zum großen Steinbruch unterwegs war, hörte die Rufe der Zigeunerinnen und hat sich trotz seines lahmen Beins zum Strand bringen lassen und die Frau erkannt. Er erzählte, sie sei seine totgeglaubte Geliebte: Hochverehrter Graf, ich versichere Euch, dass es sich genau so zugetragen hat wie in einer Historie. Die Frau und ihre Tochter sind wie durch ein Wunder am Leben, wenn auch sehr geschwächt, und Jacques Israël Colmar fleht Euch um die Erlaubnis an, sie bei sich behalten zu dürfen, da er ihnen in höchstem Maße zugetan ist. Tatsächlich hat die Frau, als sie nach dem Schiffbruch wieder zu Sinnen kam, sehr geweint und sich sogleich angeschickt, Colmar zu helfen, der, wie Ihr wisst, seit Ihr ihn auf Eurer Reise zum Heiligen Vater aus der Klamm, in die man ihn stürzte, errettet habt, auf Hilfe angewiesen ist.

Das Bein schmerzt ihm nach wie vor, doch ich versichere Euch, dass er seit der Ankunft dieser Frau und ihres Kindes wie neugeboren ist und auch die Arbeiten im Steinbruch beträchtlich vorangegangen sind. Seit einigen Wochen leben sie nun zusammen, zum großen Anstoß aller: Der Pfarrer von Levanzo besteht darauf, sie zu vermählen, doch Colmar machte ihn darauf aufmerksam, dass er Jude sei, und er sagte mir, dass die Frau bereits verheiratet sei, wiewohl der Ehemann ein übler Geselle sein muss, zu dem man sie besser nicht zurückschickt. Würdet Ihr kommen, um diesen kleinen Disput beizulegen? Ich bitte Euch. So fern wir dem Gesetz hier sein mögen, sind wir doch für Gott nicht unsichtbar. Überdies, hochverehrter Graf, kann ich Euch bezeugen, dass ich noch nie eine aufrichtigere und vollkommenere Liebe sah als die zwischen Eurem Colmar und dieser Frau, die Lisario heißt, sowie zu dem auf den Namen Teodora getauften Kinde. Die Spanierin weiß anmutig zu schreiben und kennt die Literatur, und obgleich sie nicht sprechen kann, versteht sie es, sich nützlich zu machen. Und obgleich Colmar mir nicht viel verrät, werde ich den Eindruck nicht los, eine Familie vereinigt zu haben.

Ihr wisst, hochverehrter Graf, wie ratlos ich war, als Ihr einen hinkenden, heruntergekommenen Vorarbeiter auf die Insel schicktet, doch je mehr Zeit vergeht, desto klarer wird mir, dass dieser Franzose ein guter Mann ist, verlässlich, gewissenhaft, dankbar. Ich glaube, Ihr tätet gut daran, ihm eine Gefährtin zu gewähren, angesichts der Einsamkeit, die einen hier, zumal des Winters, befällt, und was den Pfarrer betrifft, wird sich schon eine Lösung finden, denn das Glück kann unserem Herrn nicht missfallen.

Des Weiteren haben seit dem letzten Brief, den ich Euch schickte, die beiden Rinder, die Ihr auf die Insel bringen ließet, zwei Mal gekalbt, und auch die Ziegen, sagt mir der Hirte, vermehren sich. Bis dahin hatte man Mühe, irgendetwas auf dieser kargen Erde gedeihen zu lassen, doch Colmar hat vorgeschlagen, eine der Buchten als Ackerland zu nutzen, und hat Mutterboden hinunterbringen lassen, dorthin, wo der Wind nicht verrücktspielt. Dies ist die erste gute Saison, und sie zeitigt bereits Früchte.

Es wachsen Aprikosen und Mandeln, die Oliven und Johannisbrotbäume haben Wurzeln geschlagen, es gab sogar Kohl, Karotten, Fenchel, verschiedenen Wirsing und Blattgemüse. Die Steinbrecher sind begeistert, frische Nahrung zu bekommen, auch die Zigeunerinnen, die Ihr auf die Insel schicktet, sind von Nutzen und haben bis jetzt weder beim Pfarrer noch bei den Frauen der Arbeiter Anstoß erregt.

Die Erweiterungsarbeiten der Burg schreiten voran, die Steinbrüche sind sehr ergiebig, seid also gewiss, dass Euren Interessen wie stets aufs Beste nachgekommen wird und die vom spanischen König getätigte Anschaffung Euch keinerlei Grund zur Klage gibt. Gewiss werdet Ihr auch bald vom hiesigen Fischfang profitieren: Es ist hier Brauch,

Thunfisch zu fangen, der sich im Frühjahr rings um die Inseln tummelt. Man hat mir einige Exemplare gezeigt: Jona hat keinen größeren Wal gesehen, so viel ist gewiss! Doch von diesem und anderen Unterfangen reden wir von Angesicht zu Angesicht während Eures Besuches, der von allen mit aufrichtiger Ungeduld erwartet wird.

Euer untertänigster und stets ehrfürchtig dankbarer Freund,

Ignazio Domingo Peraino, Notar von Erice

Briefe an die Allerseligste Muttergottes der siebenstrahligen Krone Hochreine und Ewige Jungfrau Maria

Holdeste!
… heute hat man uns erklärt, was ein Schirokko-Zimmer ist: Um die langen Phasen, in denen der Schirokko weht, zu überstehen, muss man sich ein unterirdisches Zimmer mit Waschgelegenheiten und behaglicher Einrichtung bauen. Nie hätte ich geglaubt, auf einer der Inseln zu enden, von denen mein Signor de Zerbantes spricht: Wie gern würde ich ihm von diesem Zimmer erzählen, das man uns heute beschrieben hat! Sogleich hat sich Jacques an die Entwurfsarbeit gemacht. Unter der Burg haben wir eine Höhle entdeckt, die gut dafür geeignet wäre, und Graf Pallavicini hat sich gefreut: Wenn es diesen Raum erst einmal gebe, so sagte er, werde er öfter auf die Insel kommen, denn er leidet sehr unter der Hitze, die hier wegen der Nähe zu Afrika besonders groß ist. Auch für unser kleines Haus ist so ein unterirdischer Raum vorgesehen. Der Graf hat den ganzen Tag mit Teodora gespielt, die er behandelt wie eine kleine Prinzessin. Er hat angeboten, dass wir sie, wenn wir wollen, in Genua zur Schule schicken und sie dorthin begleiten können. Jacques ist besorgt: Er meint, wir beide seien nur auf dieser Insel sicher, da früher oder später mein Mann oder jemand anders nach uns suchen würde. Ich beruhige ihn: Man hält uns für tot, und auch mein Mann ist es, niemand wird uns suchen, nie mehr …

… Seit ich auf dieser Insel bin, erscheint mir das Leben, wie ich es noch nie zuvor erfahren habe: Ich erfreue mich an jeder

Pflanze, die wächst, an jeder Knospe, die erblüht, an den Flügeln der Vögel, die den Himmel bevölkern, den Fischen, die sich ringsum im Wasser tummeln. Mein Körper ist Teil von Jacques' Körper, wir sind eins, sind es immer gewesen, wir haben uns wiedergefunden, und nichts wird uns je wieder trennen, das weiß ich, nicht einmal der Tod: Einmal ist er bereits gekommen und hat uns auseinandergerissen, jetzt hat er keine Macht mehr über uns. Das Glück, o Holdeste, ist gewaltig: Das Salz der Erde und der Meere fällt vom Himmel. Wir mögen nur ein winziger Punkt im schattigen Winkel von Gottes Auge sein, doch wir sind selig und unsterblich. Ich bin hier für Dich und gemeinsam mit Jacques und Teodora selig und unsterblich.

Das ist das Glück, von dem meine Bücher sprachen …

… Jacques hat sich vom Festland Pinsel und Leinwand mitbringen lassen und wieder angefangen, Kerzenlichtbilder zu malen. Ich glaube, sein geliebtes Theater fehlt ihm ein wenig. Er hat die Zigeunerinnen und Steinbrecher überredet, zu Weihnachten ein geistliches Spiel aufzuführen: Der Pfarrer von Levanzo, der uns nicht leiden kann und jedes Mal, wenn er uns sieht, mit dem Finger auf uns zeigt und »Todsünde!« murmelt, ist seit dieser Nachricht ein wenig freundlicher gestimmt. Er wollte entscheiden, was aufgeführt wird, und zu guter Letzt war er zufrieden. Jacques hat uns alle begeistert mit dem aufgehenden Mond, der Sonne, dem Meer und all den lebenden Tieren, die wir für das Krippenspiel verwendet haben. Teodora wollte das Jesuskind darstellen, doch wir haben sie überzeugen können, dass sie dafür zu groß ist, also hat sie ein Hirtenmädchen gespielt und engelsgleich gesungen. Auch dafür muss ich Dir übrigens danken, Holdeste: Du hast ihr die Stimme gegeben, die ich nicht mehr habe. Stundenlang höre ich ihr zu.

Auch der Graf ist hingerissen von ihrer Gabe und hat ihr einen Musiklehrer auf die Insel geschickt. Teodora ist nicht einen Moment still, und ich bin voller Genugtuung: Aus ihr sprechen die zahllosen Worte, Stimmen und Gefühle, die ich habe verschweigen müssen. Ihrer Kehle entspringen flatternde Vogelschwärme. Sie besingt die Wolken, sie besingt die Flüsse und die Inseln, sie besingt all das Leben, mit dem Du und der Allmächtige diese Erde bevölkert habt. Danke, o Holdeste …

… Jacques ist krank geworden. Notar Peraino hat mehrmals den Arzt kommen lassen. Wir halten uns für eine Reise nach Genua bereit, um das Spital aufzusuchen. Ich habe Angst, aufs Meer zu fahren, Holdeste, ich habe Angst, Jacques könnte die Anstrengung nicht durchstehen. Zehn Jahre sind vergangen, seit ich auf dieses kleine Eiland gekommen bin, und ich habe keine Ahnung, was mich jenseits des Meeres erwartet … Führe uns!

… Es gibt keine Worte mehr. Jacques, mein Geliebter, du hast uns für immer verlassen. Teodora und ich sind in Tränen. Ich will nicht, dass Erde dich bedeckt, du wirst immer bei mir sein, du wirst immer bei mir sein …

… Teodora bricht nach Genua auf, doch ich bleibe hier, Holdeste. Meine Tochter wird mich häufig besuchen kommen, gemeinsam mit dem Grafen. Ich kann diese Insel nicht mehr verlassen. Wer würde meinem Jacques Blumen bringen? Hier bin ich glücklich gewesen, und hier kann ich es weiterhin sein, mit Deiner Hilfe …

… Jacques' letztes Bild ist voller Licht. Ich habe es am Fußende des Bettes aufgehängt, damit ich es immer sehen kann. Ich ver-

senke den Blick in die Kerzenflamme und spüre seine warme Umarmung, seine Gedanken, seine Seele, die mit mir spricht. Ehe er gestorben ist, hat er sich an diesen Holländer erinnert. Ich glaube, im Grunde hat er ihn auch ein wenig geliebt, obgleich er uns so arg zugesetzt hat. Ich bin glücklich, o Holdeste, nach all den Qualen der Liebe begegnet zu sein, der Liebe, die glücklich macht und die Meere besänftigt.

Deine untertänigste Lisario

ZUM SCHLUSS

1

Wenn ein Traum sich erfüllt, ist man mit sich selbst im Reinen. Und alles, was den anderen widerfährt, die mit dem Schmerz und den Widrigkeiten des Alltags hadern, lässt sich mit Gelassenheit betrachten. Hat man sehr um die Wahrwerdung dieses Traums gekämpft, fühlt man sich mit der Welt im Reinen und weitherzig gegenüber seinem Nächsten. Der schlechte Mensch ist jemand, dessen Träume ewig unerfüllt bleiben, der gute hat nur vergessen, jemals böse gewesen zu sein, er erteilt sich die Absolution und strebt danach, auch die anderen von ihrer Bösartigkeit loszusprechen.

Michael de Sweerts hatte ein unstillbares Bedürfnis, sich die Absolution zu erteilen: Würde es ihm gelingen, das, was in seinen Augen und in denen seiner Zeitgenossen als Schuld galt, nämlich Sodomit zu sein, zu vergessen? Und, schlimmer noch, würde er Lisario, die nach der Entführung und dem versuchten Mord ihr Kind geboren hatte, aus seinem Gedächtnis tilgen können? Mit fünfzig Jahren hatte Michael sich auf die salomonische Rolle des Propheten verlegt: Jenseits aller menschlichen Leidenschaft – vollends losgelöst von den einstigen Vergehen, die er jetzt mit dem milden Blick des Alters betrachtete, als wäre der junge Michael nur ein schwarzes Schaf in der Familie – und nachdem er sogar ein kurzes eheliches Intermezzo mit einer Frau eingegangen war, die er unglücklich gemacht und rasch beerdigt hatte, um daraufhin die Rolle des geborenen Stoffhändlers im Geschäft seiner

Mutter Martina Ballu zu spielen, hatte er sich einer der zahllosen religiösen Kolonien angeschlossen, die zu jener Zeit im vielgestaltigen Orient tätig waren, um selbigen zu einem einzigen, blinden Okzident zu bekehren.

Als er sein fünfzigstes Lebensjahr beschloss, war Michael gerade nach Tunesien unterwegs, und selbst auf dem Schoner, der ihn und seine Mitbrüder an die afrikanische Küste brachte, erteilte er Lektionen in christlicher Gerechtigkeit und erklärte dem Bischof Pallu, der sie auf ihrer langen Pilgerschaft ins Heilige Land und darüber hinaus begleitete, wie das Evangelium zu lesen sei. Die jüngeren Begleiter hörten ihm willig und bußfertig zu; die älteren nickten abwesend, weniger mit Michaels Vergehen als mit der Tilgung ihrer eigenen Schuld beschäftigt, was den menschlichen Verstand genauso unermüdlich in Bewegung hält wie die Brandung das Meer.

Doch Tunis erwies sich für den asketischen Narziss, der in Michael steckte, als fatal: Die Bordelle, die Erlesenheit an blutjungen, wunderschönen Knaben erweckten in ihm erneut ein Begehren, das er um jeden Preis hatte ausmerzen wollen. Es war ein Hammam zu viel gewesen und in diesem Hammam ein rehäugiger Jüngling, dessen vom Turban umrahmtes, verhalten wehmütiges Antlitz er so trefflich malte. Er hatte ihn für die Pose bezahlt, ebenso wie für die lange und heftige Zusammenkunft in den heißesten Räumen der Sauna, die er danach nicht mehr verlassen hatte: Vielleicht ein Infarkt, im Jahr 1662 gab es weder Ärzte noch Apparaturen, die das Leiden hätten benennen können. Mehrere Stunden später war er, geweckt vom Reinigungspersonal, sehr blass, aber unbeschadet wieder erwacht und seinen Gefährten nach Persien gefolgt.

Während des Sommers in Täbris waren die Streitereien

mit den Adepten unerträglich geworden. »Sweerts ist nicht Herr seiner Entscheidungen«, hatte der Bischof geschrieben, »die Mission ist nichts für ihn, und er nichts für die Mission«, wobei er auf weitere Erklärungen und Belege verzichtet hatte, denn man hätte schon sehr dick auftragen müssen, um das Verhältnis zwischen einem Propheten und einem seiner Schüler – einem blutjungen Holländer namens Jan – zu rechtfertigen. Zum Ausgleich jedoch wurde Michaels Lebensführung hervorgekehrt, an der sich jeder gute Christ ein Beispiel nehmen konnte: »Er isst nie Fleisch, fastet beinahe jeden Tag, teilt seine Habe mit den Armen und geht drei oder vier Mal wöchentlich zur Kommunion.«

Als sie Aleppo erreichten, konnten die Missionare es kaum erwarten, ihn loszuwerden, und einzig Bischof Pallu, dem Michael ständig über den Mund fuhr, verteidigte noch dessen Anwesenheit. In der schwülen Hitze Aleppos malte Michael acht Bilder, allesamt von Jünglingen im Heiligengewand. Einige stattete er entsprechend der osmanischen Mode mit Spitzengewändern aus, andere mit Schaffellen, malte allesamt nach lebendem Modell und überreichte hernach jedem Jungen ein Geschenk: eine Blume, ein Bild, einen Ring oder eine Tasche. Um seine Heiligkeit zu vervollkommnen, teilte er mit allen das Lager.

Die Missionare weigerten sich, die Bilder für ihre Kirche zu erwerben. Bischof Pallu ließ öffentlich verlauten, so schön – wunderschön – die Bilder auch seien, er wolle sie nicht haben, und ihren Urheber erst recht nicht mehr. Er stellte Michael die Ankunft in Isfahan als Ultimatum, um sein Verhalten zu ändern.

Während der auf Esels- und Kamelrücken zurückgelegten zweitausend Kilometer, die die beiden Städte trennte, wurde es mit Michael allenfalls noch schlimmer: Er korrigierte die

Auslegungen des Bischofs, widersprach seinen Predigten und hatte bei allem das letzte Wort.

Eines Morgens wurde er kurzerhand aus dem Gasthaus geworfen, in dem alle nächtigten, und nicht wieder hineingelassen. Er brüllte die verrammelte Tür an, hämmerte mit Füßen und Fäusten dagegen, doch sollte er Pallus Gesicht und das seiner Mitreisenden nicht wiedersehen.

Er verließ das osmanische Reich und legte sechshundert Kilometer in zwei Monaten zurück – mit Kamelen, Eseln, Maultieren, Karawanen, eine Etappe sogar mit einem Schoner –, um nach Goa, Indien, zu gelangen, wo sich eine portugiesische Jesuitenmission befand.

Die Kirche do Bom Jesus lag nagelneu jenseits des befestigten Hafens, die weißen Rechtecke rings um die barocken Fenster aus nacktem Stein leuchteten zwischen den Palmen hervor. Da die Portugiesen ihr persönliches Hühnchen mit Bischof Pallu zu rupfen hatten, empfingen sie Michael mit offenen Armen. Es gab dort noch mehr Mücken als im osmanischen Reich, dicke Spinnen und hübsche Knaben, wenn auch weniger hübsch als die Osmanen oder die Armenier. Und viele, allzu viele Portugiesen. Michael hatte zahlreiche Bilder mitgeschleppt, hatte jede Wüste, jede Küste und jeden Stein gemalt. Die Bettler entlang des langen Weges nach Goa waren strahlende, anspruchslose Geschöpfe voller Selbstbeherrschung: Niemand rannte dem Maler hungrig nach, niemand flehte um den Tod, und alle schienen Michaels Eitelkeit heiter lächelnd ihr Ziel zu weisen, das schließlich in einem jungen Lissaboner Jesuiten mit Namen Agostinho Gestalt annahm, der entfernte Ähnlichkeit mit Jacques Israël Colmar aufwies – zumindest redete sich Michael das ein –, und ihn, vom Malariafieber gebeutelt und wirr redend, am Strand auflas. Agostinho gab ihm zu trinken und ließ ihn Opium rauchen, feierte mit ihm das letzte Abendmahl und schloss ihn in die Arme, und als Michael den letzten Atemzug getan und seinen Jacques um Vergebung angefleht hatte, begrub er ihn.

Und stahl all seine Bilder.

2

Zitternd auf einen Stock gestützt trat der in Samt und Halskrause gekleidete Alte, der dem Stallburschen des Vizekönigs soeben einen Besuch abgestattet hatte, ins Freie. Den schwarzen, gewachsten Mantel, den er während der Epidemie vor über zwanzig Jahren getragen hatte, trug er nicht mehr, ebenso wenig wie die mit ätherischen Ölen gefüllte Schnabelmaske: Jetzt erlaubte er sich, seine Visiten in Kniebundhosen, Spitzen und Brokat abzustatten, auch weil er an diesem Abend auf dem Weg zum königlichen Theater war.

»Ihr seid gesegnet!«, rief ihm der Stallknecht nach und trat aus seiner niedrigen Behausung. »Noch heute werden wir eigens für Euch eine *Capuzzella* weihen!«

Der Alte wandte kaum den Kopf. Sein Nacken knirschte, und die Arroganz der Jugend war der Arthrose gewichen, wiewohl der Ingrimm ihm noch immer an der mit den Jahren länger gewordenen Nasenspitze anzusehen war.

»Eine *Capuzzella* für den Dottore!«, hörte er noch beim Verlassen des kleinen Hofes, wo der Stallknecht lebte.

Wie üblich hatte er der Sterbenden lediglich eine rosa Zuckerpille verabreicht. Sie war so ausgezehrt, dass sich ihr Zustand sogleich ein wenig gebessert hatte. Sie litt an Hunger – nichts, was man hätte heilen können. Jetzt, da Neapel nach der großen Pest auf ein Drittel seiner einstigen Größe geschrumpft war, starben die Leute nicht mehr an Typhus oder Cholera, sondern an Hunger. Den Neapolitanern war die Epidemie wie die Strafe für Masaniellos Revolution erschienen, vielleicht, weil sie genau zehn Jahre nach der Ermordung des Fischverkäufergenerals ausgebrochen war.

Schuldgefühle peinigten das Volk, wiewohl die Krankheit keinen Unterschied zwischen Neapolitanern und Spaniern gemacht und selbst die größten Maler der Zeit dahingerafft hatte, einschließlich des kleinen Ribera und seiner Weibsbrut. Ebenso Juan Do, dessen Frau und beinahe alle anderen Caravaggio-Schüler.

Keine Chronik konnte dem Grauen gerecht werden, das die Stadt heimgesucht hatte: In Panik hatten viele ihre noch lebenden Freunde und Verwandten auf Karren geworfen und zu Massengräbern und Beinhäusern außerhalb der Stadtmauern gebracht oder sie auf den auf sämtlichen Plätzen lodernden Scheiterhaufen aus Hausrat, Kleidung und Leichen verbrannt. Die Toten waren so zahlreich gewesen, dass man sie in Kellern, unterirdischen Gängen, Brunnen, Steinbrüchen, Kanälen, Gruften und auf Müllkippen ablud. Mit den winterlichen Überschwemmungen waren die Leichen in einem stinkenden Schwall wieder nach oben gedrückt und in die Straßen gespült worden. In den außerhalb der Stadtmauern, in der Gegend der sogenannten Fontanelle gelegenen großen Beinhäusern hatte jemand angefangen, sich einen Schädel zu suchen und ihn wie eine Devotionalie zu verehren, um dem unbekannten Toten die Zuneigung zu erweisen, die er den sterbend auf die Karren geworfenen Kindern, Vätern oder Müttern aus panischer Furcht verwehrt hatte. Einen solchen Schädel hatte der Stallknecht gemeint, als er sagte, er wolle dem Arzt eine *Capuzzella* weihen. Behandelte man sie gut, halfen die *Capuzzelle* den Lebenden, behandelte man sie respektlos, konnten sie den Tod bringen, bestrafen und verfluchen. Man musste sie mit Blumen bekränzen, sie waschen,

Kerzen für sie anzünden, Altäre errichten und sie mit Tressen und Münzen beschenken.

Im Grunde war auch der Arzt ein solcher Schädel, eine lebende Reliquie: Die wenigen, die der Pest entkommen waren, behandelte man mit frommer Ehrerbietung. Wer vor 1656 geboren und alt geworden war, durfte sich ausgesprochen glücklich schätzen.

Avicente Iguelmano hatte nicht die leiseste Ahnung, weshalb er noch am Leben war: Vielleicht wegen des Typhus, an dem er auf der *Salamanca* beinahe gestorben wäre und der ihn mit ungeahnten Abwehrmechanismen ausgestattet hatte; oder vielleicht eher, weil er in den Spitälern nicht mehr selbst Hand angelegt, sondern die Klosterbrüder von San Martino dafür bezahlt hatte, damit er sich in den heilsamen Hügeln fernab der Pest verstecken konnte. Im Kartäuserkloster hatte er sogar einen Maler getroffen, den Sohn eines Degenmachers, Micco, der die Sakristei der Mönche mit Geschichten ausmalte, doch in all den Monaten der selbstgewählten Abgeschiedenheit hatte er ihn niemals angesprochen: Mit Malern ließ man sich besser nicht ein. Maler waren in seinen Augen keine Menschen, genauso wenig wie Weiber, Ärzte und Soldaten. Er hatte fast vierzig Jahre gebraucht, um das zu begreifen, doch jetzt waren seine Lebensaphorismen komplett.

Micco Spadaro hatte die Kartause verlassen, um die Pest zu malen, die sich der Stadt bemächtigte, genau wie er zehn Jahre zuvor die Revolution gemalt hatte, die mit der Pest bestraft wurde. Iguelmano hingegen hatte sich tunlichst ferngehalten. Er hatte den Prior und die Ordensbrüder mit seinen kleinen rosa Pillen versorgt, und diese hatten sich mit bestem Vomero-Wein aus eigenem Anbau revanchiert; er hatte geduldig abgewartet, bis alle Toten begraben waren und die Lebenden nur noch des Hungers sterben konnten.

Das verarmte und geschwächte Vizekönigreich hatte am Ende von der Dezimierung seiner Einwohner profitiert: Es gab eine ganze Reihe weniger Hitzköpfe, und allen war eine Lektion in Demut und Frömmigkeit zuteilgeworden. Erst dann war Iguelmano aus seinem Versteck gekommen und konnte sich rühmen, die Kartäusermönche bei bester Gesundheit gehalten zu haben, was seinem ärztlichen Ruf zusätzlichen Auftrieb gab. Weitere dreißig Jahre lang Geld zu scheffeln und Profit zu schlagen, war nicht schwer gewesen: Er hatte seinen Ärger seit langem begraben, einschließlich seiner leidigen Frau und ihrem Bastard. Zwar war Señora di Mezzala ebenfalls gestorben, und die Vizekönige hatten gewechselt, doch Iguelmano war ein höchst geachteter Mann, mit einem prunkvollen Palazzo mitten in der Stadt, allen verblichenen *Eletti del Popolo* einschließlich des seligen Tonno d'Agnolo zum Trotz. Die Moden hatten gewechselt, die gefeierten Künstler ebenso. Eine Weile hatten ihm überdies die Experimente an Frauen, die er an bezahlten Prostituierten fortgeführt hatte, etwas eingebracht: Er hatte sich sogar seinen Traum erfüllen können, eine Broschur mit seinen törichten Theorien über die weibliche Lust zu drucken, die sofort auf dem Index landete, unter Spezialisten jedoch Verbreitung fand und ihm zu einem kleinen, wiewohl flüchtigen Ruhm verhalf.

Nun denn, auch der Ruhm, auf den er es abgesehen hatte, musste sich an der Zeit und ihren Urteilssprüchen messen. Binnen weniger Jahre hatte sich alles verändert. Ein französischer Mediziner, Jean-Baptiste Denis, hatte die erste Bluttransfusion der Geschichte von einem Schaf zu einem Kind durchgeführt; der Sonnenkönig hatte den Spaniern die geschundenen Niederlande entrissen und regierte auf der Höhe seines Glanzes; der Philosoph Baruch Spinoza war gestorben, und mit ihm womöglich Gott selbst; ein englischer Biologe, Robert Hooke, hatte den ersten Anemometer zur Messung der Windgeschwindigkeit erfunden und die kleinsten Bestandteile lebenden Gewebes unter dem Mikroskop gesehen und ihnen sogar einen Namen gegeben: Zellen. Dann war der strahlende Stern Isaac Newtons aufgestiegen. Selbst das spanische Vizekönigreich in Neapel ging seinem Ende entgegen: Plötzlich hatte die Welt zu rasen begonnen, und Avicente Iguelmano, der zwar nach wie vor in der Gunst der Mächtigen stand und von der Aura des Wunderarztes umgeben war – wobei glücklicherweise niemand mehr von ihm verlangte, seine Fähigkeiten unter Beweis zu stellen –, spürte in seinem alles andere als jugendlichen Alter von siebzig Jahren den nahenden Hauch des Todes.

Im Januar jenes Jahres 1683 war der neue Vizekönig, der Marchese di Carpio, mit vielen guten Vorsätzen und einem neuen blutjungen musikalischen Genie namens Alessandro Scarlatti nach Neapel gekommen, den er aus Rom, wo er selbst Botschafter gewesen war, mitgebracht hatte.

Dann, am 23. Dezember, hatte erstmalig im Königspalast eine von Scarlatti verfasste Oper, *La Psiche*, Premiere, mit der man auch die Geburt des spanischen Thronerben und zukünftigen Königs Philipp V. feierte.

An jenem Abend sang der weltberühmte Kastrat Giovanni Antonio Grossi, genannt Siface, Liebling der ebenso gebildeten wie skandalumwitterten Königin von Schweden, und an seiner Seite in der Rolle der Psyche eine weitere, in den Theatern Norditaliens gefeierte Stimme, die zum ersten Mal in Neapel auftrat: Il Candela. Il Candela war Genueser, sang nur selten und war berückend schön. Anders als bei Siface wusste man über sein Privatleben kaum etwas. Er hatte die Bühne noch nicht betreten, da munkelte das gesamte Theater bereits:

»Wer mag das bloß sein? Der soll besser singen als Matteuccio …«, welcher eine lokale Berühmtheit von einzigartiger, feuriger Schönheit war und welchem trotz seiner Kastration zahlreiche Geliebte nachgesagt wurden.

Iguelmano wurde von allen Seiten gegrüßt, manche tuschelten hinter seinem Rücken, andere sahen ihn nicht einmal, obgleich sie seine Anwesenheit durchaus wahrnahmen, ähnlich wie bei Mumien oder Menschen, deren Reichtum und Einfluss ihre toten Gebeine überdauern.

Ein Page überbrachte ihm ein kleines, gemaltes Programm. Vorsichtig nahm er Platz, weitete sich mit einem krummen Finger den Kragen und räusperte sich. Nach und nach verglommen die Lichter des Hoftheaters. Neben ihm rutschte einer seiner Patienten, der verfressene, geschwätzige und rotwangige Conte Ruffano, auf seinem Hinterteil herum und stieß ihn mit seinem drallen Ellenbogen an.

»Dottore! Was für ein schönes Ereignis, nicht wahr? Frohe Weihnachten, frohe Weihnachten!«

Iguelmano senkte nur zustimmend die Lider, dann hob sich der mit Nymphen und Najaden bemalte Vorhang, und die Oper nahm ihren Anfang. Eigentlich hatte er ein Nickerchen machen wollen: Er hasste Kastraten, sie erinnerten ihn an die mysteriöse Bella 'Mbriana. Wären es echte Hermaphroditen gewesen, hätte Avicente mit sich reden lassen, aber einfache Eunuchen konnte die Wissenschaft in der Pfeife rauchen. Der Auftakt der Oper war brillant, wenngleich ein wenig kompliziert. Siface spielte den Amor und erhielt großen Applaus. Die Darbietung war schon fortgeschritten, und Avicente ließ sich wie ein Boot in Posillipo vom nahenden Schlummer wiegen, als Psyche die Bühne betrat.

Die Stimme war heller, brillanter und weiblicher als jede Kastratenstimme, die er je gehört hatte. Zudem besaß sie ein ganz besonderes Timbre, eine wehmütige, schmerzvolle Fülle. Sie erinnerte ihn an seine Mutter – wie viele Jahre hatte er nicht mehr an sie gedacht – und an andere süße Dinge, sogar an das Herzklopfen, das er an einem fernen Tag bei seiner Ankunft im Kastell von Baia empfunden hatte. Wie schön war ihm Lisario damals erschienen, und wie bedrohlich, unbekanntem Neuland gleich. Jetzt sang Psyche von dem unseligen Fehler, Amors Schleier gehoben zu haben: Was hatte sie dieser Blick gekostet... O ja, Iguelmano verstand, weshalb man diesen Eunuchen Il Candela – Kerze – nannte: Er hatte eine Stimme, die – einer leuchtenden Kerze gleich – die Bühne erhellte. Sein Herz schlug heftig, selbst der Hauch einer Träne stieg ihm in die Augen, dabei hatte er seit mindestens zwanzig Jahren nicht mehr geweint. Er sah genauer hin: Bis jetzt hatte er es sich wie viele seiner anwesenden Altersgenossen in seinem Sitz gemütlich gemacht und schläfrig die Augen geschlossen. Im matten, rosafarbenen Licht der Bühne stand, in arkadische Gewänder gehüllt, der dicke, weibische Siface.

Psyche hingegen war schlank, mit hellblauen Kleidern, entblößten Armen und langem schwarzen Haar, das ihr glatt über den Rücken fiel. Iguelmano betrachtete sie so lange, dass sein Blick verschwamm und er ein beständiges, geradezu leidenschaftliches Kribbeln verspürte. Wäre er nicht so alt gewesen, hätte man meinen können, er sei – war das möglich? – verliebt!

»Ihr seid blass... Geht es Euch gut?«, erkundigte sich Ruffano leise.

»Bestens, bestens... Das ist das Alter, wisst Ihr...«

»Nehmt eine von Euren Pillen«, flüsterte der Graf und hielt ihm sein silbernes Pillendöschen mit einer rosafarbenen Tablette hin. Iguelmano erkannte eine seiner nutzlosen Arzneien, lächelte bitter und griff danach, um seinen Patienten nicht zu vergrätzen.

»*Gracias*«, murmelte er und schluckte das Bonbon hinunter.

Derweil hatte sich der Eindruck nicht geändert: Psyche war – so musste es sein – ein Mann von rund vierzig Jahren, das war ihm und allen bekannt. Doch wie er sich bewegte – sogar ein Kissen schien er derart innig zu umarmen, wie Lisario einst ihren Gatito geherzt hatte. Jede Note, jede Geste, jede Miene brachte in Iguelmano die ferne Jugend zum Schwingen.

Er musste ihn von nahem sehen: Mochte der Zauber enden oder fortdauern, er musste diesen Candela, der ihn so gekonnt an der Nase herumführte, kennenlernen. Die Oper erschien dem alten Arzt endlos, und er schwelgte darin, als kostete er ein Stück des Paradieses.

Zum Schluss brandete jubelnder Beifall auf: Nach diesem Abend würde Scarlattis Stern noch lange strahlen. Vor Unruhe zitternd stemmte sich Iguelmano aus seinem Sitz, zwängte sich mühsam an den plaudernden Gruppen vorbei, wich Ruffano und seinen Freunden aus und begab sich gespannt auf den Weg zu den Garderoben. Er kam an dem von einer Menschentraube umringten Scarlatti vorbei, dann an dem von männlichen und weiblichen Bewunderern bestürmten Siface, den man hochleben ließ und dem man wild applaudierte. Es herrschten tumultartige Zustände. Iguelmano wartete, bis der Vizekönig den Sänger und den Komponisten zu sich rief und die Flure sich leerten. Dann bahnte er sich seinen Weg zu Candelas Garderobe. Schon wurde auch nach dem zweiten Sänger gerufen, Avicente musste sich sputen. Er klopfte.

»Wer da?«

Jetzt war die Stimme so tief wie die eines erwachsenen

Mannes. Iguelmano wollte schon kehrtmachen. Würde er die Enttäuschung verkraften? Was spielte das Alter ihm für Streiche? Er gab sich einen Ruck.

»Verzeiht die Störung…«

Das Kämmerchen war dämmrig, Frauen- und Männerkleidung, geöffnete Koffer, Schuhe und Perücken lagen in wildem Durcheinander herum. Eine Rose stand vor dem Spiegel, Candelas Haar war in einen Turban gewickelt. Sprachlos betrachtete Iguelmano das durch und durch weibliche Gesicht mit den leuchtend blauen Augen, die das Halbdunkel wie Blitze erhellten.

»Danke«, erlöste ihn Candela, ohne das noch unausgesprochene Kompliment abzuwarten. Avicente wurde rot.

»Eine außergewöhnliche Stimme…«, haspelte er, um die Unhöflichkeit wettzumachen.

»Wenn Ihr entschuldigt, man erwartet mich.«

»Oh, zieht Euch ruhig um«, sagte Iguelmano leise, in der Hoffnung, etwas zu sehen. Aber was?

Candela fuhr brüsk herum. »Ich muss Euch bitten, mich allein zu lassen, Signor…?«

»Ich bin Dottor Avicente Iguelmano, verzeiht, aber Ihr habt eine so verblüffende Ähnlichkeit mit jemandem, den ich einst kannte…«

Er brach ab, Candelas Gesicht war gelb geworden.

»*Ihr* seid Avicente Iguelmano?«

»So ist es. Bitte verzeiht, doch ich meinte, meine vor vielen Jahren verstorbene Frau in Euch zu sehen, Ihr seid ihr wie aus dem Gesicht geschnitten. Wo seid Ihr geboren?«

Candela wurde starr und legte eine Hand auf die Klinke, um den Eindringling vor die Tür zu setzen. »In Genua, Signore, dort bin ich auch kastriert worden. Ich bin ein Schützling der Familie Doria.«

»Verstehe … Verzeihung … die Augen, das Alter …«, stammelte Iguelmano, während sich die Tür vor seiner Nase schloss.

Er warf einen letzten Blick zurück und ging Richtung Treppenaufgang davon. Was bin ich doch für ein alter Trottel, schimpfte er. Da hörte er seinen Namen rufen. Der Sänger stand in der Tür und winkte ihn zu sich. Er ließ den Alten in seiner Garderobe Platz nehmen und blieb vor dem Spiegel stehen.

»Eure Frau hieß Lisario Morales«, sagte er ohne Umschweife.

Iguelmano runzelte die Brauen. »Ja … aber wie …?«

»Und sie hatte eine Tochter, die nicht die Eure war, sondern die eines französischen Bühnenbildners.«

Iguelmano stand auf und ließ sich sogleich wieder in den Stuhl fallen. Er nickte. »Ja«, krächzte er.

»Das bin ich.«

Iguelmano zog ein Taschentuch aus dem Ärmel, er schwitzte trotz der Dezemberkälte. »Ihr? Wer Ihr?«

»Ich glaubte, Ihr wäret nicht mehr am Leben, und habe nicht damit gerechnet, Euch hier in Neapel zu begegnen.«

»Ihr seid …«, stotterte Iguelmano.

»Ich bin Teodora.«

Der war eine Frau?

»Ihr wollt mir weismachen, dass Ihr eine echte Frau seid?«

Candela nickte und lachte bitter. »Was wisst Ihr schon über echte Frauen? Ich bin die Teodora, die Ihr mit ihrer Mutter ausgestellt und mit einem verseuchten Schiff auf Reisen geschickt habt. Doch es tut mir leid, weder sie noch ich sind gestorben.«

Iguelmano erhob sich und breitete die Arme aus. »Lisario! Lisario lebt?«

Candela lächelte. »Nein. Weder sie noch mein Vater sind noch am Leben, zu ihrem Glück. Ihr könnt ihnen kein Leid mehr antun. Wir sind auf einer Insel vor Trapani gelandet.«

»Auch der Franzose …«

»Er lebte. Meine Mutter wusste nichts davon. Mehr als zehn Jahre lang haben wir unbeschwert zusammen auf der Insel gelebt, und ich hatte das seltene Glück, Euch zum Trotz in einer heilen Familie aufzuwachsen. Enttäuscht? Es muss Euch einiges gekostet haben, meinen Vater tot zu sehen, es ist immer schmerzlich zu erfahren, dass eine teuer bezahlte Arbeit schlecht ausgeführt wurde, nicht wahr?«

Candelas Stimme war noch immer tief, doch durchdrungen von einem drohenden, weiblichen Unterton. Wäre dies Lisarios Stimme gewesen, wenn sie hätte reden können? Iguelmano schüttelte den Kopf und fing an zu weinen, doch die Tränen wollten nicht fließen, er schluchzte nur.

»Nach ihrem Tod bin ich vom Fürsten Doria adoptiert worden und habe Musik studiert. Dann habe ich mich für einen heimlichen Weg entschieden: Frauen ist es verboten zu singen, also gebe ich mich als Mann aus, wenn mir danach ist. Il Candela ist ein Künstlername, zu Ehren meines Vaters.« Teodoras leuchtend blauer Blick bohrte sich in Iguelmanos Triefaugen. »Ich weiß alles über Euch. Meine Mutter hat seitenweise über Euch geschrieben.«

Iguelmano stieß einen erstickten Schrei aus: Erneut drohte sein Geheimnis ans Licht zu kommen, wieder war er jemandem hilflos ausgeliefert, dazu noch der Tochter Lisarios und des verhassten Franzosen. »Ich zeige Euch an!«, kreischte er zornbebend. »Ich … zeige Euch … an!« Er warf sich auf den Sänger.

Doch Ruffanos Zuckerpille war nie dazu gemacht gewesen, einem Herzanfall vorzubeugen, und der Infarkt ließ nicht auf sich warten. Die bald darauf eintreffenden Helfer trugen einen Greis aus der Garderobe, der kein Wort mehr von sich geben würde. Das Letzte, was Avicente Iguelmano sah, war das Gesicht seiner Tochter – ein Ebenbild der Mutter mit Jacques Israël Colmars Augen –, die sich als Kastrat ausgab und auf der Bühne Frauen spielte, und die letzten Worte, die er vernahm, erklangen in der melodiösen, samtweichen Stimme, von der Lisario stets geträumt hatte.

»Ist er tot?«, fragte sie ohne Mitgefühl.

Und irgendjemand – ein junger Quacksalber, einer von denen, die bald seinen Platz einnehmen würden, verdammt! – entgegnete: »Nein, aber es dauert nicht mehr lang. Kommt, wir schaffen ihn weg.«

Zu Avicente Iguelmanos Beerdigung kamen seine wenigen, gebrechlichen Patienten, die noch am Leben waren. Durch den Fürsten Doria wurde eine Familienurkunde beigebracht, die Teodora zur Erbin von Iguelmanos Nachlass erklärte. In Genua, wo sie lebte, wenn sie nicht in falschen Gewändern sang, erreichten sie Vermögen, Mobiliar, die Kunde, einen Palazzo in Neapel geerbt zu haben, sowie ein reichlich zerfleddertes Heft. Die Briefe an die Heilige Jungfrau, die Iguelmano ihrer Mutter vor Jahren gestohlen hatte.

Briefe an die Allerseligste Muttergottes der siebenstrahligen Krone Hochreine und Ewige Jungfrau Maria

O Holdeste,
dies wird, so glaube ich, mein letzter Brief an Dich sein.

Alles ist zu Ende. Erfüllt, vollendet, abgeschlossen. Die Krankheit schreitet fort, Jacques erwartet mich, und ich kann nicht länger ohne ihn bleiben. Ich vertraue Dir meine Teodora an, die ich in guten Händen weiß, der Graf hat mir in seiner Güte ihr Konservatoriumsdiplom gezeigt.

Diese letzten Jahre sind voll des Glückes gewesen, Gütigste, eines Glückes, das ich mir niemals zu erträumen gewagt hätte, und dafür bin ich Dir, wie Du weißt, unendlich dankbar.

Mühsam recke ich die Hand zum Spiegel und drehe ihn sacht, bis er die Kerze zeigt. Der Docht brennt in einem gewölbten Glas, das Lampenöl ist trüb und fast verbraucht. Vorsichtig fülle ich das Glas bis zum Rand mit Leinöl, dessen Duft an Malerei erinnert. Ich atme tief ein und stelle mir vor, er wäre noch hier bei mir. Jacques, mein Geliebter.

Leinölgeruch, Malereigeruch, Schweißgeruch, Pinselgeruch. Jacques Israël.

Der Name meines Geliebten ist ein Gebet, Holdeste.

Ich lasse Dir diese blaue Maroquinschachtel für Teodora: Sie enthält einen Ring, einen zerrissenen Rosenkranz, eine getrocknete Blume.

Gern würde ich die Schachtel wie jeden Tag öffnen, um nach den Resten meines Lebens zu sehen, aber heute nicht, heute schiebe ich lieber alles nach hinten, ins Dunkel, und ziehe mir nur Jacques' letztes Bild heran.

Die erschreckte Eidechse und die brennende Kerze auf dem Bild, die der echten Flamme im Glas fast aufs Haar gleicht, zittern.

Das bist du, hat Jacques immer gesagt. Eine erschreckte Eidechse, die jedoch nicht zurückweicht.

Und jetzt bin ich hier im Spiegel, das Ohr mit dem Amethysthänger, die schlaffe Wange. Wie bin ich gealtert. Doch mein Haar ist noch immer schwarz. Wenn ich genauer hinschauen würde, könnte ich meine Zahnlücken sehen. Meine Hände hingegen sind jung geblieben, Holdeste, keine einzige Falte, nur ein paar hervortretende Adern, die gleiche Blässe wie früher, keine Schwielen. Vielleicht, weil ich sie immer gebraucht habe, um Dir zu schreiben.

Eine Schabe ist auf den Tisch gekrabbelt, tapfer und unverdrossen: Das ist nicht dein Terrain, du nächtlicher Bodenbewohner aus Afrika. Zögernd öffnet sie die roten Flügel. Einen Moment lang verweilt sie auf der Tischkante, dann fällt sie zu Boden. Ich trage nur ein Nachthemd: Wie furchtbar der hängende Bauch, die Blase, die bei jedem Schritt leckt, der unter dem Stoff schlabbernde Hintern. Das Schamhaar dünn und kümmerlich geworden.

Jacques. Ich berühre meine großen, trockenen Lippen, halte den Finger an die Nase und rieche nur Urin. Ich erkenne mich nicht wieder: Einst hatte ich einen anderen Geruch. Frauengeruch. Lisariogeruch.

Lisario, Lézard, Lizard. Meine Eidechse, nannte er mich.

Immerhin bin ich jetzt frei, nach Herzenslust in den Nachttopf zu spucken oder laut zu schnäuzen. Das sind die kleinen Freuden, die geblieben sind. Doch was ist das schon gegen das große Glück, das ich erfahren habe.

Dort ist das Bett, Holdeste. Bald kommt die Nacht und wird mir dringende Botschaften aus der Vergangenheit bringen, ich werde mich niederlegen und von meinem Jacques träumen, und diesmal werde ich nicht mehr aufwachen.

Schau: Die Schabe ist auf meinen Pantoffel gekrabbelt. Ich zertrete sie. Es knackt wie ein trockener Keks. Mir bleibt nichts mehr, als Dir auf Wiedersehen zu sagen, meine Geliebte.

Ich blase kräftig in die Kerzenflamme.

Dunkel. Endlich dunkel.

Lisario, sonst nichts.

Danksagungen

Dank an Paolo, Iole und Laura, weil sie, wie immer, gelesen haben. An Pino für Georges Didi-Huberman. An Antonio, für ein unvergessliches Telefonat.